国家古籍整理出版专项经费资助项目
国家社科基金重大项目『中国近代日记文献叙录、整理与研究』
（项目编号：18ZDA259）阶段性研究成果

晚清珍稀稿本日记

斌良日记

文治日记

主编——
徐雁平
马忠文

（清）斌良 文治 著
周昕晖 整理

凤凰出版社

图书在版编目（CIP）数据

斌良日记 / (清) 斌良著 ; 周昕晖整理. 文治日记 / (清) 文治著 ; 周昕晖整理. -- 南京 : 凤凰出版社, 2023.7
（晚清珍稀稿本日记）
ISBN 978-7-5506-3711-5

Ⅰ. ①斌… ②文… Ⅱ. ①斌… ②文… ③周… Ⅲ. ①日记－作品集－中国－清代 Ⅳ. ①I264.9

中国国家版本馆CIP数据核字(2023)第090775号

书　　　名	斌良日记　文治日记
著　　　者	(清)斌良　文治 著　周昕晖 整理
责任编辑	李相东
特约编辑	王晨韵
装帧设计	姜　嵩
责任监制	程明娇
出版发行	凤凰出版社(原江苏古籍出版社) 发行部电话025-83223462
出版社地址	江苏省南京市中央路165号,邮编:210009
照　　　排	南京凯建文化发展有限公司
印　　　刷	江苏凤凰通达印刷有限公司 江苏省南京市六合区冶山镇,邮编:211523
开　　　本	880毫米×1230毫米　1/32
印　　　张	9.375
字　　　数	244千字
版　　　次	2023年7月第1版
印　　　次	2023年7月第1次印刷
标准书号	ISBN 978-7-5506-3711-5
定　　　价	98.00元

(本书凡印装错误可向承印厂调换,电话:025-57572508)

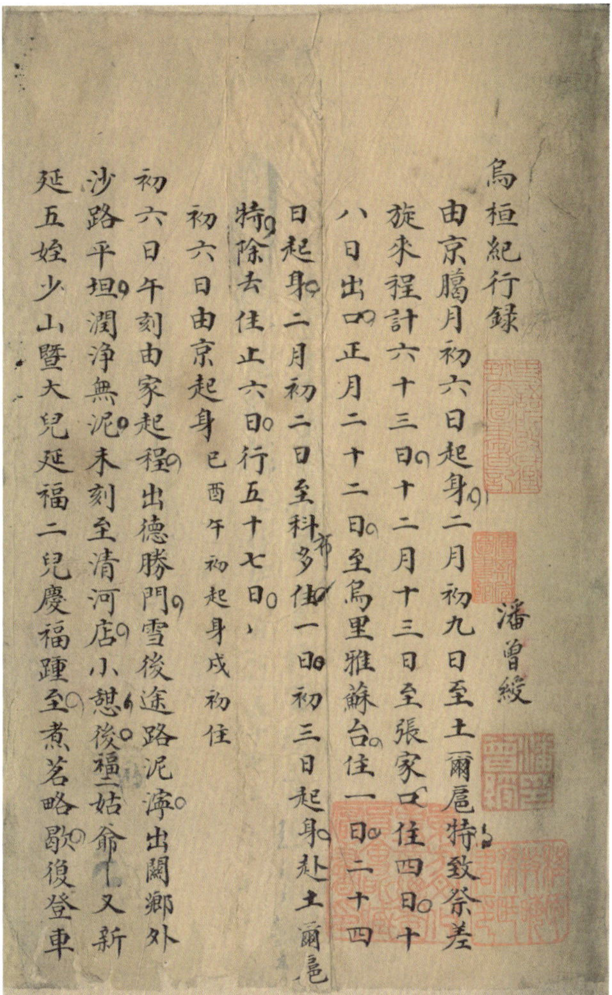
烏桓紀行録

潘曾綬

由京臈月初六日起身二月初九日至土爾扈特致祭差旋來程計六十三日十二月十三日至張家口住四日十八日出口正月二十二日至烏里雅蘇台住一日二十四日起身二月初二日至科布多住一日初三日起身赴土爾扈特除去住止六日行五十七日

初六日由京起身巳酉午初起身戌初住

初六日午刻由家起程出德勝門雪後途路泥濘出關鄉外沙路平坦潤淨無泥未刻至清河店小憇後福二姑爺又新延五姪少山暨大兒延福二兒慶福踵至煮茗略歇復登車

《乌桓纪行录》书影

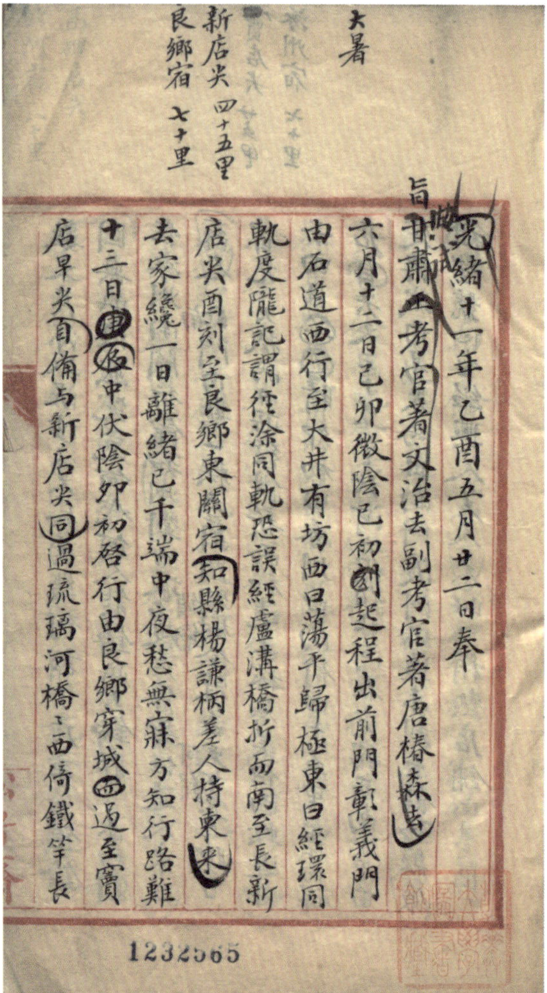
大暑
新店尖 四十五里
良鄉宿 七十里

光緒十一年乙酉五月廿二日奉
旨甘肅鄉試正考官著文治去副考官著唐椿森去
六月十二日己卯微陰巳初刻起程出前門彰義門
由石道西行至大井有坊西曰蕩平歸極東曰經環同
軌度隴記謂徑涂同軌恐誤經盧溝橋折而南至長新
店尖酉刻至良鄉東關宿知縣楊謙柄差人持東來
去家纔一日離緒已千端中夜愁無寐方知行路難
十三日庚辰中伏陰卯初啓行由良鄉穿城西過至竇
店早尖自備与新店尖同過琉璃河橋：西倚鐵竿長

1232565

《文治日记》书影一

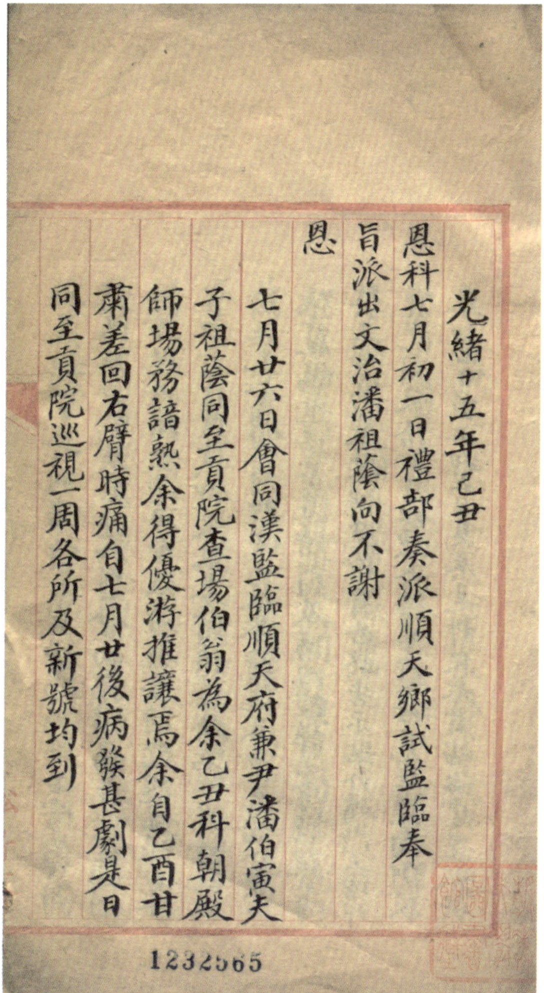
光緒十五年己丑
恩科七月初一日禮部奏派順天鄉試監臨奉
旨派出文治潘祖蔭向不謝
恩
七月廿六日會同漢監臨順天府兼尹潘伯寅夫
子祖蔭同至貢院查場伯翁為余乙丑科朝殿
師場務諳熟余得優游推讓焉余自乙酉甘
肅差回右臂時痛自七月廿後病發甚劇是日
同至貢院巡視一周各所及新號均到
1232565

《文治日记》书影二

序

明清时期，写日记已是蔚然成风。不少文人、官员和学者，出于各种目的，基本都有记日记的习惯，只是本人刊行的日记比较少。究其原因，可能在时人观念中，日记还算不上“著述”，不值得去刊刻传世；当然，更主要的原因或许在于，日记的私密性太强，不便拿给外人看。所以，大部分日记还是以稿本或钞本的形式被保留在子孙、门生手里，一代代传承下来。自古迄今，经历种种劫难，存世的稿钞本日记已经不多了。据统计，有日记留存于世的近代人物只有 1100 人左右。因此，今天保存于公、私收藏机构或个人手里的稿本日记，无不享受着善本的待遇，备受世人的关注和珍爱。

如人们所知，日记属于一种比较特殊的文献，具有全面记载生活各个侧面的综合性特点。日记永远都能以第一现场的感觉，将阅读者带入特定场景，沿着作者的心路，去体会当年的生活、境遇与情感，熟悉已经远去的风俗习惯和历史细节；哪怕从其中的任何一天读起，也可以读得下去，因而被视为一种很容易与读者产生共鸣的“有温度”的文献。人们喜爱日记正是源于其自身所具有的独特魅力。当然，注重个性化材料和社会日常生活的研究取向，也推动了学界对日记的重视和利用，以日记为核心材料从事研究的学术成果也越来越多。

目前，日记的出版主要通过原稿影印和整理标点两种形式。原稿影印日记始于 20 世纪石印、珂罗版技术被大量采用的时代。20 世纪 20 年代，商务印书馆陆续影印出版有李慈铭《越缦堂日记》和翁同龢《翁文恭公日记》。同为晚清著名日记，比起同时代排印的《湘绮楼日记》,李、翁的日记都是根据稿本影印的,因而使人们能够更为真切地感受日记的原始样貌,甚至作者的书法风格、涂改痕迹,都得以原原本本地保留下来。时至今日,先进的数字扫描和印制技术,进一步促动了新一轮稿本日记的大批量出版,使“久藏深闺”的珍稀稿本日记,得以更多地呈现在研究者面前。可是,对学术研究而言,影印本虽然保存了日记原貌,出版周期也相对较短,但卷帙庞大,且日记多为行草书书写,字迹不易辨识,阅读和利用并不及整理标点本方便。所以,根据原稿本或影印本将日记内容加以点校,一直是文献整理者的重要任务。近些年影印出版的近代人物日记,如钱玄同、绍英、皮锡瑞、朱峙三、徐乃昌、江瀚、张棡、王伯祥等人的日记,也陆续经学者整理后出版了点校本,大大方便了学者利用和研究。由凤凰出版社推出的“中国近现代稀见史料丛刊”,自 2014 年以来,已经出版 9 辑 100 余种,其中日记占到三分之一以上,诸如孙毓汶、有泰、张佩纶、邓华熙、袁昶、耆龄等人日记都是据稿本或稿钞本影印版整理出来的,上述日记一经刊行就受到学界的广泛欢迎。整理本还有一个优势,便是对日记中的讹误做出校订,加补公元纪年,方便读者查核。不惟如此,整理本日记除学者外,也受到不同兴趣读者的欢迎。这几年,出版界、读书界兴起的“日记热”,都与整理本日记的大量印行密切相关。可见,持续推进稿本日记的整理出版工作,对普及中国传统日记知识,增进读者对传统文化的亲切感,具有积极的作用。

在全国古籍整理出版规划领导小组和凤凰出版社的积极支持下,“晚清珍稀稿本日记”得以立项,精选十二种有重要价值的晚清珍稀稿本日记邀请专家进行整理。这批日记分藏于中国社会科学院近代史研究所、清华大学图书馆、上海图书馆、浙江图书馆、苏州博物馆、常熟市图书馆等机构,一部分尚未影印出版。这次整理,在做好字迹辨识、释文、标点的前提下,更提倡以研究为基础,撰写有学术深度的导言,搜集传记资料作为附录,并尽可能编制人名索引,来为读者和研究者提供更多的学术支持和便利条件。这十二位日记作者,既有位列封疆的李星沅，状元洪钧，探花潘祖荫、吴荫培，传胪华金寿，翰林秦绶章，也有满洲官员、驻藏大臣斌良，兵部侍郎文治，还有像楼汝同、黄金台、柳兆薰、萧穆这样的地方官员、学者和士绅贤达。这批日记的内容十分丰富，举凡晚清重大历史事件、典章制度、教育考试、金石学术、社会风俗、人物交往、文艺创作、生活琐事等，靡所不包，合而观之，不失为观察晚清社会的一面镜子。另外，此次所选日记多为首次整理。也有例外者，如《李星沅日记》，此前已有据上海图书馆藏钞本整理的刊本，这次整理所用底本则是中国社会科学院近代史研究所珍藏的稿本，较前整理本篇幅大为增加，更加完善。

总之，这批稀见稿本日记具有极高的学术价值，是研究文学史、政治史、经济史、社会史、军事史、教育史、文化史、生活史、气象史、思想史的珍贵史料，参加整理者都是长期从事文史研究和文博事业的专家学者，具有扎实的文献学功底和整理经验。相信这套书的出版，将对传播优秀传统文化、推进中国近现代历史和文化研究发挥重要作用。当然，由于在文字识别等方面实际存在的困难，难免会存在一些问题。在此，我们诚恳希望读者不吝批评指正，以便今后的工作精益求精，不断提高。

目　录

娀良日记

前　言

《乌桓纪行录》，为清嘉道间大臣斌良所撰。斌良（1784—1847），字备卿，又字笠耕，号梅舫，瓜尔佳氏，满洲正红旗人。其父玉德，官至闽浙总督，玉德子六人：俊良（十九岁殇）、斌良、桂良、岳良、徵良、法良。

斌良生于乾隆四十九年（1784），时玉德官刑部郎中，其后玉德历任中外，斌良皆随任，至嘉庆五年（1800），玉德授闽浙总督，斌良侍生母郭洛罗氏还京。嘉庆七年始通籍，由荫生引见，授太仆寺行走。历任主事、员外郎、郎中，外转道员，升按察使，被劾，以四品京堂候补，后授太仆寺少卿、刑部郎中、内阁侍读学士、太仆寺卿、通政使、刑部侍郎等。道光二十六年（1846），授驻藏大臣，甫抵藏，不服水土得疾，次年十一月卒。其弟法良为编《先仲兄少司寇公年谱》，记其生平事行。

斌良著作传世者，除《乌桓纪行录》外，有《抱冲斋诗集》三十六卷、《眠琴仙馆词》一卷。

一、《乌桓纪行录》的内容、版本及文本形态

《乌桓纪行录》稿本二册，今藏中国台湾“中央研究院”傅斯年图书馆，影印收入《傅斯年图书馆藏未刊稿钞本》丛书。无格，半页 11 行，行 23 字。两册封面分别题曰：“斌梅舫侍郎乌桓纪行录稿本上册思南楙桜程子藏”“斌梅舫侍郎乌桓纪行录稿本下册思南楙桜程子藏”，按“程子”即程棫林（1858—1916），字少珊（又作邵山），贵州思南人，光绪十五年（1889）进士。据上册扉页程棫林手书题记，知其于光

绪三十三年(1907)在琉璃厂购得此书。是书前后又有“潘曾绶印”“程氏养晦斋藏书印”“东方文化事业总委员会所藏图书印”(二方)“史语所收藏珍本图书记”“傅斯年图书馆”之藏印。知此书从斌良家散出后,经潘曾绶(1810—1883)、程棫林、东方文化事业总委员会递藏,最后入藏“中央研究院”史语所。

道光十七年(1837),土尔扈特郡王三达克多尔济病逝,清廷以三等承恩公安诚为正使,内阁侍读学士斌良为副使,赴土尔扈特致祭。斌良一行于道光十七年腊月初六出发,历经六十三日,于道光十八年二月初九日至土尔扈特;初十日自土尔扈特差竣回程,经过五十三日,四月初二日抵海淀。往还凡一百一十六日之日记,是为《乌桓纪行录》(下简称《纪行录》)。此日记逐日记载,约五万字,分为二册:二月初九致祭以上为上册,二月初十差竣回程以下为下册。但此本之下册只至三月二十三日布尔嘎素台为止,不知斌良是否于二十四日进张家口后未记日记,或是此本失载。幸于下册末尾有行草所记回程之行程概要,可知斌良一行返程之用时及各时间节点。此乃《纪行录》一书之内容概要。

《傅斯年图书馆藏未刊稿钞本》丛书影印此书时曾在书前附有提要,详实地介绍了斌良的生平、《纪行录》版本、著录情况以及具体内容与价值,是今见对此书最早的专门研究成果。唯提要认为此书“内文有墨笔删定修改及签条,知为稿本”①,丛书亦将此书著录为“清道光十七年(1837)稿本”,本文则认为实际情况应更为复杂:首先,《纪行录》上下两册绝大部分字体划一,为工整清晰的正楷,但却颇有因形近、音近导致的误字,如“葡萄”误作“蔔萄(卜)”、“部落”误作“布落”等,据此判断此本应非斌良写作日记时的初稿本,而是命人依据手稿誊录的誊清本。誊写所用纸张并非新纸,而是写在某刻本书的

① 赖慧娟:《〈乌桓纪行录〉提要》,《傅斯年图书馆藏未刊稿钞本》史部第20册,“中央研究院”历史语言研究所,2015年,第121页。

纸背,《纪行录》的字里行间即透出原书的板框及文字,经辨认,知所用之书乃是《钦定科场条例》。从其文本形态和物质特征来看,此本《纪行录》,应是经过一遍誊录、至少三次校订和一次全面修改的本子,兼有誊清稿本和工作底本的属性,其中亦保留了若干条阅读者的批注。经过对此本的考察,我们认为今见《乌桓纪行录》的形成过程如下:

(1) 誊录者据斌良日记原稿及诗稿誊录整合成为最初底本;

(2) 在最初底本的基础上,进行第一次校订和改动,以贴纸重写的形式进行修正;

(3) 贴纸修正后,还进行了至少两次校订,一次应出自校勘者,另一次出自斌良本人,体现为两种不同的笔迹;

(4)《纪行录》中还有若干条批注,应出自读者之手。

二、《乌桓纪行录》的史料价值

斌良《乌桓纪行录》记录了由北京至土尔扈特沿途的城池建筑、民风民俗和台站设置等信息,颇值得注意。

城池建筑。如霍呢齐(和尼奇台)之溥恩寺:

> 山门三间,塑四大天王像,中殿如方亭,四面砖甃,中供番像。后有佛殿,供像七尊,两旁各五尊,画佛障,灿如云锦。殿旁两厢砖砌平房,上建楼阁,前接抱厦,形制俱垩粉壁,远望如雪。寺旁禅院为喇嘛焚修之所,两旁砖甃平房,中三楹,亦无人住。院中仍搭毡庐。余至正殿瞻拜,法鼓喧阗,吹螺击铙,梵音嘹亮,亦颇热闹。

又如科布多之众安寺:

> 寺依山建造,大殿、山门、念经堂共五层,旁有碑亭,刹竿高

耸，规摹宏壮。大殿供奉三世佛、十八罗汉，画壁皆番像。瞻礼毕，至胡图克图禅院，在寺西，门三楹，内禅堂三间，陈设华丽，锦茵狐褥，茶具器皿，皆玉为之。室中悬松湘浦相国扁额，室后有大蒙古包一架，中设禅榻，亦甚宽敞，胡图克图住宿处也。

科布多虽在塞外蒙古，但亦可见亭台景致，斌良参观参赞大臣署中小园，云：

至毓参赞署中西偏小园，有环翠山房，有桥有亭，有池塘土山，绕池白杨树，小有景致，塞外仅见。

民风民俗。一则见蒙古风俗，如蒙古地区随处可见的鄂博(敖包)：

(腊月十九)至半岭，辕马疲乏，易马始上岭。石垒石鄂博，上插玛尼，命家人掷钱为祭。

(腊月二十二)路经小山，有鄂博，状如土房，内供小塔无数。

(正月初二)寺西北小山有大鄂博一，大约此台甚敬佛教也。

(正月初六)沿途鄂博甚多，此方蒙古盖好善者众。

(正月二十二)过河，远见高岭摩天，到顶有鄂博一座，上挂哈达、羊骨，均书番字。

二则又见汉地习俗的渗透，如乌里雅苏台、科布多皆有关帝庙。又赛尔乌苏乃阿尔泰军台之交通枢纽、冲要之地，亦有关帝庙。斌良于正月初六至赛尔乌苏关帝庙，云：

是处蒙古称关帝曰格塞尔汉，汉语即天帝也。闻近鄂罗斯中皆供奉，威镇要荒，信赫濯哉！

台站设置。斌良在出张家口前的日记中，详细记录了察哈尔都统所辖四十四台站的情况云：

> 从口门至哈达土四十余台，皆察哈尔都统所辖，分设札喇四人蓝顶，各台俱设章京白顶、昆都、笔且齐、阿敦达等金顶数人。俱由都统在该蒙古中拨补。其下牵马驾车者曰乌拉齐，水手曰乌苏齐，烧火执炊者曰托和齐。又有察克达，巡防官兵也，哈普苏尔噶，协济大台也。二项亦各有章京统之。闻大台与哈布苏尔噶四六当差，台站六。凡发传单，必云大台、哈布苏尔噶、察克达三项会办，其实大台一味疲滑，仍委之哈布苏尔噶而已。大台系有官项，哈布苏尔噶均系自备，察克达一人只有一马当差，不能供给驼马。从前出差均拿乌拉，驼、马、羊、蒙古包，或到处蒙古或客商者任意取用，如内地拿官车也。后因滋事，改归台站。理藩院仍给乌拉票一张，然断不可使台上知有此票，恐借端影射也。

此外，《乌桓纪行录》也保留了一些清廷官员的事迹，如松筠之手迹时见于塞外，又如乌里雅苏台参赞大臣、亲王车林多尔济之好学，再如一等侯张淳、侍读学士宝绶致祭喀尔喀等，均于史事有所补益。

三、《乌桓纪行录》与《瀚海绥藩集》对读

斌良家族在满洲世家中颇以文学著称，其本人有《抱冲斋诗集》三十六卷，收录其生平诗作。其中第二十五卷名曰《瀚海绥藩集》（下简称《绥藩集》）①，所收即是道光十七年土尔扈特之行所作诗歌，共计 171 题、192 首。而在此《纪行录》之誊清本中，亦录有斌良途中写作的诗歌，散在每日纪事之下，共计 238 题、266 首。

---

① 斌良：《抱冲斋诗集》卷二十五《瀚海绥藩集》，《清代诗文集汇编》第 544 册，上海古籍出版社，2010 年，第 628 页。

对比《绥藩集》与《纪行录》所收诗作，《绥藩集》有而《纪行录》无者包括去程时诗作：《夜宿土木驿》、《驾竿车》、《元旦书怀》二首、《巴噶济斯写怀》二首、《哈比拉噶道中清明感怀》，共计5题7首[①]；又因《纪行录》誊本仅至三月二十三日布尔嘎素台为止，而《绥藩集》中《札萨玛勒换车轴入张家口喜成》以下14题(共14首)诗皆写于二十三日以后，是故《纪行录》中亦无。故而《绥藩集》较《纪行录》多出者共19题21首。而《纪行录》有、《绥藩集》无者则有86题共95首，可对《绥藩集》起到重要的补充作用。

前揭此本《纪行录》是整理、编辑、修改的工作本，在原始文本的基础上层层叠加，保留了若干修改痕迹。将其与《绥藩集》对读，不但可以提供一些有价值的异文，还可以展现诗作修改的过程。

诗作原稿誊录进《纪行录》后，进行了第一次修改，这次修改以贴纸的方式进行，诗作原貌基本被遮盖住，但有的地方仍可依稀辨别出底稿信息，故而能直观地看到从初稿到今本《纪行录》中诗歌的变化过程，试举数例：

①《恭和御制居庸关》末句底稿原作“畦亩纵横中外一，不须充国议屯田”，圈去“畦亩纵横”，在“中外一”下增“家琛赆集”。新贴纸上遂作“中外一家琛赆集，不须充国议屯田”。(《绥藩集》无此诗)

②《台中感怀》底稿中于“却听儿女啼笑声”一句下增入“毡庐后有蒙古插帐家属同住”十二字，新贴纸上遂于此句下抄录此十二字为双行小注，《绥藩集》同。

③《乌兰哈达即目》首二句底稿原作“追风骠骑一挥鞭，避客黄羊疾似飞”，又以符号乙此二句，新贴纸上遂抄作“避客黄羊

① 在影印本第149页，可以看到后贴纸张下透出《夜宿土木驿》一诗，但被后来写上的腊月十一日之日记遮盖掉；又172页，可见纸下有《驾竿车》之题目，但次页却并不见此诗，疑稿纸有遗失。如此则另外三题五首亦可能与此类似。

疾似飞，追风骠骑一挥鞭”，又在“挥鞭”二字旁加点，《绥藩集》则作“避客黄羊疾似飞，追风骠骑一鞭挥”。

④《大风沙拉木楞毡庐写望》底稿原作“风吹沙向草根聚，累累坟起遍大荒。狞飙起天易昏霾，黮黕塞日无晶光。□□卷砾物不见，驼鸣马嘶声一片”。又有改动痕迹，“飙”下加“顿”，“黮黕”改作“遮蔽”，“□□卷砾”改作“昏霾黮黯”。新贴纸上遂据改动后之诗句录出，《绥藩集》同。

⑤ 底稿凡有“夹杆”二字者，均圈改作“架竿”，新贴纸上亦作“架竿”，《绥藩集》同。

以上五例反映的是对诗作的第一次修改，而在此之后又有第二次改动：

① 者番行箧富新诗，“富新”圈改作“定添”。

② 有鸟随时歌宛转，“随时”圈改作“以春”。

③ 寄语腰金老上公，“公”圈改作“卿”。

④ 席帽风尘羞鬓短，“席帽风尘”墨笔改作“压帽尘埃”。

⑤ 特荷纶音擢冏卿，“冏”圈改作“上”。

以上五则，《绥藩集》之文字皆与圈改后之文字同，亦可证此数处圈改应是斌良本人所作，且被刻本继承。然《纪行录》和《绥藩集》之间亦有异文：

① 此役第一首诗，其诗题《纪行录》作“初六日己酉自京起身奉旨至土尔扈特赐赉多罗扎萨克郡王三达克多尔济出德胜门至清河小憩感怀”，《绥藩集》改作“丁酉腊月奉命偕安上公至土尔扈特赐赉多罗札萨克郡王三达克多尔济初六日出德胜门至清河小憩感怀”。[①]

②《雪后由昌平州赴南口和东坡焦山韵》，《纪行录》此诗末句后有小注：“自张家口至土尔扈特皆住蒙古包，并无庐舍，台站

---

① 斌良：《抱冲斋诗集》卷二十五《瀚海绥藩集》，第621页。

供给维羊一牵而已。"《绥藩集》删去。[①]

③《十三日行抵张家口赛鹤汀都统明古愚关部率领阖城文武员弁通桥远迎喜成》一诗,《绥藩集》改诗题为《行抵张家口喜晤鹤汀都统赛尚阿古愚关部明谊》。[②]

④《溥恩寺》,《纪行录》有"清净毕钵岩畔景",《绥藩集》改作"清净阇黎殷毕钵"。[③]

⑤《驾竿车行走甚速喜题》,《纪行录》有"毡庐遥睇一点白,电掣星流到何速。眨眼飞奔已莅临,名驹汗滴桃花色"。《绥藩集》改作"毡庐遥睇一点白,百里邮程才顷刻。驾竿车合唤飞奔,名驹汗滴桃花色"。[④]

由此可知,从诗稿到刻本,至少经历了:1.《纪行录》初誊;2.《纪行录》第一次修改;3.《纪行录》第二次校订;4. 刊刻《绥藩集》,这四次修订过程,除了从诗稿到《纪行录》这一重转换尚难得知外,其余三次均可经由《纪行录》的细读和与《绥藩集》的对读加以部分还原。

除了观察文字变化外,《纪行录》对理解《绥藩集》中诗歌意味也具有重要作用。将诗歌还原到写作情境中,从"心灵史"和"生活史"的角度加以解读,是理解近世非经典诗歌的一种途径[⑤]。阅读《纪行录》则有助于我们了解斌良诗歌的写作方式、写作背景,从而丰富对诗歌本身的认识。

隆冬行旅,不同于寻常家居,诗歌的写作方式也有独特之处。如

---

① 斌良:《抱冲斋诗集》卷二十五《瀚海绥藩集》,第 622 页。

② 斌良:《抱冲斋诗集》卷二十五《瀚海绥藩集》,第 624 页。

③ 斌良:《抱冲斋诗集》卷二十五《瀚海绥藩集》,第 628 页。

④ 斌良:《抱冲斋诗集》卷二十五《瀚海绥藩集》,第 629 页。

⑤ 张剑:《情境诗学:理解近世诗歌的另一种路径》,《上海大学学报(哲学社会科学版)》2015 年第 1 期,第 92—102 页。

三月初九日，连赶三台，颇为紧张，斌良遂云："因赶程辛苦，车中不看书，吟咏亦略减矣。"可知车中吟咏乃其常态。但车中虽可吟咏，却未必便于书写，这种方式往往将诗歌创作和落于纸上分为两个阶段，日记中亦可见：

> 欲录《暖炕》诗，匆匆未暇。（腊月十二）
> 欲录昨诗，土房湫隘，未能拈管。（腊月十九）

更具代表性的是《居庸关》五古长诗，斌良一行于腊月初九出居庸关，此日日记云："是日得诗九首，因天寒未得即书，古风竟至不记，另日补作再书。"及至十一日，在土木驿，"卯刻起身，天气寒甚，篝灯烹茗，写《居庸关》古风"。《纪行录》中此类记载，为了解行旅途中的诗歌创作细节提供了颇具价值的资料。

《纪行录》中的信息也为解读诗作意涵提供了帮助。如三月十七日有《感事》一诗："应时恩遇运攸关，开府声华遍九寰。品骘文章论物望，栾城毕竟逊眉山。"如单读此诗，则略觉难明其意，结合此日发生之事，即颇易懂。《纪行录》三月十七日日记云：

> 行二十余里，采耶律地方，看神榆一本……余赏玩间，见两骑自南驰来，问之，乌里雅苏台差官自京师回将军署公干，因带有家信，系正月十三日侄儿辈延福、延志等所寄，遂坐树下拆视之，得悉燕山弟于去腊十八日到京，蒙恩召对十一次，并赏假在京度岁，于岁暮赏荷囊，于正月初十日还豫抚之任。圣眷优隆，蒙恩告知斌良现在差，回京尚需时日，桂良不能相待把晤，桂良以地方公事紧要覆奏。斌良蒙圣恩眷注，闻命之下，不胜钦感，以所带食物赏赍差官，并告知问候保将军，该差官上马北去。

按"燕山弟"即桂良，玉德三子、斌良胞弟，为晚清重臣，时任河南巡抚。此日斌良接到家信，得知桂良进京，得蒙召对、赏假、赏荷囊，可谓“圣眷优隆”，《感事》一诗即由此而发。斌良前半生仕途颇觉蹭蹬，三十七岁时仕至正三品按察使，此后两度降职，五十三岁方补授从四品侍读学士；相比之下桂良则更为顺利，早已成为方面大员。前两句“应时恩遇运攸关，开府声华遍九寰”，即指桂良；“栾城毕竟逊眉山”一句，斌良以苏轼（眉山）自比，而以官至宰执的苏辙（栾城）比桂良。检索《抱冲斋诗集》三十六卷中提及“东坡”即有九十余处，可见苏轼在斌良心中的形象和地位，则此诗在兄弟间的戏谑调笑中，亦有以“文章物望”自期自许的怡然自得之意。

以上从作者生平、版本情况、史料信息、文献价值等方面对《乌桓纪行录》进行简单介绍，谨供读者和研究者参考。

凡　例

整理所用底本为台湾“中研院”傅斯年图书馆藏《乌桓纪行录》影印本(《“中央研究院”历史语言研究所傅斯年图书馆藏未刊稿钞本·史部》第20册,台湾“中央研究院”历史语言研究所,2015年),其正文及人名索引整理凡例如下:

一、据“晚清珍稀稿本日记”惯例,将书名改作《斌良日记》;

二、据“晚清珍稀稿本日记”要求,正文所有整理文字除特殊情况外,均使用规范简化汉字;

三、在正文原年、月、日后增加公元纪年,以圆括号括注其后;

四、正文夹注原为双行小字,今改用小五号字体单行排印。又正文中涉及人物姓名、字号,时或小字偏书,今统一以正文字号出之,以清眉目;

五、正文原稿确定误字者,以圆括号“( )”括出误字,后以方括号“[ ]”括出改字,但明显的音近形近误字则径改;原稿有脱字者,所补字亦用方括号“[ ]”括出;原稿有衍文,用“【 】”括出;

六、因整理者学力所限,原稿中尚有若干文字未能辨识,凡此皆暂从阙,以“□”代之;原稿中的空格阙文以及残阙处以“■”代之;

七、正文原稿,包括初次誊录、贴纸修正两层文本,又有校改编辑痕迹。由于贴纸修正后的文字方可视为作者之定本,故正文照录之。其后的编校改动情况则在页下注出;

八、文中涉及当时蒙古地名,均用音译汉字,时或用字不一,今皆从原文;

九、正文后附入桂良所编《先仲兄少司寇公年谱》,以供读者参考;

十、索引仅为正文中人物姓名、字号或其他称谓之索引，并按音序排列；

十一、索引以姓名为检索主体，姓名之后括注《日记》中出现的字、号、别名、习称、昵称、官称、简称及其他称谓；

十二、凡《日记》中出现的字号或其他称谓，亦列为检索条目，并与其姓名的主索引条目互见；

十三、凡《日记》中仅出现字号或其他称谓者，尽力考出其姓名，列为主索引条目；暂时未能考知者，则径列其字号或其他称谓为检索条目；

十四、人名后所列数字为该人物在《日记》中出现之年月日（公元纪年），如长龄 1.8，表示长龄出现在日记 1 月 8 日。

程棫林题记[1]

光绪三十三年丁未二月十七日，出南城，赴李子卫编修招饮，便道琉璃厂阅书摊，买得《乌桓纪行录》稿本二册，略翻阅，知为旗人斌良所著。前有潘曾绶私印，知为吴下潘氏所藏。书贾不识，以有潘印，妄于书名下添写“潘曾绶”三字，妄题一签，曰“抄本潘某纪行录”，可笑也。检吾友杨梓勤太守[2]所撰《八旗文经作者考》云：“斌良，字备卿，又字笠耕，号梅舫，瓜尔佳氏，隶满洲正红旗，浙闽总督玉德子。由荫生历官刑部侍郎、驻藏大臣，著有《抱冲斋诗集》。弟法良可盦，有《沤罗盦诗稿》。《文经》入选者，《小鸥波馆词钞序》《雁足镫铭》二篇。”按梓勤于所著不举是书，似是书未尝付刻，梓勤所未见。当珍藏之，异时以示梓勤。十八日午刻邵山程子漫记于西罗圈京邸。

---

① 此标题为整理者所加。

② 杨梓勤太守，即杨钟羲。

乌桓纪行录[①]

由京腊月初六日（1838 年 1 月 1 日）起身，二月初九日（3 月 4 日）至土尔扈特致祭差旋，来程计六十三日。十二月十三日（1 月 8 日）至张家口，住四日。十八日（1 月 13 日）出口，正月二十二日（2 月 16 日）至乌里雅苏台，住一日。二十四日（2 月 18 日）起身，二月初二日（2 月 25 日）至科布多，住一日。初三日[②]起身，赴土尔扈特。除去住止六日，行五十七日。

初六日（1838 年 1 月 1 日） 由京起身[③]。已酉午初起身，戌初住。

初六日，午刻，由家起程。出德胜门，雪后途路泥泞，出关乡外沙

---

① 原底本自此处至二月初九日末为《乌桓纪行录》上册。

② 据日记正文应是初四日（2 月 27 日）起身。

③ 韩儒林《清代内蒙古驿站的方位》："清代交通，以首都北京为中心。由北京出发，可经由喜峰口、古北口、独石口、张家口和杀虎口通往蒙古各盟旗、各卡伦。在这些驿道上，属于内地的驿站由内地汉人维持，称为汉站。进入蒙古地区以后的驿站，由蒙古人维持，称为蒙古站。出喜峰、古北、独石、杀虎四口的驿路，只达内蒙古各旗。其驿站称为站。从张家口通往西北的各驿站都称台。这条驿路最长，到达的边陲地点也最多，就是历史上著名的阿尔泰军台。"（《穹庐集》，上海人民出版社，1982 年，第 224 页）

自北京至张家口驿路，据刘文鹏《清代驿站考》（下简称"《驿站考》"）："自京师皇华驿，70 里至昌平州榆河驿，60 里至延庆州居庸关驿，60 里至怀来县榆林驿，60 里至怀来县土木驿，60 里至宣化县鸡鸣驿，60 里至宣化府宣化驿，60 里至张家口。"（人民出版社，2017 年，第 24—25 页）

路平坦，润净无泥。未刻至清河店，小憩后，福二姑爷又新①、延五侄少山②暨大儿延福③、二儿庆福④踵至。煮茗略歇，复登车趱路，申刻抵沙河。度朝宗桥，石栏排列，雁齿参差，桥下沙溆潆洄，浮岚掩映，风景甚好。因天晚不便再歇，赶紧行走，戌初始抵昌平州。因未传行，并未预备公馆。遣人至知州署中通知办差家人祁姓，引至公馆。张灯烧炭，与侄辈畅谈。戌刻，行李、家人始俱到齐。知州史渭纶⑤差人禀安。亥初安歇。

《初六日己酉自京起身奉旨至土尔扈特赐赍⑥多罗扎萨克郡王三达克多尔济出德胜门至清河小憩感怀》：朝承丹诏出瑶京，忽作龙沙万里程。祖饯殷勤亲友谊，鱼书稠叠弟兄情。是日燕山弟作家信。柳粘残雪消时瘦，车指寒山缺处行⑦。犹记丁年曾饭此，断碑瘿柏尚峥嵘。丁酉年山西之役，曾至清河真武庙小饭。

《沙河道中》：细烹茶串糁姜和，茅屋三椽集伞珂。一舍邮亭寒继马，长虹短荠指沙河。

---

① 福懋，字又新，恩成之子，娶桂良次女。

② 延祜(1817—?)，字少山，桂良五子。吏部笔帖式候选知州，捐升道员。配蒙古护理贵州巡抚贵州布政使额腾伊之女。(见恩龄修《正红旗满洲哈达瓜尔佳氏家谱》)

③ 延福(1807—?)，号介之，斌良长子。荫生，光禄寺候补典簿，借补笔帖式，京察一等，记名，以理事同知通判用，题升署正，掌良酝署印兼典簿厅行走，钦差禄米仓监督。配宗室氏，辅国公内大臣副都统宗室敬叙之女。(见恩龄修《正红旗满洲哈达瓜尔佳氏家谱》)

④ 庆福(1823—?)，号子英，斌良次子。文生员，在理藩院学习笔帖式任内奏明随父任至西藏，后任刑部满档房笔帖式兼江苏司行走。配富察氏，御前侍卫礼部侍郎联顺之女。(见恩龄修《正红旗满洲哈达瓜尔佳氏家谱》)

⑤ 史渭纶，字兰舫，江苏溧阳人，监生。

⑥ “赉”改作“赍”。

⑦ 此联有圈，并于天头注“此联可入画”。

鸾铃声振暖风和，仿佛螭坳振珮珂。行役方冬喜暄暖，雪融寒碧半成河。

《昌平道中雪后写望》：平楚雪连沙，一白遮大地。貂帽冲寒飙，已具出塞意。

《夜抵昌平》：路出黄花镇，驱车急暮程。月田增雪色，冰辙健车声。已觉峭寒袭，迟来小吏迎。张灯初设席，应识主人情。

《望天寿山环绕燕平偶作》：烟荠抱云根，微茫近塞垣。雪消峰影碧，沙漱水流浑。寒意乍穿幕，铃声稍出村。冰清兼玉润，试与剪灯论。谓(西)[福]又新贤婿。

《药王庙写望》：山含落日烘霞绮，雪积平畴耀玉姿。驿路风光托吟咏，者番行箧富新[①]诗。

《雪中题南口旅舍壁》：榻有席兮窗有纸，逆旅凄其竟如此。草草邮亭一夜眠，万里之程足下始。柅车秣马殊苦辛，山高天寿胡嶙峋。云光雪意冥蒙际，看不分明最可人。

初七日庚戌(1月2日) 自昌平州赴南口。午初起身，申初住。[②]

初七日，辰刻早起，因同行正使安公诚[③]行李车未到，安公欲住昌平州，坐候。余亲至燕平书院，与安公相商。先令延(士)[志]尚(志)[之]五侄[④]回京，次令大儿、二儿、延福等偕延少山五侄约同

---

① “富新”改作“定添”。

② 《驿站考》：“昌平州本城军站，位于今北京市昌平区城北街道，属于稍冲驿站。”(第29页)

③ 天头注：“安公诚，厢黄旗人，孝仪皇后丹□袭封承恩公，号恬斋，散秩大臣。”按：安诚，魏佳氏，满洲镶黄旗人。其父花沙布，花沙布曾祖为清泰，清泰乃清仁宗生母孝仪纯皇后之父。嘉庆二年四月，清泰追封一等承恩公，花沙布晋封三等承恩公。道光八年十二月，安诚袭封三等承恩公。

④ 延志(1810—?)，号尚之，岳良之子。兵部笔帖式回避起居注衙门，仍调回兵部，京察一等，题升兵部主事、员外郎、职方司行走，掌司务厅印，办理满档房事务，京察一等，记名，以道府用，任山西平阳府知府。配汪氏，(注转下页)

(西)[福]又新姑爷回京,侄辈皆叩别而去。余与安公处商定,午刻如行李不到,不便在此耽搁,先至南口住居庸关。安公与余意适同,亦欲住南口,因令秣马梶车。是日于午刻自昌平起身,冒雪驱车,遥望天寿蝉连塞外诸山,涴粉渲云,峰峦层叠,宛然王维图画,忍冻搴帷,玩赏不置,洵属平生快游。得七古和东坡焦山韵一首、七律一首。申初二刻,行抵南口,缘雪积山径,磴滑冰浓,不能前进,住宿山边店中等候。安公先遣人至居庸关送信雇轿,拟于初九日过关。夫马自行发价,安公行李未到,代为犒赏官弁、人夫。

《雪后由昌平州赴南口和东坡先生焦山旧韵》:平生清景性所耽,梶车路出峡口南。皇华载咏奉简命,甲丁暨酉过兹三。余于甲申太仆寺牧场查马,曾住南口。丁亥奉使土默特,偕松湘浦相国议[①]案,宿此。兹丁酉奉使,已三过其地矣。毡帷(窻)[毳]幕紫绒裹,拥裘瑟缩如春蚕。文章报国语胡诞,太仓窃粟拥笏惭。日趋青锁侍香案,玉堂清秘深潭潭。龙沙万里示恩礼,名王向化沐泽酣。偕行上公媕群雅,貂裘坐拥围炉谈。漫嗤白茅山屋陋,穹庐较此低于龛。梦神诉踏菜园破,肥羜餍饫侪芳甘。柔怀藩服喻远略,宣猷月窻吾犹堪。吮毫濡墨写长句,雪鸿爪迹留茶庵。自张家口至土尔扈特皆住蒙古包,并无庐舍,台站供给,维羊一牵而已。

《大雪由龙虎庄穿红泥沟晚抵南口车中写望》:轮催荦确响铿鎗,知近燕南峡口程。横涧枯槎疑铁铸,幕峰云气界天平。忍寒奇景搴帷赏,出坎虞侯按辔行。古塞蠮螉信天险,危峦缺处拥孤城。

酉刻,安公亦到南口,其行李随即赶到。同宿店中,庖羞小酌,披裘赏雪,虽逆旅荒寒,不甚寂寞。篝灯录近作,漏初下,延庆州牧童[②]

(续上页注)户部侍郎总管内务府大臣阿尔邦阿之女。(见恩龄修《正红旗满洲哈达瓜尔佳氏家谱》)

① “议”改作“谳”。

② “牧童”乙作“童牧”。按:童恩,浙江鄞县人,监生。

恩遣人送轿，明晨迎余度关。火(坑)[炕]挑灯，茗炉涛沸，颇饶静趣。戌正始安睡，布帐酣眠，意颇恬适。

《车中望塞外积雪诸山作》：森然鳞甲欲摩空，夭矫群峰亘玉龙。遥忆灯前儿女话，计程今日到居庸。

初八日辛亥(1月3日) 卯初起，午初住南口，至居庸关，雪后路滑难行，早住。①

南口在居庸关北，万峰环绕，于岩坳缺处建筑高城。峡口瓦屋鳞排，人烟稠密。口南设崇文门户部税局，稽查往来商旅，征收杂课。山北设张家口税局，凡由口外来者，皆于此纳课，名为南单。山麓街长约有半里许，遥睇峰头废垒残墩，星罗棋布，想见胜国防边严肃。正值雪后，积素连天，粉皴鳞叠，恐郭河阳《雪山行旅图》渲染云烟，未能及此秀润也。

《雪晴南口晓发居庸行馆篝灯涤墨书此》：爬沙声殷窗，密雪洒琼玖。开门教税驾，晨策傍岩走。荒街半里长，山茨枕林阜。关市讥而征，黠吏积习狃。岩坳擘絮纷，残雪栖枯柳。居人尚掩关，难觅茅柴酒。

万峰环匼匝，弓弯一线路。石磴积层冰，滑汰更难度。持控钓人恭，丝缰双目注。舆夫肩竹兜，蹁跹疑白鹭。秫秸缚山棚，青帘卓高树。经商星饭早，蒙茸岂遑住。石栈系蹇修，齿健啮刍怒。范宽寒旅图，粉墨迷绢素。山顶峙残墩，云中指孤戍。

蟠蝓古塞垣，层峦莽积翠。燕都八景一，延赏愿攸遂。我来值残冬，群山寂如睡。风尖重裘穿，冰触乱石碎。葵首剩丰碑，卓立苍云对。煌煌宸藻刊，雄词当谆诲。守德维金城，万古不能溃。陋彼说防边，盈庭乱群喙。柄国附阉寺，兵机用多晦。冒功戮边民，诡言强敌退。粉饰玉垒清，朦胧金印佩。嚣凶杜勋与王承允，叛国倒戈锐。墩

① 《驿站考》："居庸驿，明代置于居庸关内，极冲大驿，在今北京市昌平区西北之居庸关村。"(第72页)

堠筑蝉联，今犹亘峰背。揽辔过遗墟，怀古发叹慨。大哉圣人言，三复觉盲昧。

四山抱凉翠，公馆筑三椽。残雪岭背皴，向晚寒生烟。忆昔襆被宿，清冷溜山泉。元冥幽涧涸，怪石蹲狮然。馆人偶相语，似读齐谐篇。健儿负檄驰，夜经溪术边。远睇双灯红，电睒疑星圆。讵知虎眼睁，腥风起盘旋。樵子倘相犯，咥人吁畏焉。遍告诸仆夫，度岭须慎旃。

初八日。卯刻出南口，乘竹兜，过张家口税局。依岩筑观音阁，峭壁飞甍，斜连云汉。癸未年过此，记曾登眺。路出入官沟，乱石嵚巇，颇方车轨，而奇峰涴粉，秀嶂镵琼，林樾萦回，山茨高下，一幅郭熙《寒旅》图画。山麓内有"居庸叠翠"碑亭，今已倾圮，惟见丰碑卓立，榛莽纷披而已。溪边奔泉瀌瀌，半流轻冰之下，马蹄踏处，如碎琼铿然有声。碑刊高宗纯皇帝御制诗，字未漫漶，恭录于后：

断戍颓垣势接连，当时徒说固防边。洗兵玉垒曾无借，守德金城信不穿。石出泉鸣常带冷，日含峰暖欲生烟。鸣鞭阿那羊肠道，可较前兹获有田。

过关南五里许，即行馆。四围山色，秀石疏林，颇有幽致。屋后山头即文庙，石绰楔，三间，盘梯曲绕，殿前苍松掩映，颇饶烟趣。自沙河至此，公廨数处，当推此馆为第一。午刻即住，馆人颇致殷勤，酒肴亦复芳洌。州牧名童恩，即前任山东廉访童萼君槐[①]之子，余任兖沂观察时曾相见，彼时童牧年方十四，近[②]居然临民之官矣。晚间谐安公晚饭夜谈，始知今日腊八佛诞，羁人仆仆道途，风致可想也。

《恭和御制居庸关》：峰头古堠筑蝉连，想像明时重守边。重畀貂

---

① 童槐(1773—1857)，字晋三，又字树眉，号萼君，浙江鄞县人。嘉庆十年(1805)进士，官至通政司副使。其子童恩为编《萼君府君年谱》。(《北京图书馆藏珍本年谱丛刊》第134册，第393—445页)

② "近"下增"日"。

珰嗟柄倒，竟教蚁贼突墉穿。冻泉石罅寒犹咽，髡柳崖坳瘦不烟。中外一家琛赆集，不须充国议屯田。

《居庸关》：手持虎符节，远出居庸关，蚕丛鱼凫讵足数，嵚崎险峻难跻攀。忆从南口揽辔入，中间四十五里横峰侧岭相回环。两峰壁立森巉岩，夹沟委曲弓靶弯。深溪大小乱石叠，荦确礓砾殊冥顽。峙如宫与霍，卧像狮僧猨。浓爱绣藓碧，色作桃花殷。细布宛螺蛤，高拥肖髻鬟。奇形诡状笔难罄，南山秀句吟犹悭。上关下关距咫尺，梋车欲度愁发鬅。我来正值元冥候，涧底冰结泉犹潺。人马沿缘石隙间，倾跌可畏惊孱颜。曲类穿珠蚁，形如[1]鞭石源[2]。彳亍千步曾无百步稳，一夫当关能拒万骑还。掸[3]琴峡幽邃，石佛寺静闲。仙人释子互隐见，天梯石栈相钩扳。更有巴达岭，螺磴霜斒斓。冰凝石面宛磨镜，经行滑汰摧轮辕。残墩废垒何蝉联，想见胜国严防边。太阿柄倒授阉竖，蚁贼突骑缠幽燕。王承允杜勋嚣凶竟卖国，缅怀史事生慨叹。藩篱仁义足宾服，深沟峻垒胡为焉。君不见崖际高亭宸藻刊，煌煌圣训垂简篇。帝王端冕玉衡拱，维德金城信不穿。蟠蛐古塞固天险，何如我朝中外一家联。万国琛赆同朝天，龟兹鹿塞尽臣仆，均调玉烛万斯年。

《宿上关公廨夜间大风》：万谷响笙镛，泱泱起俊风。轻音搀击柝，高势接冥鸿。天险何年辟，丸泥此固封[4]。高歌思猛士，抚剑意犹雄。

《雪后过关沟和壁间韵》：礓砾凝冰滑，趁趄度石沟。雪深埋马足，风劲透貂裘。竽籁千山合，疆圉[5]四望收。北门资重镇，天险卫神州。

---

① “如”改作“疑”。

② “源”字旁两点，《抱冲斋诗集》（下简称“《诗集》”）作“鼋”。

③ “掸”字旁两点，《诗集》作“弹”。

④ 天头注“封韵在冬”。

⑤ “圉”改作“圻”。

初九日壬子(1月4日) 卯正起身,申正住榆林驿。①

初九日,卯刻晓起,出居庸关。

《叩祷关帝庙恭纪》:驻马丛祠意恪诚,雄关四照雪光明。瓣香默祝神歆格,安稳龙沙万里程。

《出居庸关》:雄关瞻岌嶪,朝日射曈昽。地设高牙镇,台镂梵像工。关外有云台石阁,石刻金刚菩萨,佛相甚庄严。壁嵌《大悲咒》,系元至正五年宝积寺僧德成所书。伏流泉不冻,阴岭雪难融。跬步防颠踣,殷勤戒马僮。

《见依山佛寺题》:层梯陡绝接虚无,画桷飞甍俨翼如。欲觅扬雄问奇字,磨崖丹画半番书。

《石佛寺》:依然佛面焕金容,密雪平阶印虎踪。过寺轺车忙不入,山僧应笑客匆匆。

《巴达岭》:盘磴陟高空,巉岩积雪封②。回迟见日色,峡窄迥生风。天地蘧庐似,人烟虮虱丛。侧身南望切,京阙瑞云笼。

《三铺》:风物凌竞帽影斜,马蹄踏遍石峪岈。舆台笑说回辕日,开遍山桃树树花。

《下关》:依岩蜿蜒筑长垣,胜国防边事莫论。记得丁年曾立马,一株枯柳卧关门。

古堠危峰矗,熊罴想合围。地寒凭石气,雪卷称风威。我正沈③符往,人偏较猎归。谈兵多白面,若个识戎机。

《由坌道至榆林驿》:陆海望无边,天垂大漠圆。冰凝城积铁,风卷雪如烟。庤马凌寒健,针车出塞便。宣勤持虎节,恩意邑名传。怀来县在驿前,可悟柔远之意。

---

① 《驿站考》:"榆林驿,极冲大驿,在今北京市延庆区西南之康庄镇西之榆林堡村。"(第70页)

② "封"改作"峰"。

③ "沈"改作"持"。

《弹琴峡》:指点弹琴峡,元音托[1]泉注。不见古仙人,挥鞭过桥去。

《晚抵榆林驿》:楼橹撑空丽,寒山绕四周。地偏关塞隔,人隽茂才收。堡旧浑疑郭,沙荒近置邮。十年题句觅,爪迹可仍留。

初九日。卯刻由公馆至关前关帝庙,拈香默祝奉使龙荒人马安善。庙不甚宏丽,颇精洁,墙绘明十三陵全图,并张家口茨儿山真景,笔墨尚属工致。由居庸关至坌道经过三城:曰下关,曰上关,曰坌道。城门十二层,接连长城,古堠残墩,森然排列。山势亦颇雄峻,中间夹沟,即关沟也。一路大小石桥数座,亦有石漫甬路旧基,俱被山水冲刷残坏,不知修自何时。庙宇数处,亦俱倾圮。碑碣甚多,大半磨灭,惜奉使匆匆,不暇细考。下关城内设立都司、州同二署,关内居中旧筑六角石台一座,旧名云台石关[2]。白石贞珉,雕栏四绕。门洞内壁镂四金刚、八菩萨,各梵相极(装)[庄]严。壁嵌石块,刻番书《大悲咒》。西壁所刻咒语亦有汉书,末云"至正五年西蜀宝积寺僧德成书",以此考之,台系元以前萧梁所筑。俗传台上旧筑飞阁丹碧辉煌,极为宏丽,中祀菩萨像,范铜为之。燕王棣北征过此关下,马逸惧不进,燕王命立毁佛阁,今石壁多有损裂,云是当时焚毁所致。自北口至三铺十五里内,乱石尤多,侧峰横岭而外,大者如狮象,小者如瓶鼎。中间泉流环绕,无寸步容足之地,人马俱从石隙行走,奔湪湍急,虽严冬亦不能坚冻,马蹄边瀌瀌有声。好事者又铺草作小桥,尤易冲塞,冲使水凌满地,方碍行人。土人云去岁总督至宣化阅兵,略加修理,若值积淹之际,更为难行。三铺之北有大石洞,飞甍插汉,虚构依崖,凿石为梯级,陡绝不能登涉。关[3]中亦无僧人焚修守护,石壁遍书梵字。不数武即石佛寺,古柳槎枒,秀峰迎面。寺门前小沟,亦有佳致。夜间有虎下饮水,居人多避之。匆匆不遑小憩,转山坳即巴达

---

① "托"改作"似"。

② "关"改作"阙"。

③ "关"改为"阁"。

岭。磴道盘纡，虽不甚峻，而石路光滑如镜，轮蹄迹深三四寸，亦颇难行走。出岔道城数里，两旁盖石板房，颇坚固。有旅店，墙书大字云“十三省名公久寓，两京都贵客来临”。入店又另院屋二楹，壁有张环[①]题句尚佳，字亦端好。因是日大风，寒冷异常，即下肩舆向店中稍歇，换车马前行。出岔道外，居然雪碛连天，四山俨如屏幛，虽尚在张家口内，而风色竟如沙漠矣。行廿五里，榆林驿，土城倾圮，堡中业儒者众，户悬扁额。申刻，抵公馆，其地即余甲戌年查马所居之店。十年重到，恍如梦寐。适怀来令倪公承弼[②]遣旧兵官亲马清禄来馆伺应，颇周到。饭后风少息，呼童煨炭，开箱取狐裘，预备明日更换。戌刻，安公遣问候。明日约怀来小尖，再商驻止。是日得诗九首，因天寒未得即书，古风竟至不记，另日补作再书。

初十日癸丑（1月5日） 辰正起身，巳正至怀来县早尖。[③]

初十日，辰刻自榆林驿起身，晓间风止，而积雪连沙，群峰四绕。颇寒冷，车帘不揭而穿狐皮褂，呵气凝冰，如珠琲缀胸间。遥望山巅雉堞嵬峨，疏林环拥，即怀来县城。城筑跨山，随岭高下，绕郭河水皆冻，车碾过，铿然有声。过河上坡，入县东门，城中市廛两翼，排如雁翅，建造齐整。街心筑牌坊，上书“正直”二字，款不能细辨。是日嘉辰，遇亲迎者，彩轿皆白木为之，旧绣红毡轿围，伴娘亦衣绣坐轿中。鼓吹四人，新郎皆蓝棉袍青褂，亦俱楚楚。穿城出西关，至晋升店下车小憩。馆人奉龙井芽茶，芬冽沁齿。询知倪令系浙江嘉兴人，举班，殆以其乡味敬客也。晓间得诗一首。安公住大公馆，遣人问候。

---

① 张环，号耐叟，直隶怀来人，嘉庆三年（1798）戊午科举人，曾任完县训导。

② 倪承弼（1780—1847），字容斋，号馥棠，别号苕溪，浙江平湖人。嘉庆六年（1801）辛酉科举人，道光六年（1826）大挑一等，以知县用。其子宝璜编《苕溪府君年谱》。（《北京图书馆藏珍本年谱丛刊》第136册，第451—484页）

③ 《驿站考》：“土木驿，明代置之土木军堡，襟要之地，极冲大驿，有驿丞。在今河北省张家口市怀来县东南十五里之土木镇。”（第70页）

《晓抵怀来县》：依山高下筑雄城，寒岫屏环万玉横。敬体圣人柔远意，怀来古县味嘉名。

县西门有清官靴悬于笼中，但清官脱靴例有严禁，而宣化一带风犹盛行，足见边(氓)[氓]爱敬官长。然作小木笼上钉木牌，详写官衔，悬挂城门，甚不雅相。问之土人系属何官，历年久远，亦不能详述爵里矣。

《晓发榆林抵怀来和谢茂素榆河晓发旧韵》：积雪亘孱颜，深藏虎豹关。民多三晋徙，城筑半山间。化远车书统，时平戍卒闲。冲寒信鞅掌，沩洛听车班。

《怀来怀古》：似茧回环密，寒山抱万重。云封萧寺古，何处访槐钟。怀来螺山中有古槐一株，昔年钟挂树稍，岁久，槐长合抱，将钟全蚀，裹于树本中，仅露二齿，见《县志》，其钟惜未得见也。

巳刻自怀来起身，申初二刻抵土木。土城一座，进堡皆瓦房，铺户甚丰。堡中有隆福宫，建造坚固，似山西房舍，大约晋人商贾居多，是以风俗相(访)[仿]。且文风尚好，民居有挂戊午孝廉程嘉猷[①]扁额，贞节扁者曰"画荻训读"，一曰"教养成家"。公廨即兴隆店，店西有"棣萼联辉""齿重雁行"等扁。兄弟张国宪、张国辅皆系孝廉，亦小乡宦，平日读书可知。堡外光景荒凉，地多石子。正统偾师处想在狼山堡，土人皆村农负贩，问之茫然，俟闲时再当细考耳。晚与安公同饭公廨，戌初回寓，得诗二首。

《沙城》：沙碛光连积雪明，狼嗥兔掷马频惊。灯前儿女团圞话，可识寒征此际情。

十一日甲寅(1月6日) 辰初，土木驿起身，辰正至沙城店中小憩，申刻住。[②]

---

① 程嘉猷，直隶怀来人，嘉庆三年(1798)戊午科举人，曾任南宫县教谕。

② 《驿站考》："鸡鸣驿，极冲大驿，明代置于鸡鸣堡之中，在今河北省张家口市怀来县西北之鸡鸣乡。现存有驿站遗址。"(第 64 页)

十一日，卯刻起身，天气寒甚，篝灯烹茗，写《居庸关》古风。天明啜粥登车，坚冰在须，寒冷异常。车中看查初白诗，手僵不能出袖。因至沙城店中小憩，复登车趱程。沙城西门，路皆平坦，官柳合抱，寒村萧寺点缀郊坰，较土木驿不甚荒凉。村女跨驴，茜裙翠袖，亦颇楚楚，不似塞上光景。午刻，抵新保安东门外龙王庙早饭，寺僧净因相迓入西禅室献茗，意颇殷勤。询之，僧号净因，年四十五岁，保安祖籍，人亦朴诚。壁间悬孝廉张耐叟环书对联，询之寺僧，即丁亥年偕松湘浦相国[①]山西之役曾至其家，殆读书好善人也。寺僧出纸索书，为写"龙王殿"扁，"泽周万物"对二副，诗一幅。

《土木驿晓发》：巾车侵晓触寒威，壳洗铜钲爱日曦。眼底峰峦排粉絮，胸前欻吐化珠玑。晓寒，胸前呵气尽成冰珠。欲吟古迹难征典，能耐凌兢感授衣。疏柳万行城一角，邮亭风物认依稀。

《过新保安龙王庙早斋赠净因长老》：雉堞连云认保安，豆房草草具盘餐。惊沙糁雪泥金澹，坏壁凝冰积铁寒。诏简名卿巡鹿塞，天回秀嶂界乌桓。竹林贤侣新迁秩，骢御还当旧部看。延三[②]侄禧[③]由保安州回避晋州，故及之。

由沙城至鸡鸣驿凡三城相连。沙城砖砌极坚固，民舍客寓颇觉丰盛，庙宇极多，门前均建戏台，大约报赛者众。其屋宇铺面俱仿佛大同，想皆晋贾为之。保安新城较沙城尤殷富，旧城转冷落，土屋数间而已。东八里许，水泉子筑土城，鸡鸣驿近依山脚南门，题曰"鸡鸣山驿"。山城如画，楼橹俨然，但城中居民亦不甚多。公馆在东门外

---

① 松筠(1752—1835)，字湘浦，蒙古正蓝旗人，玛拉特氏，官至大学士，谥文靖。《清史列传》《清史稿》俱有传。

② "三"改作"二"。

③ 延禧(1807—1841)，号曼亭，桂良之子。报捐知州，选湖南道州知州，题升靖州直隶州知州，署澧州直隶州知州，卒于澧州任所。配宗室，郑亲王乌尔恭阿之女。(见恩龄修《正红旗满洲哈达瓜尔佳氏家谱》)

屋三楹，有额颜曰“如画”。雪当户[①]，夕阳在山，不愧青莲诗意。沿途一二许即有土墩，外绕围墙，砖砌门楼，形类山西窑洞，土人云是素[②]时斥堠。细察其土色甚新，当是明正统时防边戍楼耳。戌正，抵公馆。是日得诗四首。

《鸡鸣山驿题》：寒山如画拥关门，酒帘[③]茶铛傍郭村。衰草粘云烟麓接，居人犹号上花园。

萧后遗踪蔓草青，明昌旧事典难征。荒榛夹路狐狸穴，遑问春游驻辇亭。春游亭，萧后巡幸之地，今不可考矣。

《鸡鸣山驿公廨》：山城如罨画，九曲列湘屏。石坝工初就，洋川溜已冰。丰碑临古驿，稚柳抱回汀。车驷教僮秣，防过岭背层。明日过老龙背、鹞儿梁。

饭后，进山驿至安公公馆商议明日至宣化响水铺打尖，先遣家人镇道本府持帖问候，夜归新沐安歇。

十二日乙卯(1月7日) 辰初起，申正住，自鸡鸣起身，住宣化府。[④]

十二日，辰刻起身，欲录《暖炕》诗，匆匆未暇。先遣张成至宣化问候镇道。巾车过鸡鸣山麓，折而西北，路沿山脚，山坎嵚崎。傍岩有古柳二株，戴瘿含瘤，婆娑可爱。[⑤] 行不数武，便一曲折，宽仅容车，傍临大川，即洋河，系桑干上游，时值隆冬，河坚冻，一望如万(倾)[顷]琼瑶，光摇银海。避山溪龃腭，由洋河套中行走，冰雪连沙，坚结如积铁，车轮碾处，砰訇震耳。顺路至鸡鸣山脚下关帝庙小憩，庙新

① “雪当户”上增“残”字。

② “素”改作“秦”。

③ “帘”圈改作“旆”。

④ 《驿站考》：“宣化驿，明代置，极冲大驿。并协济昌平驿递、军站驿马。在今河北省张家口市宣化区。”(第64页)

⑤ 此句下增“路旁有古碑兀立，相传元巴延丞相碑。惜天寒坐车中，未得下车细考耳”。

修建，甚宏壮，较丁亥年规模扩充矣。出庙行不数里，宣化太守存公兴[①]赴保府途中相遇，在村前古庙略叙寒暄即行。过上下花园，萧后巡幸旧地，白草荒凉，今则虚存其名耳。至响水铺，泽腹冰坚，并无泉韵。寻店少憩，土炕破窗，不堪驻足。在连城回教店与安公商议至宣化礼节。同登车陟鹞儿岭，是居庸关外极高处，过此平川直抵宣化府城。积雪连峰，沙溆滐洄，官柳阴长廿余里。行抵关乡八蜡庙，宣镇李廷扬[②]、口北道诺清阿出城，跪请圣安。少坐，即入城，南门外郭书"迎薰"，城门写"平昌门"。阛阓鳞排，人烟稠密。街心建四牌楼，南曰"承恩"，北曰"宣化"，东曰"同泰"，西曰"永安"。衙署亦皆宏壮。城南门边砖雕门神，工益形其陋，想系明权珰所为耳。申刻，入公馆，本道拜会，略闻京华旧友及宣府年岁。饭后回拜口北道晤谈，并送来宣化府志书，挑灯细读，颇恰羁怀。是日得诗三首。

《响水铺》：方冬洋水冻，不听溜声潺。骑影散林薄，雪光连塞山。紫髯骖乘捷，黄衲跨驼闲。怪底征程缓，车盘万岭间。

《晚至宣化府》：官柳阴森古道长，政成川喜结舆梁。地当朔漠冰霜冽，塞出飞狐士马强。锦鞯行边驰玉垒，珠钤专阃护金汤。十年星使欣重历，群玉峰迎素发苍。自丁亥及今十年未到该府矣。

《暖炕》：暖炕欣从斗室开，群情煦似陟春台。雪窗乡梦低迷处，衾铁寒森暖顿回。

《宣化府鹞儿梁感怀题公廨壁》：居庸路隔万峰苍，雪虐风饕古塞长。马上征人齐俯首，鹞儿梁畔月如霜。

统领貔貅上将权，胜朝宣大重防边。而今地属提封里，沃若桑麻绣野田。

---

① 觉罗存兴，满洲镶蓝旗人。

② 李廷扬，字拱辰，号对坡，山东胶州人，嘉庆六年(1801)武举钦点探花，仕至浙江衢州镇总兵，道光二十二年(1842)谪戍新疆，道光二十五年(1845)赦免还乡。

严关壁镂护神祇，廛市鳞排俨列眉。市马易羊纷杂沓，乌桓重译语侏㒧。

大漠沙连积雪晴，毡裘队逐[1]入关行。驼峰趺坐蒲团稳，黄衲呢喃诵佛声。旧事苍茫且莫论，依然画角镇辕门。潞公仙去廉颇老，维设飞狐雪夜尊。丁亥年偕松湘浦相国赴归化，路出宣府，时宣镇海公灵阿邀饮节署。今日重过，相国已归道山，海公没于连州之役，抚今追昔，不觉黯然。[2]

《抵宣化府》：星轺鞅掌翠微间，一裹黄封玉殿颁。远向龙荒宣圣意，高擎虎节陟孱颜。璃琉冻合洋川水，粉絮匀皴绝塞山。屈指行边旋辔日，阳春应共使君还。

十三日丙辰（1月8日）　巳初起身，申初住张家口，六十里。[3]

十三日，卯刻起身，出宣化西门，经万柳亭，方（公）［宫］保所筑御水处也。万柳婆娑，垂丝蹝地，颇饶清致。宣镇李廷扬、口北道诺清阿及本府存公诚[4]均（遗）［遣］人送至坝外。出城向西北行，向西即杀虎口分站也。过岭一道，有旧漫石甬路，山水冲刷不平，亦颇难走。土名“石华子”，志书载“石壑子”，“华”想系字误。过此，郊原平衍，山势纡萦，似无大险可据。过岭至毛榆林茶店小憩，偕安公更衣，其地属万全县，当是明之右卫，隶万全都指挥使司。按《明史》，万全右卫，洪武廿六年二月置，与左衙同城，属山西行都司。三十五年，徙至山西蔚州。永乐元年二月，徙置通州，直隶后军都督府。二年，徙置德胜堡。宣德五年，改属。本朝初因之，康熙三十二年改置万全县，以张家口、膳房、新河、洗马四堡并入，属宣化府。张家口堡，宣德四年指挥张文筑，高一丈五尺，方四里有奇。东南二门，成化十六年展筑，高二丈，方五里，

---

① “队逐”乙作“逐队”。

② “丁亥”至“黯然”本大字，“丁亥”一行天头注云“此系小注双行字”。

③ 《驿站考》：“张家口站，明代置，极冲大驿，在今河北省张家口市城区。”（第72页）

④ “诚”改作“兴”。

嘉靖八年张珍筑。始筑堡人为张文，故呼之为张家口。城外之地，天、崇间立为互市之所，至本朝因之。上城分立上下两堡，俱系砖甃，雉堞嵯峨，楼橹宏壮。设立税官、驿传、有司、绿营衙署、使者公馆，均在下堡。百货云集，富庶之至。至都统、副都、八旗驻上下堡之间。上堡城在关门西南隅，市廛差胜下堡，闻发行者皆在焉，尤殷实。五方杂处，毂击肩摩，庙宇辉煌。社会佛事，昼夜喧聒。出关北来，信朔塞一大都会也。申刻至张家口，税官明公谊①、驿传道②均差人持帖远迎至关乡胡神庙，胡神不知何许人，沿途多有此庙，或系狐偃、狐突传讹耳。都统赛公尚阿③、副都统苏公勒松④、税官明公谊、驿传道福公宽，暨协台存公德均接至庙中，都统赛恭请圣安。庙中小憩略坐，即至南关道公馆，名楼子店，土筑平房三⑤，顶均晒马粪，湫（溢）[隘]荒陋可知。少顷，都统赛、税官明亲来拜，余将文相国秋潭⑥信面交、都统明公训⑦

---

① 明谊（1792—1868），字古渔，号荣斋，托克托莫特氏，蒙古正黄旗人。嘉庆二十四年（1819）己卯恩科进士，道光十六年（1836），充张家口税务监督。仕至乌里雅苏台将军，同治七年（1868）卒，谥勤果。《清史列传》有传。

② “道”下增“福公宽”。

③ 赛尚阿（？—1875），字鹤汀，阿鲁特氏，蒙古正蓝旗人。嘉庆二十一年（1816）翻译举人。道光十七年（1837）任察哈尔都统，咸丰元年（1851）拜文华殿大学士，管理户部。以与太平军作战不利革职，咸丰五年（1855）遣戍军台，寻释之，命练察哈尔蒙古兵。十年回京，总统左翼巡城事宜，予侍郎衔，授正红旗蒙古副都统，以病免。光绪元年（1875）卒。《清史列传》《清史稿》俱有传。

④ “松”改作“通”。按：苏勒通阿，额哲特氏，蒙古正黄旗人。道光十一年（1831）任察哈尔副都统。

⑤ “三”下增“间房”。

⑥ 文孚（？—1841），字秋潭，博尔济吉特氏，满洲正黄旗人。监生。道光十四年（1834）拜东阁大学士，十五年转文渊阁大学士，十六年致仕，二十一年卒，谥文敬。《清史列传》《清史稿》有传。

⑦ 明训，托克托莫特氏，蒙古正黄旗人，明谊之兄。嘉庆二十五年（1820）庚辰科进士，仕至吏部右侍郎。

家信面交。明公谊谈长相国龄[①]起居，并皇上亲自临幸其第恩眷。明公问其兄明公训处分光景[②]。瀹茗闲谈塞外风雪甚大、加衣珍重等语。酉刻回寓，副都统、驿传道俱拜而未会。是日酬应纷纭，戌初即安歇。是日得诗三首。

《沙漫漫》：沙漫漫，草斑斑，飞狐积雪连群山。盘磴险巇冰似铁，征轮滑汰防倾跌。风透重裘砭肌骨，手龟无药血出漉。

沙漫漫，草斑斑，巉岩万岭遮雄关。我马刍稀常不饱，雪深碛冻埋枯草。石梁龃腭难驻趾，征人进寸还退咫。天荆地棘行路难，仆夫汝莫愁祁寒。关内之寒已如此，塞外之寒可知矣。

《晓出宣化西门过石壑子》：西出宣府门，朔漠辽无垠。万柳值婆娑，四望寒烟屯。驱车陟危坂，石齿摧车辕。阴风搅雪沙，磨荡塞日昏。粟发耸肩背，莫觅浊酒温。遥睇树如发，平楚倏见村。关内已荒寂，关外难更论。

《十三日行抵张家口赛鹤汀都统明古愚关部率领阖城文武员弁

---

① 长龄(1758—1838)，字懋亭，萨尔图克氏，蒙古正白旗人。乾隆中，由翻译生员补工部笔帖式，充军机章京。仕至大学士，道光十七年(1837)以病乞休，次年卒，谥文襄。《清史列传》《清史稿》有传，有《懋亭自定年谱》四卷。(《北京图书馆藏珍本年谱丛刊》第121册，第75—568页)

② "光景"改为"答言出京时尚未具奏"。按：查《大清宣宗成皇帝实录》卷二百九十九"道光十七年七月丙子"条："册封朝鲜国王妃，命兵部右侍郎倭什讷为正使，内阁学士明训为副使往封。"卷三百三"道光十七年十一月辛卯"条："谕内阁：前因派倭什讷、明训册封朝鲜，虑有沿途，滋扰情事，当降旨着琦善、宝兴查访。兹据查明，该正副使经过地方，尚无借差骚扰等情。惟既用马匹，足敷乘骑，何以复用车至数十辆之多，实属浮滥。倭什讷、明训均着交部议处。"卷三百四"道光十七年十二月戊申"条："兵部奏：议处册封朝鲜国王妃正副使倭什讷、明训，沿途多索车辆，照例议以革职。得旨：倭什讷着革去侍郎、护军统领，仍带革职留任，免其革退世职。明训着革去内阁学士，以三品京堂候补，补缺后仍带革职留任。其沿途滥应该管地方各员，着直隶总督、盛京将军查取职名，交各部议处。"

通桥远迎喜成》：凌霄楼橹郁相望，遮梨貔貅拥道旁。鳞瓦烟铺[①]团聚落，虎牙凭险护岩疆。武臣鞠朧齐嵩祝，圣主垂裳共庆扬。鹿塞宣猷臣职忝，敢[②]言鞅掌历要荒。

十四日丁巳(1月9日) 未行。

十四日辰刻，公馆晓起，天气晴暖，因坐车收拾夹杆，出门无车，借明公车拜客，命仆辈置办狐帽羊裘。饭后，至安公处，值他出。随拜驿传道福公宽会晤，言及去岁口外马灾，今岁口外风雪甚大，雪埋枯草，马匹乏食，率皆疲瘦。余相嘱先行传知，妥为预备，以便遄行。少坐，至上堡拜都统。过下堡，街市甚热闹，有“武城烟景”牌坊。过堡则古柳摇风，短垣带绕。八旗营房棋布山口，副统苏公衙署依山而筑。甚寒冷，小坐茶话，复至赛鹤汀都统处拜会。谈及京华旧事，并论书，赛鹤汀临颜《争座位》横幅甚佳。茗话移晷，出拜协台德公，略坐，至关部明公处，衙署甚荒陋。书屋三楹，琴书四壁，精舍雅洁，仿佛京都景物，不胜欣喜。谈次今岁税务钱粮业已足额，并言及恩楚香侄[③]既苏云畊[④]二兄近况。时已曛暮，秉烛回寓安息。晚间旧仆刘成由税局赶来请安，问讯此地风俗民情。

十五日戊午(1月10日) 未行。

十五日，辰刻晓起盥漱毕，在公馆中敬悬塞外风雪之神画像，焚香跪祝，并令奴子等皆行礼。赛鹤汀都统送自书联幅甚佳，并送食品，赏赉之。遣人赠驿传道福公食物。午后雇车拜安公，商量行期。适赛鹤汀都统往拜，论史，小坐，同鹤汀还南关。到公馆，复谈驾驭外

---

① “烟铺”改作“铺烟”。

② “敢”改作“漫”。

③ 恩芳，字楚香，满洲正红旗人，嘉庆十二年(1807)丁卯科举人。

④ 苏成额(？—1844)，字云畊，瓜尔佳氏，满洲正红旗人。乾隆五十七年(1792)取文生员，充户部笔帖式。官职漕运总督、热河都统。道光二十四年(1844)卒。据道光二十九年(1849)恩龄修《正红旗满洲哈达瓜尔佳氏家谱》，斌良祖父塞得立为额思图第四子，苏成额祖父纳英阿为额思图第六子。

夷及边上新政。赛鹤汀面送路程单，自札萨玛勒台起至喀拉乌苏止，共八十二台，约计七千一百余里。回署，明关部遣人送食物、香茶等件，赏赉之。

十六日己未(1月11日) 未行。

十六日，辰刻早遣人送赛鹤汀土物，笔、笺、吃食、祝枝山画卷四色。驿传道送食四色。遣人传行乌拉齐：定于十八日卯刻起身，告知驿传道。适安公就馆相商，发传单并驻帐图样一纸。单书：

钦差致祭大臣承恩公安■、致祭大臣内阁侍读学士斌■前往土尔扈特，仰沿途台站照例伺应勿误。计开：

夹杆车一辆自备；

从人骑马九匹；

装载行李驼七只；

乌拉齐十二名；

蒙古包七顶图载于后；

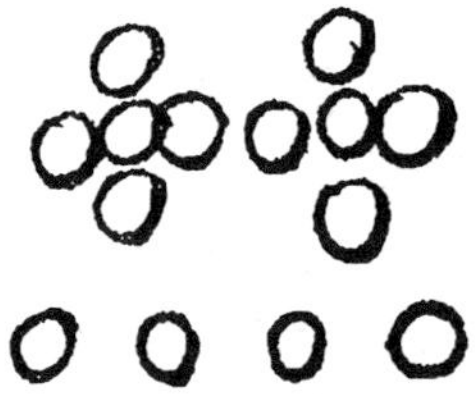

台上直无驼马公馆，仍有瓦房，且系银花[1]裱糊，只有笔且齐[2]一人应差。从口门至哈达土四十余台，皆察哈尔都统所辖[3]，分设札喇

① 银花，即银花纸。

② 即蒙语之“笔帖式”，办理文书之人。

③ 《驿站考》：“自皇华驿至乌里雅苏台，共4960里。430里至张家口，60里至察汉托罗台，50里至布尔嘎素台，60里至哈柳图台，40里至鄂拉胡都克台，70里至奎素图台，60里至扎噶苏台，50里至明爱台，50里至察察尔图台，60里至沁岱台，80里至乌兰哈达台，70里至布母巴图台，70里至锡拉(注转下页)

四人蓝顶，各台俱设章京白顶、昆都①、笔且齐、阿敦达②等金顶数人。俱由都统在该蒙古中拨补。其下牵马驾车者曰乌拉齐，水手曰乌苏齐，烧火执炊者曰托和齐。又有察克达，巡防官兵也，哈普苏尔噶，协济大台也。二项亦各有章京统之。闻大台与哈布苏尔噶四六当差，台站六。凡发传单，必云大台、哈布苏尔噶、察克达三项会办，其实大台一味疲滑，仍委之哈布苏尔噶而已。大台系有官项，哈布苏尔噶均系自备，察克达一人只有一马当差，不能供给驼马。从前出差均拿乌拉，驼、马、羊、蒙古包，或到处蒙古或客商者任意取用，如内地拿官车也。后因滋事，改归台站。理藩院仍给乌拉票一张，然断不可使台上知有此票，恐借端影射也。首站本台厢黄旗，协济正蓝旗。以后无暇细问，概不赘记。寅刻催马，巳刻方能启行，驿传给马车四辆。

(续上页注)哈达台，50 里至布鲁图台，50 里至乌兰呼都克台，70 里至查哈呼都克台，40 里至西拉木楞台，80 里至鄂兰呼都克台，60 里至吉思洪呼尔台。(由此进入喀尔喀蒙古。)50 里至奇拉伊穆呼尔，80 里至布笼台，60 里知苏吉布拉克台，50 里至托里布拉克台，70 里至图古里克台，90 里至赛尔乌苏台，100 里至戈壁和尼奇台，70 里至戈壁毕勒克库台，80 里至戈壁哈札布巴台，80 里至戈壁札拉图台，60 里至戈壁卓博哩台，60 里至博罗额巴台，65 里至库图勒多兰台，50 里至他拉多兰台，70 里至莫敦台，90 里至哈必尔噶台，60 里至什巴尔台，70 里至罗萨台，70 里至哲林穆台，50 里至沙克珠尔嘎台，70 里至察布齐尔台，65 里至哈沙图台，75 里至哲林台，90 里至恩依锦台，70 里至乌讷克特台，65 里至哈达图台。(以上 44 台站归阿尔泰军台都统管理，以下台站归定边左副将军管理。)80 里至哈拉尼敦台，70 里至嘎鲁台，60 里至塔楚台，80 里至乌尔图额尔呼都克台，100 里至沙尔噶勒卓特台，100 里至推台，70 里至乌尔图哈拉托罗该台，60 里至鄂洛该台，120 里至乌塔台，90 里至都特图台，100 里至札克台，80 里至霍波尔车根台，60 里至乌兰奔巴图台，120 里至鄂伯尔陶寨台，70 里至阿鲁陶寨台，70 里至呼济尔图台，70 里至岱罕得勒台，60 里至特木尔图台，60 里至舒噜克台，70 里至霍克噜图台，60 里至乌里雅苏台底台。”(第 684—685 页)

① 昆都，即骁骑校，作为副职辅佐章京管理。

② 阿敦，满语意为“牧群”；“达”，满语意为“头目，首领”。阿敦达，即牧长。

陀罗庙前双柳下，竖碣兀立殊峥嵘。啻观镂刻匪贞石，表里明澈莹如晶。葵首螭座俨然具，凿冰为碑见未曾。繄余嗜古有痴癖，榛披[1]岩壑搜箴铭。祥金乐石考已遍，北历燕冀南闽瀛。琛[2]珉制造信奇特，书丹填漆工何精。鸾翔凤翥字端丽，佑我大清吉语征[3]。边氓慕化颂君圣，想见詟服输悃诚。韩陵片石洽具[4]赏，卓尔鹄立孤无朋。裴叔则号玉山朗，李延年说冰壶清。镵琼作范喻深意，九龄风度同端凝。《方舆纪胜》待刊补，泚笔聊作《冰碑》行。[5]

其毡庐相连搭盖，每日同行。兹定于十二月十八日卯时由张家口起身出口，速即遵行，差人送交驿传道，用蒙古文传行商办讫。安公回寓后，自行用毡包车预备御寒之具，并采办米面蜡烛以备出塞之需。是日晚间得诗一首。

《公廨晚寒书意》：地临边朔晚犹凉，榾柮频煨白土房。檄搭毡庐迎驻节，特裁狐帽远冲霜。咬根莫觅园官菜，供馔惟烹博士羊。虎节宣猷程万里，风飙骏马共飞扬。口外天寒无菜蔬，台站供应，每日一羊而已。

十七日庚申(1月12日) 未行。

十七日，辰正早起商定明日起身日期。安公爷差人问候，赠以玄狐马褂，念其同奉恩纶，稍为照拂，以应巴公之托。是日换狼狁皮裘、玉耳熊皮帽。未刻，驿传道福公宽来拜，并谈江南风景及此地苦寒。并至安公处商定十八日出关。回寓，写家信，并以枣糕、茗壶交许泰带回。又写一封交赛都统折差带去。晚间颇暖，只着羊皮马褂。用新制铜壶烹茶，颇得静趣。酉初即歇息，预备起早。晚间明古愚送食

---

① “榛披”改作“披榛”。

② “琛”改作“珍”。

③ 此句下增“冰碑上刻佑我大清四字□□颇端整”。

④ “具”改作“真”。

⑤ 此诗《诗集》题作“冰碑”。又此诗原稿本录于此，但实应在十八日见冰碑时，见第37页。

物，二鼓已睡，明古愚复来送行，起身畅谈，交乌里雅苏台保将军[①]信。

十八日辛酉(1月13日)乌桓纪行录：口[②]内起身，札萨马勒住。

十八日，早起，换棉小袄、狼皮套裤、狼狄皮袄、大毛皮马褂，甚不敏捷。辰刻，驿传道车马皆到，收拾行李，恭设祭品，率领家人恭祭塞上冰雪风雷之神。早饭后，巳正到安公处会同起身。于午刻出关。赛都统、明关部及文武员弁俱送至关前，兵丁皆挂刀站关，官厅少坐，放炮，驱车出关，甚为威武[③]。出口，向西、折北，下拐湾小坡，俗谓之坝下。时值隆冬，坚冰四合，人马俱碾冰行走。闻又有小东门，在大关偏东，商贾出入之所也。过桥北行，稍东至陀罗庙，下车小憩。庙前柳下有冰碑，庙中查边御史所住，不能让出。时已未刻，至札萨玛勒尚有四十里，赶紧行走。天已曛黑，冰雪满山，山径嵚崎，颇难行走[④]。幸十八日微芒月色，荦确坚[⑤]轮，颇有戒心。至戌正始至店中，寒冷异常。馆人送食物，却辞。驿站哈不苏尔嘎给银一两买羊，明日致祭坝上关帝庙，默祝保护平安。是日得诗三首。

虎牙盘错锁崖坳，峰石关门两竞高。小队弓刀分雁翼，助人出塞兴犹豪。[⑥]

《冰碑》：陀罗庙前双柳下，竖碣兀立殊峥嵘。啻观镂刻匪贞石，表里明澈莹如晶。葵首螭座俨然具，凿冰为碑见未曾。繄余嗜古有痴癖，披榛岩壑搜箴铭。祥金乐石考已遍，北历燕冀南闽瀛。珍珉制造信奇特，书丹填漆工何精。鸾翔凤翥字端丽，佑我大清吉语征。边

---

① 保昌，满洲正蓝旗人，道光十五年(1835)，任乌里雅苏台定边左副将军。

② 按：此处原本作"乌桓行纪录"旁有符号乙作"乌桓纪行录"应以作"纪行"为是。

③ "甚为威武"改作"颇壮行色"。

④ "山径""颇难行走"改作"石磴""车行阻滞"。

⑤ "坚"改作"铿"。

⑥ 此诗《诗集》题作"自口内出关都统关部及文武员弁俱送至关前"。

氓慕化颂君圣，想见詟服输悃诚。韩陵片石洽具赏，卓尔鹄立孤无朋。裴叔则号玉山朗，李延年说冰壶清。镵琼作范喻深意，九龄风度同端凝。《方舆纪胜》待刊补，泚笔聊作《冰碑》行。[①]

《札萨玛尔书所见》：驼峰磨飐势凌兢，锦罽朱毡笠未曾。尽日相逢无别客，黄须鲜卑紫衣僧。

十九日壬戌(1月14日)　辰正札萨玛勒起身，布嘎素台住，申初住。[②]

十九日，早起，欲录昨诗，土房湫隘，未能[③]。命家人恭备香烛致祭坝前关帝，敬悬扁额曰"威震边陲"四字，中悬松湘浦相国"怙恃军民"扁[④]，并悬靴一双，足见相国惠洽边民，遗爱常存之意。出庙向北行，山路险巇，更兼雪积冰凝，马蹄难驻。至半岭，辕马疲乏，易马始上岭。石垒石[⑤]鄂博[⑥]，上插玛尼[⑦]，命家人掷钱为祭。转而北行，道路荡平，雪碛连天，一望无际。申刻，抵布尔嘎苏台，彼处大台偕哈苏布尔噶迎接入诃楞，中搭蒙古包，有土房三间，遂止宿焉。命乌拉齐收拾夹杆车以备次日遄行。是日得节诗三首。

《上坝》：峰环岭匝陟嶙峋，村落全无浩少垠。只有上坡无下坂，晷仪量测万由旬。

毡车冲雪度寒天，牛曳柴车远接连。妙景佳篇真自好，无垠白雪接青天。

《夜抵布尔嘎苏台》：皇华四牡壮斯行，遥指乌桓万里程。到眼骅

---

① 此《冰碑》诗正文以行书小字紧贴上下页边书写，与本首诗题"冰碑"及下首诗题"札萨玛尔书所见"不一致，应是后来补写。

② 《驿站考》："布尔嘎素腰站，也作布尔哈苏台，在今河北省张家口市张北县小二台镇小二台村。"(第686页)

③ "未能"下增"拈管"。

④ "扁"下增"额"。

⑤ "石"改作"大"。

⑥ 鄂博，又作"敖包"，蒙语意为"垒起来的石头堆"，祭祀场所。

⑦ "玛尼"下增"竿"。玛尼竿，上悬经幡，以作祭祀。

骝具真赏，惊心觱篥起边声。毡庐在夜远方见，高岭摩天到始平。役使蒙番臧获等，要荒宾服荷皇情。

《台中感怀》：沙碛荒凉莫计程，青骡缓策驾车行。不图雪窖冰天畔，却听儿啼女笑声。毡庐后有蒙古插帐，家属同住。涉世蒙民怜简陋，澄观佛法恰均平。红灯绣幕相依惯，粪火穹庐亦有情。

二十日癸亥（1月15日） 辰正，坐夹杆车，其快如飞，从人马皆飞奔始赶得上，若少停则遗数里。未能早尖，饮牛乳茶、奶皮即同早饭，又复趱行。申刻抵鄂累胡克土[①]，惟行李皆牛车，亥刻尚未赶到。土屋凄凉，忍寒夜坐，谐安公夜谈，炙牛粪火，行役辛勤可想矣。欲再多记，笔头冰结不能作书，容日再补记也。

廿一日甲子（1月16日） 巳初起，奎素图尖，酉初，札嘎苏泰住。[②]

廿一日，巳初，乘夹杆车，自鄂累胡克土起身，午正即至奎素图。尚有门墙，土房三间。与安公小坐吃面，幸天气和暖，尚无大风。未初即打尖、即行。申刻抵扎嘎素台。是日得诗三首。

乘兴陟崔嵬，无端大漠该。钦承丹凤诏，远涉白龙堆。风动马毛缩，雪明鹰眼开。蒙藩恭服役，圣德信恢恢。[③]

《札嘎素台书所见》：雪晴牧马啮枯草，日暮奚奴汲断冰。牛粪马通供炊爨，苍凉风物见何曾。

《初住毡庐》：连云甲第擅豪华，洞室纹窗位置嘉。处世从来要随俗，穹庐晏息即为家。

二十二日乙丑（1月17日） 巳初起，明瑷尖，申初察察尔土住。[④]

---

① 《驿站考》："鄂拉胡都克腰站，在今河北省张家口市尚义县石井乡四台蒙古营子，在尚义县城东北四十里处。"（第686页）

② 《驿站考》："奎素图台，在今河北省张家口市尚义县大营盘乡五台蒙古营子。札嘎苏腰站，在今内蒙古乌兰察布市商都县小海子镇宋家村。"（第687页）

③ 此诗《诗集》题为"抵扎嘎素台"。

④ 《驿站考》："明爱台，在今内蒙古乌兰察布市商都县七台镇。察察尔图腰站，在今内蒙古乌兰察布市商都县西井子镇土城子村。"（第687页）

廿二日，巳初自扎嘎素台起身，路皆漫坡平坦，至明瑷亦然。路经小山，有鄂博，状如土房，内供小塔无数。绕土山行走，路径狭窄，然较内地犹为平直。半山皆鄂博，雪积弥漫，牧马或饮或卧，连群逐队，灿如云锦，布散郊坰。车行值黄羊成群，见人远避，行走如飞，快马方能赶上，惜未携火枪，在此猎一围耳。午刻抵明该，土房不堪栖止，在毡庐吃面，茶饭用牛粪火煮，俱不熟，未能饱餐。午正即行，酉刻抵察察尔土。毡庐窄狭，仍住台上土房，寒冷异常，牛粪堆积，托火齐用手捏徐添，污秽已极，包袱中竟夹干牛粪，其苦可知。夜间不能稳睡，卯刻即起。

廿三日丙寅（1月18日） 辰刻起，沁岱尖，酉刻，乌兰哈达住。[①]

廿三日丙寅。辰刻由察察尔土至沁岱，多沿山漫坡，冰雪满地，寒气逼人。亦有土山，路多石块。有小山峰，皆乱山，车行其下，平坦如故，若人位置者然。过此荡平，蒙古包后多倚平冈。沿途向西，高低参错，却不碍行车。午正，沁岱起大风，坐毡庐中补录日记，砚冰笔头冰冻，用粪火炙之，始勉强作书。登车趱行，路过小山口，下有深涧，颇巇险。山头乱石，远如毡庐，近视皆圆形，分行排比。过此望一小岭，上坡行走，马亦费力。酉初，抵乌兰哈达，穹庐棋布，白草黄沙，居然塞上，不似察哈尔所属之八台尚有土屋可住。所居毡庐共五架，内有门相通，似梅花形，中有托火齐炙牛粪火，却亦暖。毡庐倚山搭盖，后有大石如屏环绕，色作黝色，惜隆冬不甚苍翠耳。戌刻，至邻帐安公处略谈，即还毡庐。是日得诗一首。托火齐丕勒讨笔一枝。

《乌兰哈达即目》：避客黄羊疾似飞，追风骠骑一挥鞭。此来惜未

---

① 《驿站考》："沁岱台，据《乌兰察布地名》，在今内蒙古乌兰察布市察哈尔右翼后旗土牧尔台镇新建村。原台站在土牧尔台西5公里的柴四房子村。乌兰哈达台，在今内蒙古乌兰察布市察哈尔右翼后旗乌兰哈达苏木乌兰哈达嘎查。"（第687—688页）

携弓矢，好向平沙猎一回。

廿四日丁卯（1 月 19 日） 大风，巳刻起，奔巴图尖，酉刻沙尔哈达住。[①]

《毡庐有忆今夕京师祀灶日感怀》：毡车礰碌触惊沙，节序欣逢每忆家。牛乳酥茶胜芥片，窝儿圆帐像梅花。此次厅中设毡庐，中一架，四架附丽，形肖梅瓣形。边笳不听催愁剧，邻犬何嫌搅梦赊。塞上黄羊咄嗟办，无从媚灶学京华。

廿四日，巳刻，自乌兰哈达起身，毡庐晓起寒甚，厨人到晚做面饭皆未熟，略吃少许即出。山口道路宽平，沙浅，辙迹深不过寸。地多乱石，其形多圆，鳞次排列，如有人位置者。远山一带，平如几席，甚有情致，惜隆冬无裙腰草色耳。路间，午刻忽起大风，车马颇难行走。未刻始抵奔巴图，少坐不及打尖即行。大风忽作，家人皆有难色。路遇夹杆车一辆，驼四只，问系科布多主事进京引见者，已行三十余日。询问前途光景，据云乌里雅素台一路有雪，余皆无雪，道路易行，闻知稍慰。自奔巴图一路多土坡，且河沟水冻，风大，行走甚迟。至酉正始抵沙尔哈达，在小山怀插帐，风少息，至安公处略谈，回毡庐。是日得诗一首。是站驼只疲乏，易之如行。至丑刻行李始到，失去帐竿、烛台。

《乌兰哈达晓发》：晓日温暾淑景新，皇华鞅掌负佳辰。浅沙浮毂如茵软，乱石排衙夹道匀。星使乘轺多迅发，胡儿调马最精驯。心香默祝山灵佑，雪净风和及好春。

《路遇差弁进京口占》：朔风浩浩路漫漫，却值毡车历晓寒。荒驿家书无暇写，京华传语报平安。

《毡庐不寐和初白韵》：朔风觱篥吹，毡庐耿无寐。任尔重裘着，

① 《驿站考》："布母巴图腰站，在今内蒙古乌兰察布市四子王旗白音朝克图镇新尼淖尔嘎查。锡喇哈达台，在今内蒙古乌兰察布市四子王旗脑木更苏木。"（第 688 页）

难避是霜气。安边喜持节，入值笑挟被。蒲桃醉颜酡，行旅胡憔悴。

《书灯为牧奴窃去戏题一绝》：穷荒亦有跖之徒，探我行囊窃烛奴。那得长檠照珠翠，最怜寒夜炙牛酥。

《沙尔哈达》：杜陵歌出塞，匼匝陟重冈。雪色粘天白，沙痕压草黄。不知时序改，只觉道途长。悁脰南来雁，音书寄帝乡。

《车中偶成》：趺坐毡车日又晡，遣愁有计只看书。冰天雪碛连衰草，触目风光妙句无。

《将至布鲁土》：去去乌桓郡，冰霜万里程。今朝好遭际，风定路犹平。

廿五日戊辰(1月20日) 巳初起，布鲁土尖，申正鄂拉胡土克住。是日巳初风亦止。是日得诗五首，录在前。[①]

廿五日巳刻，沙尔哈达起身，即上土山，一路缘山，不平坦。下坡沙滩一道，河水干涸，布鲁土一路平荡，四望无际，车行迅速，颇畅余怀。午初，抵布鲁土，平阳支搭盖毡庐。台站官前来谒见，尚知礼貌，厚赍[②]之。申正，抵鄂拉胡土克止宿，与安公毡庐畅谈。是日天晴无风，甚暖，毡庐住亦相安，粪火渐服习。戌刻安息。

《毡庐不寐有忆京华》：残年远行役，毡帐即为家。粪饼添炉火，油酥点乳茶。吟情疏似笋，乡梦乱如麻。度岁燕都好，桃符换岁华。

《晓发鄂拉胡土克》：束装鞴马日蒙茸，又上毡车战朔风。一笠天垂如伞盖，朝朝风景得无同。

廿六日己巳(1月21日) 巳刻起，察罕胡土克尖，申正沙拉木楞住。[③]

---

① 《驿站考》："布鲁图腰站，在今内蒙古乌兰察布市四子王旗查干补力格苏木白音补力格嘎查。乌兰呼都克台，在今内蒙古乌兰察布市四子王旗伊和乌素一带。"(第689页)

② "赍"改作"赉"。

③ 《驿站考》："察哈胡都克腰站，在今内蒙古乌兰察布市四子王旗白音敖包苏木东南的查干呼都格。锡喇穆楞克台，亦作锡拉木楞、沙喇穆林，在今内蒙古乌兰察布市四子王旗白音敖包苏木驻地。"(第689—690页)

廿六日己巳，早起，安公来帐少坐同行，巳正忽起大风。沿途平坦，残雪满地，皆沙碛，并无大石。草地间黄羊百十成群，行走如飞，点染朔漠，亦奇景也。午刻，抵察罕胡土克，啖奶饼数枚，冰枣清茶，即当早饭，家人仆从啖羊肉。歇六刻即行。是日有蒙古乌拉齐跪地乞食羊[①]，可悯亦可笑也。未刻后大风，沿途草根沙聚堆起，累累道旁，颇似南海子之蚂蚁坟[②]，但稍大耳。将至沙拉木楞，有沙沟数道，夏间雨积想皆成诺尔[③]，方冬皆涸，行车甚便耳。申初即抵沙尔木楞，因至毡帐，出[④]风雪之神叩祷。是日天阴，大风扬沙，敌面人马不见。夜间子刻风稍定。

《大风沙拉木楞毡庐写望》：风吹沙向草根聚，累累坟起遍大荒。狞飙顿起天易色，遮蔽塞日无晶光。昏霾黮黯物不见，驼鸣马嘶声一片。健儿催骑曳车奔，旋转双轮疑掣电。毡房百里倏来临，啜茗围炉冷不禁。只愁毳幕都掀播，独立苍茫发浩吟。

《风定喜成》：侧听毡屋寂无哗，一穗红灯落烬花。不是毗蓝风力定，被池填满九边沙。

《沙拉木楞晓发》：幽州白日浩无色，绝塞冰凝坤轴裂。小山迎面似几平，远近毡庐俨眉列。雪压惊沙飞不起，冰结浓髭动还折。岂不归怀[⑤]畏简书，奇情归向家人说。

《乌兰胡图克》：向来茅店厌荒寒，炉饼村醪懒下餐。绝塞黄沙连白草，片椽栖止觅应难。

---

① “羊”下增“肉”。

② 按：《帝京景物略》卷三：“海子西北隅，岁清明日，蚁亿万集叠而成丘，中一丘高丈，旁三四丘高各数尺，竟日而散去，今土人每清明节往群观之，曰蚂蚁坟。”

③ 诺尔，蒙语“湖泊”。

④ “出”上增“请”。

⑤ “归怀”改作“怀归”。

廿七日庚午（1 月 22 日）　辰正起，乌兰胡图克尖，申正吉斯洪霍尔住。①

廿七日。辰刻自沙拉木楞起身，风亦稍定。驱车前行，迎面小山平正如案，过此坦坡数道，即四望荡平。未刻抵乌兰胡土克，平阳插帐小坐打尖。安公先行，出门行走沙沟数道，间有高岸，入夏想皆成溪涧，沿路草多红色。申正抵吉斯洪霍尔，过干河一道，后倚小山，毡庐遍野，牧马羝羊，成群结队，盖蒙古部落中之富庶者。乌拉齐多以喇嘛为之，虽释教尚不免应役，足见塞外淳朴。北来雪少，尚不甚寒，实蒙神贶也。晚至安公处谈，归帐安歇。

《塞外向无柴薪蒙古风俗作食皆以牛粪代薪闻去岁牛粪为蜣螂转丸摄去蒙古烧烟甚缺名曰粪荒感成此绝》：地冷穹荒薪木少，炉烧牛矢陋堪伤。转丸蜣亦关生计，奇绝人间有粪荒。

《吉斯洪阿霍尔晓发》：残雪凄迷醖酽寒，毡车万里指乌桓。连冈地肖高城峙，圆笠天垂大漠宽。入夜马嘶闻甲帐，迎年羊羜当辛盘。燕南依样饶冰雪，斗室唐花锦绣看。

一规毡帐拥风光②，每到残年倍忆家。容易毡根饱羊羜，果然仙饭胜胡麻。侏㑩言语谁能辨，荒寂山川路太赊。毕竟家山风物好，军持斐几供梅花。

《记梦》：梦向庐山顶上行，一条瀑布响铮铮。老僧笑指为余说，知是风声是雨声。

《布隆即目》：结束肖戎装，花盘绣裲裆。齐夸好身手，飞骑逐黄羊。

《布隆古榆歌》：布隆台前古榆树，轮囷本大依崇隈。徂徕新甫艳

---

① 《驿站考》："鄂兰呼都克太，亦作鄂伦库都克，在今内蒙古乌兰察布市四子王旗白音敖包苏木西北之乌拉。吉斯洪呼尔台，在今内蒙古自治区乌兰察布市四子王旗江岸苏木北部。"（第 690 页）

② "光"改作"沙"。

佳品，戴瘿[redacted][1]。犷飙有时作牛[redacted][2]，[redacted]白日生风雷[3]。乌桓地冷乏生植，龙堆万里皆荒埃。冰霜独立历诸劫，回视松柏俱凡材。忆辽金元洎明季，四朝岁月奔轮催。习球诈马开内宴，绿阴深处群裴回。花当吉囊肆侵扰，枝头挂剑三军麾。问之无言心独省，毕逋鸦乱鸣声哀。乡社人间剧足比，星精天上休疑猜。佣奴贩负日相倚，谁其玩赏倾尊醅。我来奉使偶吟眺，欲为此榆作主裁。明春还辕定绁马，扶疏翠叶滋萌荄。孔明庙柏靖节柳，声名万古何崔嵬。一经品题作佳话，誉流中土齐鼎梅。多情更忆那太仆，为尔前导开诗媒。道光癸未，那太仆丹珠奉使喀尔喀，行程小识曾记此古榆，余因物色之。

廿八日辛未(1月23日) 巳初起，西里木胡尔尖，申正布隆住。[4]

廿八日，辰刻，由吉斯洪里霍尔上坡，四山环绕，有上无下，虽不陡峻，车行甚难。兼之此台马匹疲瘦，不肯驾车，□□要驾。至未正始行，至西里木胡，出口以来，未有如此日行走迟漫者。少坐即行。前半山道如前，临近布隆二十里许，则宽平矣。此站马匹较可，至酉初始至布隆，安公早到八刻，来帐看视。是日天气晴和，到虽晚，尚未甚累也。戌刻行李方到，赶紧打铺安歇。

《布隆书怀》：毡帘初启处，朝日照我床。朦胧双眼揩，蒙茸揽裘裳。持节远行役，异域风景荒。回忆在家山，高第连云翔。燠室暖如春，红炉火辉煌。犹恐峭寒侵，重帘久留香。朅来住穹庐，尺布遮天光。朔风夜砭肤，衾铁泼水凉。因怜此邦民，穷陋堪悯伤。饥充但羊羜，渴饮惟酪浆。谷乃民之天，生未识糗粮。山菽及粗粝，穷黎难下吭。试问此邦民，斯味何曾尝。人生产中华，福德信无量。咏罢三叹

---

① 此句《诗集》作“戴瘿含瘤堪追陪”。

② 此句《诗集》作“犷飙有时作牛吼”。

③ 此句《诗集》作“青天白日生风雷”。

④ 《驿站考》：“奇拉伊穆呼尔台，亦称塔赖穆呼，在今乌兰察布市四子王旗江岸苏木赛点勒乌素一带。”(第690页)

息，知足乐乃长。

《岁暮叟吉布拉克感怀》：毡帐煨炉火，佳辰景倍荒。年华双鬓雪，风色一裘霜。笑设先生馔，惟烹博士羊。屠苏酒难觅，从众啜毡[1]浆。

《托里布拉克道中写望》：几丛窠石势崄岈，岭复冈重错犬牙。讹寝乌犍见三两，小桃添种便风华。

《托里布拉克恭瞻礼慈荫寺》：北征廿四邮签接，片瓦单椽见未曾。蓦睹鹫峰环岌嶪，始知象教远隆兴。千函锦幕翻经架，百斛酥燃照乘灯。稽首慈云齐膜拜，行程安稳佛恩承。

廿九日壬申（1 月 24 日）　巳初起，叟吉布拉克尖，申正，托里布拉克住。[2]

廿九日壬申，自布隆起身，沿途漫坡，土多红色，间有沙石，其白如雪。有小河数道，冬间俱涸。将至叟吉布拉克五六里许，有神树一株，大可数围，枝干扶疏，挺[3]卓立平阳，是数十年物，如此严寒中尚能树立，虽松柏坚贞，有后凋之目，不是过也。午初，抵叟吉布拉克，哈布苏勒该甚疲玩。未初，马始到齐，赶紧趱行。沿途层峦叠嶂，匼匝回环，颇具丘壑之意。申正始抵托里布拉克，华言“镜泉”，其名甚雅，姑记出之。插帐倚山，距毡庐一箭即慈荫寺，圣祖仁皇帝敕建，并无碑志。门额“慈荫寺”，汉字、蒙古、西番三体[4]。相传圣祖仁皇帝亲征噶尔旦，六军驻此，并无水泉，众军惶恐，忽有马蹄跑处，甘泉坌涌，圣祖钦感神异，特建兹寺。马跑泉距寺仅里许，冰凝如镜，味亦甘芳。因与安公乘车入寺瞻礼。入门见挑布占纸糊白象，长可五尺，佛

① “毡”字盖误，《诗集》作“膻”。

② 《驿站考》：“苏吉布拉克台，在今蒙古国东戈壁省，苏林海尔稍东。托里布拉克台，在今蒙古国东戈壁省哈坦布拉格附近。”（第 691 页）

③ “挺”字点去。

④ “体”下增“书”。

座前列旛幢，供七珍八宝，皆镀金为之，甚庄严。两旁横系长绳，满挂哈达。海灯大如瓮，满贮酥油。讲台高铺锦褥，两面罗列藏经架，锦函牙轴，眉列龛中。有今大理寺卿福申对，一联云：法雨均沾，滋亿万众生，多少行商瞻梵宇；下联云：慈云普被，遍大千世界，往来仕宦拜莲台。书官衔款。余与安公九叩膜拜，叩祝弟子长征万里，敬求我佛慈悲，默佑人马平安。叩毕至西边禅室略坐，喇嘛献茶果四碟：红枣、麻花、冰糖、葡萄之类，酬以烟壶、荷包等物。喇嘛送至门外，乘车回帐。时曛暮，问知家人，始知明日除夕。预备早行，草草劳人，风尘鞅掌，有负佳节也。

慈荫寺山门一，正殿三，配殿六，后殿五，两翼僧房各二十间，周围群墙。

三十日癸酉(1月25日) 巳初起,未初住图古里克一台。是日大风,酉初风止。[①]

三十日,巳初饭后,由托里布拉克起身,一路漫坡,两边皆乱巉岩,将抵图古里克,一片沙碛矣。是日因除夕,悯仆从劳苦,止行一台,未初即住。此处有夹钢木,如葡萄根,甚坚硬,炼火不烧牛粪,但微有气息耳。命家僮所带食物,凑成十碟,并令作元宝饽饽,以作京华风景。家人至晚俱在毡庐贺岁,并请安公同住吃晚饭。赏下人全羊,颇得闲适之趋,不甚寂寞。痛饮酥酒,以当醇醪,亦别有风致也。明日戊戌元旦,拟起祭天,并恭贺皇上,朝正南叩头,并宗祖亦行三跪九叩礼。

《慈荫寺古风》:仁皇英武迈千古,六合端临亲驭抚。传闻黄钺此专征,躬率六师挞骄虏。朅来鹿塞乏水泉,惶惑羽林惊部伍。妄思止渴叹无梅,吻燥唇焦舌空吐。蓦惊騄駬嗅沙碛,仿佛明驼泉脉俯。银杯蹴踏乱珠跳,坌涌灵源甘胜乳。吾皇钦感佛力宏,喜溢龙颜齐忭舞。精蓝敕建向龙沙,要使毡裘沐恩溥。庀材运甓借神功,效顺般倕操玉斧。不须蒸土筑碱礌,直欲镵冰森砥柱。群看雪窖矗琳宫,绣栱雕楹快斯睹。黄衣老衲日薰修,钢冻频吹击鼍鼓。酥油注瓮燃百斛,宝藏函经列千部。百余年来象教兴,慈云广荫乌桓土。丁酉嘉平岁云暮,鞅掌风尘逢卓午。得瞻满月拜莲台,信是三生缘足数。连冈冷雾重于烟,卷地狂飙猛如虎。阇黎小憩避祁寒,慧日高悬化春煦。入门膜拜祝殷虔,俄顷风停开碧宇。长征月窜向穷荒,身冒冰霜怅凉踽。敬祈慈佑默扶持,安恙[②]邮程集多祜。皇华四牡迅还辕,顶礼香花酬佛祖。

戊戌正月初一日甲戌(1月26日) 巳初起,午正住。图古里克、穆

---

① 《驿站考》:"图古里克台,在今蒙古国哈坦布拉格通往曼达赫的大道上,库苏古尔与楚鲁特之间。"(第691页)

② "恙"改作"稳"。

胡尔嘎顺。[①]

戊戌元旦，卯刻起，出毡庐迎神，行三跪九叩首，还至毡庐，祭风雪之神，并向南与祖先行礼毕。写春条试笔，此台章京、昆都俱跪递哈达，少坐，吃元宝饽饽，从京华旧俗也。随至安公处会同向南叩贺皇上元旦之庆，行三跪九叩首礼，计其时正升殿时也。礼毕，仍驾车趱行。出门，有水沟，行数里，有小山连亘，山顶平坦，远望如城。过此荡平，直抵穆胡尔嘎顺，午正即住。是台章京等均知礼貌，见敕书皆跪拜，入帐，与钦使贺岁，伊同辈中以双手拍肩上，如中华之把臂问候之意。是日得诗二首。

《元旦试笔书怀》：龙堆逢献岁，旭日射晶莹。王道平如砥，高冈峙比城。萼芬仍俗旧，哈达各输诚。萼芬，清语即怅惶。哈达，吉帛，蒙古递此为敬。归觐天颜喜，恩叨进秩荣。

《穆胡尔嘎顺写望》：万顷镕银白，惊沙似砥平。已看春育煦，啼鸟弄簧声。是日天气晴明，见鸟雀飞鸣无数。

初二日乙亥（1月27日） 巳初起，午正住霍呢齐，一台，一百六十里。[②]

初二日乙亥，起，是日天气晴明，无风甚暖。一路平坦，沙色红黄。将至霍呢齐，平冈连亘，望如叠浪。地间多生嘎冈木，状似山川柳，又似瓦松，俗名扎克，亦名催生木，烧灰冲服有效。较粪火得力，惟性燥烈[③]。午正即抵霍呢齐，先至溥恩寺，山门三间，塑四大天王像，中殿如方亭，四面砖甃，中供番像。后有佛殿，供像七尊，两旁各五尊，画佛障，灿如云锦。殿旁两厢砖砌平房，上建楼阁，前接抱

---

① 《驿站考》："戈壁穆呼尔嘎顺台，亦作箔呼尔嘎顺、莫霍尔哈顺，在今蒙古国东戈壁省达兰扎尔嘎朗县。"（第692页）

② 《驿站考》："戈壁和尼奇台，在今蒙古国哈坦布拉格通往曼达赫的达到上，查干察布西南。"（第692页）

③ 嘎冈木，亦作查克木，即梭梭。

厦，形制俱垩粉壁，远望如雪。寺傍禅院为喇嘛焚修之所，两旁砖甃平房，中三楹，亦无人住。院中仍搭毡庐。余至正殿瞻拜，法鼓喧阗，吹螺击铙，梵音嘹亮，亦颇热闹。默祝佛佑平安。随至东禅院，大喇嘛达瓦凌沁毡庐少座，喇嘛献奶茶、奶皮、糖枣，赏以鼻烟、烟壶等物。有喇嘛一人，库伦人，能通汉语，询知此处牲畜繁盛，水草甚好，寺中钱粮由察尔支领，梵众共七十二人。寺前小白塔寺，后平房数十间，塔四。寺西北小山有大鄂博一，大约此台甚敬佛教也。乘车归毡庐，与安公畅谈。安公先到，已至寺中瞻礼矣。是日得诗一首。

《霍尔齐道中是日大喇嘛达瓦凌沁遣小喇嘛寻蒜治头痛》：毡乘飒风飙，春晴雪尽消。金沙大地涌，青幕塞天遥。草茁羊群壮，车盘马意骄。龙堆崇象教，梵阁迥临霄。

《溥恩寺》：凌霄楼观郁盘纡，斗桷钩牙匠作殊。清净毕钵岩畔景，觉迷正坐灌醍醐。溥恩寺喇嘛献奶茶，故及之。

《家制絮棉衾甚暖喜题》：漫愁罅隙透尖风，熨贴衾窝暖欲融。却喜侍儿装絮被，御寒今夕奏奇功。

初三日丙子(1月28日) 辰正起，毕里格古尖，酉初，哈扎布齐住。

初三日丙子，自霍呢齐起身，出山口即荡平。临近毕里格古，有噶冈树十余株。此地天气较暖，午正抵毕里格古略歇，换马。路遇蒙古十余人骑骆驼毡帐南行。遇敕书皆下马拱立，颇知礼节。将至哈扎布齐，沿途小山层叠，亦有沙沟。酉初，抵哈扎布齐，插帐后小山一坐颇端正。随至安公处畅谈，归帐见眉月一弯，北斗出地仅寻丈，地势之高可知。是日得诗二首。

《毕里格古道中》：我佛慈悲鉴悃诚，征途日日喜新晴。浮岚暖翠溟蒙处，看不分明趣自生。

《哈扎布齐》：和风煦育噪春禽，历碌双轮马足骎。相见星轺来往众，平沙辙迹印深深。

初四日丁丑(1月29日) 巳初起,扎拉图尖,申初,至珠布尔住。[①]

初四日丁丑,自哈扎布齐起身,沿路皆小山,多黑石。行廿里,见有驼数只,帐房二架,帐前立铁矛一支,盖保标者。养恶犬数头,见人狂吠。帐前堆积毡包、竹笼数十件,是西贾贩货者,因叹趋利之徒,虽穷荒冰雪,必亦亲历艰险,他皆不顾,为可悯也。是站马匹骠壮,行走迅速,午初抵扎拉图,早尖即行。一路荡平,鄂博几处,过土坡数道,道旁有嘎冈树几株。申初抵珠布尔,倚山插帐,山上盖土房一间,云即台站之台。至安公处商定明日走三台,住赛尔乌苏台。是日得诗二首。是日遇能汉语蒙古,询之此地甚苦,乌里雅苏台之人一家皆养牲畜数千至万余不等,较此处殷实多矣,此处养畜者不过二百余即为巨富。

《正月初四日扎拉图感怀》:蚁臣四牡正行边,南望觚棱瑞霭连。绣甸阳和春已盎,翠华今日幸甘泉。皇上初四日驾幸圆明园。

风沙浩渺隔重关,电转双轮那得间。一事思量倍惆怅[②],未依香扆缀鹓班。

初五日戊寅(1月30日) 巳初起,酉初住。博罗鄂包、库图勒多伦、赛尔乌苏。[③]

初五日,珠布尔起身,过土冈一道,余俱平坦。沿小山北向,颇平远秀润,惟水苦涩。午初,抵博罗鄂包,地皆平坦,微多砂碛,车碾处三寸许深。略歇,换马趱行。申正,抵库图勒多伦,安公来帐内相商,定赶三台,欲住赛尔乌素。出门有土冈一道,转过即荡平无际,车行

---

① 《驿站考》:“戈壁卓博哩台,在今蒙古国南戈壁省额黑稍东偏北。”(第693页)

② “倍惆怅”改作“增怅触”。

③ 《驿站考》:“他拉多兰腰站,是阿尔泰军台最著名的交通枢纽——赛尔乌苏,即为第三十二站,为赛尔乌苏管站司员衙门驻地。从此站分出叉道,正北赛尔乌苏—库伦,西北阿尔泰军台赛尔乌苏—乌里雅苏—科布多。……在今蒙古国中戈壁省,古尔班赛汗正南。”(第694页)

如飞。酉刻，抵赛尔乌素，驿传道住屋五间，闻系松湘浦相国所建，名为衙门，其实平沙浩荡，中有土房数间而已。闻笔帖式衙门在关帝庙内，土房一间，烟熏漆黑，堆房不如。万里荒沙，数椽孤寄，亦甚凄凉。惟此地冲要，归化城、库伦、乌尔雅素台各二三千里，皆于此分路，驿传道缺，却亦甚烦。现任驿传庆公裕差人持帖问安。是日晚仍宿毡庐，惟早间吃饭，至戌刻行李未到，尚皆枵腹，行路之难可想矣。出口以来，今日始行走三台，然太劳烦，不可为训也。

《晚行赛尔乌素》：天光四照一片玉，草色斜阳万顷金。闻说前途暄暖甚，到时何况近春深。

《赛尔乌素赠庆驿传道》：喉咽冲繁剧，嘉名白水称。赛尔乌素即汉语流水。何期老星使，远遇督邮丞。驼背三边檄，库伦、乌尔雅苏、科布多三处文报皆用蒙古骑驼驰递。牛膏午夜灯。是处无烛，但炙牛酥当烛。数椽栖万里，边吏信贤能。

《纪事》：平沙浩渺望无垠，匝地穹庐遍野坰。漫笑数椽茅屋陋，相公分俸筑殷勤。笔齐克启向住关帝庙中，相国松湘浦见而怜之，分俸为筑茅屋三间，始有栖止之处。

初六日己卯(1月31日) 辰初起，莫敦尖，酉初，至哈毕尔噶住。[①]

初六日己卯。辰刻，自赛尔乌素起身，同安公先至关帝庙行礼，山门一层，殿三间，后有虎坐。黄土筑盖，并无砖瓦，苫背皆毡片，中供画关帝像，门有三体书扁额。殿内蕴王蕴敦多尔济[②]书汉字扁“圣值[③]如天”，并有主事耀昌书“与天地参”扁额，字皆端整。庙中并无住持，门无[④]扃锁，颇著灵异。土人传说丙申岁有穷蒙古某甲至庙

---

① 《驿站考》：“莫敦台，在今蒙古国中戈壁省额勒吉特稍东。哈毕尔嘎腰站，在今蒙古国中戈壁省德尔特附近。”(第694—695页)

② 蕴敦多尔济，又作蕴端多尔济。桑斋多尔济之子，乾隆四十四年(1779)袭札萨克多罗郡王。

③ “值”改作“德”。

④ “无”改作“不”。

中，欲窃供器，似有人诃斥，僵卧殿阶，旁人唤觉，始皆吐实，自此无有人敢入庙偷窃者。是处蒙古称关帝曰格塞尔汉，汉语即天帝也。闻近鄂罗斯中皆供奉，威镇要荒，信赫濯哉！叩罢登车，皆平沙积雪，寒气逼人。远望连冈绵亘，近即上坡，冈头皆乱石。将至莫敦，倚小山坳支搭毡庐，甚破旧。此台草亦甚少，皆荒沙，蒙古之最苦台站也。略歇换马，由莫敦行走，路皆平坦。将至哈毕尔噶，四面低洼，中央支搭毡庐甚多。酉初始到，帐后有喇嘛，鼓声鞺鞺，铙钹相间诵经。沿途鄂博甚多，此方蒙古盖好善者众。沿途[①]见驼只数百散于沙漠，较上台稍殷富也。至安公处帐中略谈。归帐，得诗二首。

《莫敦道中》：沙虚草软趁行辀，雪气连[②]漫冷逼裘。皴法却如黄子久，惯将矾石点冈头。

《帐后闻喇嘛诵经》：灌耳欣闻击鼓鞺，四山响答帐中央。不图绝塞荒沙里，黄衲新开选佛场。

初七日庚辰（2月1日） 巳初起，扎尔玛克泰尖，酉初，至洛色住。[③]

初七日庚辰，自哈毕尔噶起身，路多漫坡，中途有乱石小山，俱不碍道。午正，抵扎尔玛克泰，前有小山如屏对照，后有小山如笔架，三峰端正。毡庐中皆有木床，安公至帐略谈，即换马前进，只食乳饼数枚，未及早饭。出门，路尚平坦，惟上坡甚多。远望小山，峰如叠浪。过大沟一道，酉初即抵洛色。斜倚小山支搭毡庐，西边有土阁一间甚高，云系喇嘛供番佛，如小庙然，拟于明晨礼拜。晚至安公处略谈，归帐。是日得诗三首。

《扎尔玛克泰道中》：连冈如廪复如墉，梯级阶升历万重[④]。原草

---

① “沿途”圈去。

② “连”改作“迷”。

③ 《驿站考》：“什巴尔台，在今蒙古国中戈壁省纳兰东部。罗萨台，在今蒙古国中戈壁省卢斯。”（第695页）

④ 天头注“重韵二冬”。

有心回北陆，雪花如掌拍东风。穹庐在野朝朝住，沙碛粘云望望同。真景天然去雕饰，少陵出塞咏尤工。

《夜间大风初八日早风定喜成》：午夜惊飙发，牛鸣窌底狂。糁沙吹硬雨，掀幕掷顽礓。窟宅蛟龙徙，绦鞲鹰隼扬。晨兴风色定，碧落自苍苍。

《朱格特亭》：一样粉橑矗，冰霜浩劫经。龙荒开象教，调御信英灵。佛经：十号佛称调御丈夫。

初八日辛巳（2月2日）　巳初起，哲里木尖，申正至沙克舒尔嘎住。[1]

初八日辛巳，夜间大风，早起，叩祝风雪之神。巳刻稍定，天气寒甚，手出袖皆痛，呵气颔下成冰。戴风帽登车，欲至小庙瞻礼未果。出门上坡，途中经小山，乱石甚多。巳初抵哲里木，至安公毡帐，云有西贾三十余人，此台以及乌里雅素台皆受其盘剥，塞上蒙古贫苦，此辈利徒，理宜禁止，恐滋事端，感叹不已。换马前行，一路甚平。哲里木尚有积雪，将至下台，草亦稍肥，并无积雪。此台马亦骠壮，行走甚速。申正抵沙克舒尔嘎，途中有方亭一间，问之土人，亦系供佛之所，虽望见，相去尚有数里之遥也。是日得诗二首。晚间，帐后闻小儿欢笑，颇动乡关之思。

《哲里木寒甚》：万里龙荒地，祁寒历未曾。气嘘髭化白，血汗鬣攒冰。日色侵晨澹，霜华隔岁凝。缘坡复登坂，知陟几多层。

《沙克舒尔噶道中》：拾级登层坂，天窥象纬高。雀翎东日耀，狐毳北风饕。靡盬循臣职，长趋悯役劳。寒威杜康避，相约醉葡萄。

《西贾》：射利憎西贾，腰缠涉大荒。薄施贪厚取，匹布易群羊。

---

① 《驿站考》："哲林穆台，在今蒙古国中戈壁省布楞以北，卢斯与查干敖包之间。"（第695页）

初九日壬午(2月3日) 巳初起，察布奇齐尖，申正，至哈沙图住。[1]

初九日壬午，巳刻自沙克舒尔嘎起身，沿路皆坦坡，间有乱石，不碍车行。将至察布奇齐，有诺尔一道，冰凝如镜。诺尔东北有小庙三间，红土垩壁。巳正抵察布奇齐，与安公小坐，即换马趱行。略吃茶枣出门，路皆平坦，沿途草亦茂盛，驼马牛只散处原野，百十成群，甚为殷富。临近下台，上高坡，遥望一发青山横[2]天际，小有景致。申正，抵哈沙图。是日得诗四首。

《察布奇齐书所见》：猎猎狂飙逐马蹄，草痕黄到小冈西。欣看番部多殷富，遍野封牛褐色齐。《汉书注》：骆驼背上肉隆高若封土，俗呼封牛。

《对月有怀燕山弟[3]》：粘空沙碛白于霜，悁脰南云忆雁行。无那简书相促迫，遂教宦迹各参商。燕山腊底朝觐来都，喜即把晤，余因土尔扈特祀差限期已迫，不及相待。黄■紫籞颁恩綍，青草春池绕梦塘。钦感觐光趋阙日，亲承天语问周详。初六日，养心殿召对，上云："汝弟桂良陛见，朕已允准，何日自豫起身？几时到京？"斌良覆奏："因有光州案件未能讯毕，大约二十前后可到瞻觐天颜。"上云"汝弟起身折尚未接到，想来日内即可到矣"等谕。眷注恩殊，良等同深钦感。

《嘎冈木》：自树冰霜里，珍蕤号嘎冈。丛疑水柽簇，色较瓦松苍。左纽坚如柏，孤生植比棠。稽含工博物，辨识恐难详。

《驾竿车行走如飞喜题》：双轮碾急草无痕，行向春曦小借温。百里邮程俄顷达，轻车端合号飞奔。"飞奔"，车名，见《文选》。

《上元有忆京华》：金镜光连碧甃凝，玉堂腰笏昨年曾。翻缘鞅掌

---

① 《驿站考》："察布齐尔台，在今蒙古国中戈壁省察布齐尔。哈沙图腰站，在今蒙古国中戈壁省赛汗敖包以北，特格勒格以西，中戈壁省与前杭爱省交界附近。"(第696页)

② "横"下增"亘"。

③ 桂良(1785—1862)，字燕山，玉德二子，斌良同母弟。仕至大学士，谥文端，奕䜣为其婿。《清史列传》《清史稿》有传。

增惆怅，未得丝絇侍禁庭。

盘贮芳馨酒似渑，韦家真率会频仍。遥思京俗诸昆弟，瘦策宽鞋试踏灯。

初十日癸未(2月4日) 巳初起，哲林尖，酉正至翁锦住。[①]

初十日，巳刻，是日立春，安公亲来道春喜，略坐。自哈沙图起身，转过沙冈，路皆平坦。道旁有鄂博一座。午初即抵哲林，遥见粉墙缭绕，飞阁凌霄。墙外有板屋三所，亦搭毡庐，询之该处蒙古，云系新筑庙宇，中奉番佛。其地势甚平。在哲林略坐，换马即行。出门，路亦平坦，中途地多盐碱，初疑微雪。将至翁锦，路甚崎岖，车行颠簸异常。忽见大河一道，源自西来，宽可十余丈，冰凝厚尺余，其破处见冰下水流有声，驱车碾过，颇有戒心。酉正抵翁锦，倚小山插帐，行李直待至亥初始到。询知土人，距上台有一百五十余里云。是日得诗三首。

《柘林道中见筑飞佛阁偶题》：飞甍插汉冻云深，侒佛毡裘解醵金。鹿塞居然开鹿苑，柘林端合号香林。

《柘林台立春》：律已青阳改，桃嫣柳色柔。塞垣风物冷，春尚着重裘。

《晚至翁锦》：周遭斥卤路嵚崎，篆径盘纡马到迟。一片寒溪流汞白，晚来恰与月相宜。

十一日(2月5日) 巳正起，乌呢格特尖，申正至哈达图住。[②]

十一日，巳刻自翁锦早饭后起身，路过小山，其下长溪带绕，由山

---

① 《驿站考》："哲林台，亦作蔗林，志锐记曰'蒙古呼黄羊为蔗林'。在今蒙古国前杭爱省巴彦郭勒东部。""恩依锦台亦作翁金，在今蒙古国前杭爱省查干布兰。"(第696—697页)

② 《驿站考》："乌讷克特台，亦作乌努格特，在今蒙古国前杭爱省图亚。""哈达图台，亦作哈拉哈什图，在今蒙古国前杭爱省海尔汗都兰附近。"(第697页)

麓行走，渐入平坦。牛马驼群甚多，草亦丰盛。将至乌呢格特，路多碱卤。远山迤逦，一发青苍。中有双峰，像如丫髻。望山行过冈一道，牧马群数千匹，或饮溪涧，或啮草根，沿麓漫山，散如云锦，亦属奇观。过此直指双丫缺处行走，车过山坳，复重冈数道，倚小山插帐。申正抵哈达图，是台属赛尔乌素驿传管理，过此前台，皆乌里雅苏台将军所属矣。晚至安公处畅谈，戌正归帐。是日得诗三首。

《乌呢格特道中》：毳幕参差著处家，溪流如带抱峰斜。騵骝骊骆三千匹，掩映残阳灿似霞。

草色微茫望欲无，冈重岭复路盘纡。兔毫颖秃睔麋冻，难写乌桓考牧图。

《白翎雀》：辽边谁说春难到，一串圆珠鸟呀晴。个是有元新乐府，白翎沙雀记歌名。

《晚至哈(连)[达]图写望》：长征万里历间关，镇日驰驱片刻间。忽睹风光似中土，夕阳山外有青山。

《晓起书所见》：云外天窥万仞冈，风来广漠吹犹凉。欲知关塞寒何若，毳幕浓堆一寸霜。

十二日乙酉(2月6日) 巳初起，哈拉呢都尖，酉正至噶鲁迪住。[①]

十二日，晨起出帐，见霜凝帐顶如雪，厚寸许。虽春日，其寒可知。安公至帐略坐，起身。沿路皆山，远望如冈，即至车行，又复平坦。上数十冈，逾上逾高，是以天气更寒。遥望重冈一道，过此即哈拉呢都。午正即到台站，蒙古章京送驿站文书稿，看阅毕，令其行文前站照例支应。与安公小坐，换马即行。转过平冈，见怪石巉岩，卧如狮象。复行四十余里，横峰侧岭，绵亘回环。忽见高峰插云，驱车直上岭头，约六七里，转过岭头，俯视牛羊，小如豆点，较巴达岭更为陡峻。下岭驱车直注，巇崄异常，不胜惴惴，但不知何名，容当细考。

---

① 《驿站考》："哈拉尼敦台，亦作哈喇呢敦，在塔楚台东南，今蒙古国海尔汗都兰稍东南，贡纳林稍北。"(第704页)

蒙古味之曰杭暧，即大山也。下岭南向，山坳插帐。酉正始抵噶鲁迪，适张侯淳[①]同宝侍读学士绶由喀尔喀祭毕回差，亦住此台。因该台章京蒙古包甚少，不敷居住，余与安公让张侯、宝学士二公居住大包，余与安公只抵小毡庐三架，甚狭窄。张侯亲来拜望，并言前路山径甚险，幸无大雪，不甚寒冷，少坐辞去。余与安公回拜，少坐即行，至宝公处拜望，并言此番路鸾天寒，诸多赔累，幸天气尚好，并问京华近事。答以出口以来月余，未阅邸报，亦俱不知。言及二月中旬可以抵都覆命，并问法可盦六弟[②]近况。茶话移晷，回帐，宝公即来回看，时已戌正，略谈即去。余匆匆晚饭，燃烛拈毫，赶写家信，书毕，已交亥正，遣人送至宝公毡庐，匆匆安歇，甚觉疲倦。是日得诗五首。

《驾竿车行走甚速喜题》：二马并驱攒八蹄，长竿横亘如车輗。奚奴骖乘御风比，双轮迅转惊沙迷。毡庐遥睇一点白，电掣星流到何速。眨眼飞奔已莅临，名驹汗滴桃花色。

《噶鲁迪道中》：石壁巉岩肖剑关，鞭丝得得几曾间。玉龙掉尾蟠空际，积雪寒凝塞外山。

长征万里历间关，鞅掌风尘叹未闲。四牡骈骈奔电速。轻车倏过万重山。

《噶鲁迪杭暧》：雪凝螺磴镇盘旋，历井扪参石栈连。俯视牛羊如豆点，顿惊身陟万峰巅。

《晚至噶鲁迪》：成群蕃马蹴双蹄，拥传驰驱日又西。若使孤行少前导，乱山荒草路应迷。

《喜值侍读学士宝公绶[③]赠》：名卿特简历要荒，邂逅相逢喜欲狂。同值凤池清切地，九霄万里共翱翔。

---

① 张淳，世袭一等侯，散秩大臣。

② 法良，字可盦，号讴罗侍史，玉德六子，斌良季弟。任户部郎中、江西督粮道、江南河库道。

③ “绶”下增“即”。

天山雪霁解征鞍，促席文茵夜已阑。笔冻墨胶书草草，阿连传语报平安。谓可盦六弟。

《十三日晓发噶鲁迪》：泼水衾裯冷不胜，侵晨税驾倍兢凌[①]。袖中诗草慵谁录，须上冰花冻易凝。晴雪关山犹整辔，早梅庭院近烧灯。子由车骑应还豫，目送南云雁一绳。

《达楚山行感怀》：峰环如茧裹重重，荦确铿轮耳震聋。积雪矾头犹糁白，绮霞赪尾尚余红。频经峻坂心多戒，莫计邮签意已慵[②]。稍喜阳和回暖律，寒威渐戢答神功。由达楚至科布多尚有三十余台。

《山行乌尔图》：侧岭接回峰，弯跧茧子重[③]。不知山向背，忽失路西东。涧底寒尤烈，峦头雪易融。蚕丛云栈路，移入塞垣中。

《十三日月下》：金镜团圞换玉钩，解鞍擘纸擅风流。乌桓山色龙堆雪，莫说无诗记壮游。

《闻说乌里雅苏台天暖雪稀喜作》：长征万里指乌桓，辽塞寒暄动念关。听说前途风雪少，霎时加饭顿开颜。

《道旁书所见》：嵯峨怪石立峰巅，岩穴嵌空积素连。此时落伽真色相，宛然狮象立山前。

十三日丙戌(2月7日) 达楚尖，乌尔图住。[④]

十三日，晨起盥漱，因是处无水，冰块用完，竟无面汤。出门皆乱石，冈岭回环，阴崖积雪，途中收拾车铜略耽延，至午正始抵达楚。插帐坡间，车登甚难，略坐换马。前行数里，见两崖对峙，仿佛雄关，崖边各搭毡庐一架，俨如守卡房屋。中间沙沟一道，想水后必多涨水，

---

① “兢凌”乙作“凌兢”，《诗集》作“凌兢”。

② 天头注“慵韵二冬”。

③ 天头注“重二冬”。

④ 《驿站考》：“塔楚台，在今蒙古国前杭爱省纳林泰勒对岸东南，海尔汗都兰西南方位。乌尔图额尔呼都克台，在今蒙古国巴彦洪格尔省与前杭爱省交界的呼达格乌尔特稍东。”(第703页)

亦难行走。途间乱山参错，宛转徐行。至酉刻始抵乌尔图，安公来帐闲谈，并言今已十三日，京师业已上灯，六街车马，士女如云，不知如何热闹。略坐即归帐，余亦安歇。是日得诗六首。

十四日丁亥(2月8日) 沙拉噶尔珠特毕拉尖，推毕拉住。[1]

十四日，辰刻起身，连日山行甚险，幸天气晴明，皆赖山灵默佑，买羊一只，邀安公致祭塞外山川冰雪之神，将羊只赏给该台蒙古。驾车前行，一路重冈层叠，遥见双峰插天，幸由渐而升，不甚陡峻，心实惴惴。度岭皆土冈，午正抵沙拉噶尔珠特毕拉，四山环抱，插帐中央，小有风景。略坐，早尖，换马，过沙冈数道，即入河套，乱石匀铺，颇妨车轨。又有羊肠河环绕，溪流皆冻，马滑难行，车行迟缓。将抵下台，路皆平坦。酉初始抵推毕拉，倚小山插帐，帐前牧马数千匹，散如云锦，亦大观也。是日安公厨役徐昭迷路，遣人寻觅，直至亥刻始到，行路之难可知矣。戌刻安歇。是日得诗四首。是台每住毡庐，顶插马鞭一枝，不知何故，似有贵客居住相示之意。夜间有执鸟枪巡夜二十余人，晨有蒙古章京呈递哈达，甚为知礼。

铦锋龃龉虎牙撑，直指金鳌脊背行。万里关河劳跋涉，三冬冰雪历峥嵘。养深险阻看皆坦，神定巉岩履不惊。奉使绥藩励臣职，山灵应默鉴愚诚。

《沙尔噶尔道中》：河套匀圆碎石铺，羊肠细淀路盘纡。想当六月溪流涨，一片琉璃浸碧芜。

《推毕拉》：冻云如絮拥天根，碧宇无垠接草痕。俯视群峰如叠浪，始知身在最高原。

《十四日晚抵推毕拉感怀》：草色浓于染，微黄直上坡。溪干顽砾涌，山近冻云多。鬓影几痕改，蟾光一鉴磨。踏灯人似海，良夜景如何。

---

① 《驿站考》："沙尔噶勒卓特台，在今蒙古国巴彦洪格尔省额勒济特稍东南。推台，亦作图音台，在今蒙古国巴彦洪格尔稍东南。"(第703页)

《十五日夜鄂罗盖》：元夕团圞月，何期塞上看。偶然逢令节，未免忆长安。燕市春灯丽，龙沙古雪寒。同行偕妙友，煮酒共盘桓。

《夜出毡庐看月感怀》：毡庐人静月三更，四野萧萧牧马鸣。聒耳那闻箫管沸，印心澹对镜奁清。残云翳扫遥天净，积雪光连大漠横。随遇而安行乐法，壮游亦足快平生。

《上元夜仍叠前韵》：每逢令节倍情关，马上哦诗闹里闲。一样团圞明镜拓，春灯何处照鳌山。

十五日上元节戊子(2月9日) 巳初起，喀拉托罗盖尖，申正鄂罗盖住。①

十五日，巳刻自推毕拉起身，沿路土冈数道，并无大石，余皆平坦。将至下台，见山边大石一块，状如卧狮。过土冈，午正即抵喀拉托盖，啜粥换马即行。出门皆草地，平坦，渐上小岭，积雪满地，厚约六七寸许，高坡下注，长有八九里。过岭见毡庐三架，牛马成群，知为蒙古居住水草丰盈之处。行五六里，望小山一座，乱石嵚崎。申正抵鄂罗盖，倚山插帐。今日上元，天气晴暖，到台甚早，颇可休息。命奴子置酒果请安公晚饭，聊应上元佳节。东坡云："何处无月，但无我辈闲适耳。"似谓我二人下一转语。是日得诗六首。是台有古松，皆劈作柴薪，欲作《悼松》诗未果。

《鄂罗盖道中天气晴暖喜成》：山雪全消草似油，青骡权当踏春游。裂肤堕指冰霜地，难得轻寒袭紫裘。

十六日(2月10日) 巳初起，乌塔尖，戌初至拜达拉克毕拉住。②

十六日，晨起沿途皆山，行十余里，积雪漫漫，如万顷瑶田，一望无际，深处约尺许。过河数道，河面皆冻，冰破处下有流水甚湍激。

---

① 《驿站考》："鄂洛该台，亦作鄂罗海，在今蒙古国巴彦洪格尔省苏木贝尔附近。"(第702页)

② 《驿站考》："乌塔台，在今蒙古国巴彦洪格尔省巴彦诺尔南，嘎鲁特西，河流左岸。""都特库图台，在今蒙古国巴彦洪格尔省哈尔乌斯东部。"(第701页)

转过岭头，路稍平，雪亦渐少。惟此台马疲乏，行走甚慢。申正始抵乌塔，安公已先至。下台略坐，即换马趱行。沿路皆土冈，石不甚多。二马飞奔，天渐曛黑，深为烦躁，直至上灯后戌初始抵拜达拉克毕拉。出口以来，是台到最迟。安公来帐少坐，亥初安歇。是日得诗一首。

《乌塔道中写望》：爬沙声里小车便，万顷镕银碧宇连。眼底风光皆道管，置身如在阆峰巅。

十七日庚寅（2月11日） 辰初起，扎克毕拉尖，申初库布尔车根住。[①]

十七日，卯初起，早饭毕，辰刻起身，沿途皆重冈环抱，积雪亦厚。天气寒冷，坚冰凝须，然气不甚肃。过大河一道，乱石滩约宽十余里，羊肠萦绕，溪流皆冻，车行冰上，碾过砰訇有声。行四十余里，转过土冈，雪亦渐薄。午抵扎克毕拉，依山插帐，略坐换马即行。转过小山数道，中央草地甚平坦，地多窟窿，想皆狼窝，颇碍车行。将至下台，有大岭一道陡峻，乌拉齐马上拉纤，登陟甚觉费力。下岭过土冈一道，申初即抵库布尔车根，安公约至帐中晚饭。戌正归帐安歇。是日得诗二首。

《扎克毕拉道中》：摩娑老眼拭麻茶，积素苍茫万岭遮。仿佛北台题壁句，光摇银海眩生花。

银海光摇眼忽明，壮游奇绝冠平生。界天积雪无垠白，草径如蛇一线萦。

十八日辛卯（2月12日） 辰初起，乌兰奔巴图尖，申正至额布尔吉拉冈图住。[②]

十八日早起，辰初起身，沿途皆山，行峡中，寒气逼人。过小河数道，皆冻，积雪深至三尺余，行走甚难。午刻抵乌兰奔巴图，依山插

---

① 《驿站考》："扎克台，在今蒙古国巴彦洪格尔省扎格对岸，扎克河东岸。""霍波尔车根台，在今蒙古国巴彦洪格尔省臣格勒东南。"（第700—701页）

② 《驿站考》："乌兰奔巴图台，在今蒙古国巴彦洪格尔省臣格勒西北。鄂伯尔陶寨台，亦作鄂博尔托斋，在今蒙古国巴彦洪格尔省臣格勒正西。"（第700页）

帐，雪光照耀，寒甚。略坐换马即行，出门皆乱山环回，宛转不辨东西。五十余里，有大岭一道，陡峻异常。乌拉齐乘马曳纤始登，人马俱甚费力。过岭转土冈数道，申正即抵额布尔吉拉岗图，安公至帐略谈，戌刻安歇。

十九日壬辰(2月13日) 巳初起，阿鲁吉尔拉冈图尖，申正，胡吉尔图住。①

十九日，巳初起身，过数冈，有广场数十里，牛马甚多。过此，大岭一道，雪深尺余，倚山大河一道，源自西北，水冻凸起如小山。极寒，须上结冰。沿山麓行走，雪深路滑。未正抵阿鲁吉冈图，插帐在山坳之间，换马趱行。出门则乱山匼匝，溪涧潆洄，冰雪山川合成一片。申正，抵胡吉尔图，依山插帐。至安公处略坐，戌正安歇。是日得诗三首。

《登杭嘎》：秣马脂车陟坂冈，惊沙夹毂冻云荒。奚奴我马同呀喘，忆驾盐车上太行。

《胡吉图道中》：苍翠四山抱，中开百里场。权奇滋骆驷，蕃庶茁牛羊。玉带溪流绕，裙腰草色妨。毡庐当屋宇，四畜作耕桑。

二十日癸巳(2月14日) 辰初起，达木得尔尖，申正至特木尔图住。②

二十日，辰起寒甚，帐上舒尔罕甚厚。起身，沿途乱石，山北上台路径稍宽，山峰渐远。路过大岭二道，午正抵达木得勒。依山插帐，换马即行。出门，路稍平，将到下台，将军保公、参赞常明③、王车林多尔济④遣官来迎，令其同行。过大岭一道，申正抵特木尔图。倚山插帐，此地山大，渐有松木。帐中烧松柴。随将差弁唤至帐中相见，

---

① 《驿站考》："阿噜陶寨台，鄂特冈以东70里，夏尔乌斯河边，在今蒙古国扎布汗省与巴彦洪格尔省交界附近。"(第700页)

② 《驿站考》："特木尔图台，在今蒙古国扎布汗省鄂特冈稍西。"(第699页)

③ 常明，道光十五年(1835)任乌里雅苏台参赞大臣。

④ 车林多尔济，喀尔喀赛因诺颜部札萨克亲王朋楚克达什之子，嘉庆二十二年(1817)袭爵，道光七年(1827)任乌里雅苏台参赞大臣。

令其持帖先回。定于二十一日[①]午刻至乌里雅苏台。至安公帐相商，亥初归帐安歇。是日得诗一首。

《特木尔道中》：自笑平生疏阅历，紫阳[②]居井坐观天。平生[③]奇险经初睹，冰雪山河一派连。

二十一日甲午（2月15日） 辰初起，朔鲁克尖，申正花素[④]尔土住。[⑤]

二十一日，辰初起身，沿路皆大岭，积雪渐少。午正抵朔鲁克，依山插帐。山甚秀似画，宗李公麟皴法。有小山一座，磊石到顶，中藏鹊窠，飞鸣无数，甚为可喜。与安公略坐，换马即行。出门山势宽绰，山顶有松柏丛生如草，惟色欠苍翠。过大河一道，冰凝如镜，车从冰上行走，颇惴惴。沿途皆山，忽见大岭一道，积雪迷漫，幸坡长，登陟不峻。山顶大鄂博一座，下山即抵花朔尔土。倚山插帐，拟收拾衣服，明日入乌里雅苏台城。与安公相商，戌正安歇。

《朔鲁克书所见》：奇峰磊砢旁岩隈，仿佛湘屏六扇开。石罅雏尼齐送喜，恩光紫气自东来。

二十二日乙未（2月16日） 辰初起，午正抵乌里雅苏台住。[⑥]

二十二日乙未，辰刻起，自花素尔土起身，沿路皆山，见大河一道，冰凝如镜，河身甚宽，约十余里，车从冰上碾过，裂缝处下视，冰约厚四尺余。过河，远见高岭摩天，到顶有鄂博一座，上挂哈达、羊骨，均书番字。过岭下视，陡峻异常。车尾众蒙古用皮条倒曳，马不能驻

---

① “二十一日”原文如此。

② “紫阳”二字旁注“疑误”。

③ “平生”二字旁注“疑误”。

④ “素”改作“朔”。

⑤ 《驿站考》：“舒噜克台，在今蒙古国扎布汗省查干海尔汗以南。霍克噜图台，在今蒙古国扎布汗省查干海尔汗东北，乌里雅苏台东南60里。”（第698—699页）

⑥ 《驿站考》：“乌里雅苏台底台，在今蒙古国扎布汗省乌里雅苏台。”（第698页）

足。余与安公下车,家人等扶持步行,踏雪而下,不胜惴惴。远见万山环绕,雉堞参差,即乌尔雅苏台城池[①]。过岭(覆)[复]登车,约行廿余里,将军差马队、弓箭手乘马,并绿呢官车迎接。余与安公易车前行,乌里雅苏台南门外,保将军昌暨参赞、车王设察察哩[②]迎接。三人跪请圣安。略坐入城,关帝庙宿歇,入庙即上殿行礼。少顷,将军、参赞、车王来拜,因欲与下台行文耽搁一日,拟于二十四日起身。商定,随至各署回拜。还庙已戌正,劳乏异常,西禅室安歇。是日得诗一首。

一峰峭拔高摩云,冰雪滑汰犹缤纷。溪坳下视不见底,冻云壁絮时氤氲。悬车束马势高迥,前人脑触后人踵。舍车徒步共璘珊[③],跬步相看神愈耸。登高临深有辞训,屺岵瞻依永孝思。伊胡为乎冒险阻,宣猷古塞皇华驰。侧身北望神洋洋,鹰风雕雾胡苍茫。睥睨粘云角声起,雄城斗大蟠中央。[④]

《乌里雅苏台城东关帝庙禅室题壁》:解鞍萧寺镇蒙茸,佛火茶烟白雪中。襆被穹庐六千里,一龛欣听上堂钟。

二十三日丙申(2月17日) 未行。

二十三日,夜眠火炕,睡甚安适。保将军差人预备饭食,有白菜、豆腐、鸡子之类,甚觉稀罕。饱餐,随至街南观音庵行礼。晚间参赞常公及保将军拜谈,至戌刻始安歇。

二十四日丁酉(2月18日) 辰初起,阿勒达尔尖,申正至伯尔霍住。[⑤]

---

① 《清史稿》卷一百十七《职官四》:乌里雅苏台定边左副将军一人。参赞大臣二人。

② 察察哩,即满语“凉棚”。

③ “璘珊”改为“蹒跚”。

④ 此诗《诗集》题作“将抵乌里雅苏台高岭陡峻舍车徒行感而赋此”。

⑤ 《驿站考》:“乌里雅苏台至科布多台站14个,约1320里,其中9个台站归定边左副将军管辖。自京师皇华驿4960里至乌里雅苏台底台,(注转下页)

二十四日，辰起，出乌里雅苏台南门，保将军、参赞、车王皆亲送，并言前途虽暖，不便更衣，尤须珍重。略坐登车，由城南街市行走，街长五里许，皆土房，有庙数处，甚庄严，皆西贾为之。出街，绕过山坳行廿余里，有喇嘛庙，瓦屋连云，亦甚壮丽。过河数道，绕乱山行，午刻，抵阿勒达尔，倚山插帐，换马即行。过土冈数道，乱峰环绕，中有广场，牛羊甚多。申正，抵伯尔霍，安公至帐畅谈，戌初安歇。是日得诗一首。

《伯尔霍书即目》：浮岚暖翠互纵横，百里场开大地平。仿佛金山好图画，白银盘里碧螺盛。

廿五日戊戌（2月19日） 辰初起，胡拉克乌兰尖，申正至伊肯济斯宿。①

廿五日，辰起，出门皆草地，转小冈数道，午刻抵胡拉克乌兰。依山插帐，略坐换马即行。沿途皆小山，每过岭处，中开广场豢养牛马。过大岭一道，申正抵伊肯济斯。请安公至帐晚饭，亥初安歇。

二十六日己亥（2月20日） 辰正起，巴噶济斯尖，申正至格尔库住。②

二十六日，辰起，安公来帐少坐即行。出门皆草地，山亦渐远。

（续上页注）60里至阿勒达勒台，80里至博勒霍台，60里至呼都克乌兰台，80里至依克哲斯台，70里至巴噶哲斯台，70里至珠勒库珠台，110里至布固台，100里至阿勒噶令图台，100里至巴噶诺尔台。（以上归定边左副将军管辖，以下归科布多参赞大臣管辖）100里至杜尔根诺尔台，70里至哈尔噶那台，90里至吉勒噶琅图台，100里至札哈布拉克台，110里至哈拉乌素台，120里至科布多。”（第697—698页）又《驿站考》：“阿勒达勒台，为乌里雅苏台向西至科布多第一个台站，距城约60里，在今蒙古国扎布汗省额格莫尔。”（第707页）

① 《驿站考》：“呼都克乌兰台，在今蒙古国扎布汗省阿尔嘎朗特市东南，扎布汗河右岸。”（第706页）

② 《驿站考》：“巴噶哲斯台，亦作巴戛则斯台，在今蒙古国扎布汗省阿尔嘎朗特稍东。珠勒库珠台，亦作珠尔库珠，在今蒙古国扎布汗省德尔伯勒金市与阿尔嘎朗特市中点附近。”（第706页）

午初，抵巴噶济斯，依山插帐，山石赪色，可研作画，即赪石。命奴子拾取，置之行箧。略坐换马，即转过沙冈数道，远山犬牙相错，中间沙雪河冰，迷漫无际。过沙冈，申正抵格尔库住。依小山插帐，石皆黑色，帐后毡庐甚多，蒙古居住蓄养牲畜之所。晚安公帐中晚饭，戌初安歇。

廿七日庚子(2月21日) 辰初起，布固尖，酉初至阿尔噶林图住。①

廿七日，辰刻起身，沿途草地尚平，午正至布固，换马即行。出②。

《布固道中》：结习平生笑未除，压装犹剩半车书。爱陈缃帙缘遮眼，稍减吟情为惜须。烧雉烹羊宜雪后，射雕盘马趁晴初。黄沙白草青天映，揽辔澄观意自如。

《布固道中怀朱白榆》：薄雪初晴试灯后，小桃寒勒未花时。觚棱朋旧今知否，风帽伶俜独咏诗。

嘉平犹记赋消寒，擘纸风流室易安。出塞少陵多拟作，何如踏雪历乌桓。

廿八日辛丑(2月22日) 辰初起，哈兰噶那尖，申初至济尔噶琅图住。③

廿八日，(晨)[辰]刻早起身，出门行四五里，有大河一道，约长十余里，车从冰上行走，砰訇有声，裂缝下视，厚约三尺余。将抵岸，崖高，众蒙古曳车而上。沿路平沙碛雪。午正抵哈兰噶那，平地插帐，

---

① 《驿站考》："布固台，在今蒙古国扎布汗省德尔伯勒金附近。阿勒噶令图台，亦作阿尔噶灵图。在今蒙古国戈壁阿尔泰省扎布汗高勒西北，扎布汗河沿岸。"(第705—706页)

② 此下当有阙文。

③ 按：稿本原文如此，但按台站路线，应是巴噶诺尔尖，杜尔根诺尔住。《驿站考》：巴噶诺尔台，亦作巴罕淖尔、巴干诺尔，在今蒙古国扎布汗省温茨市东稍南。(第705页)杜尔根诺尔台，亦作图根淖尔、都尔根、德尔根，在今蒙古国科布多省哈尔湖南端。(第714页)

略坐换马即行。出门，路尚平坦，行六十余里，渐有沙冈，沙厚尺余，更兼积雪相搀，颇难行走。冈岭高处，车盘其麓，双轮欹侧甚险。稍下冈，有深沟积雪，望之凛然。越数十冈，申正抵济尔噶琅图。依小冈插帐，晚至安公帐中，谈及沙路难行，定于二月初二日至科布多。戌正安歇。是日得诗二首。

《济尔噶琅图》：到郡计七日，过冈历万重。终朝踏沙雪，踪迹似飞鸿。

《草地雪》：万里镕银四望收，提封应属富民侯。柳条对客谁青眼，山色如人易白头。诗句浑如珠咳吐，乾坤直讶玉雕锼。北台夙艳尖叉韵，扫却陈言咏更遒。

《车从冰上行》：一片玻璃镜面浮，层冰滑汰碾行辀。平时自凛垂堂戒，鞅掌王程敢自由。

《哈兰噶那道中》：灌耳爬沙郭索声，轮翻晴雪似砥平。直沿岭首追山尾，记取邮签第十程。第十台。

廿九日壬寅(2 月 23 日) 辰初起，哈兰噶那尖，申正至济尔噶琅图住。[1]

廿九日，辰刻起身，出门，路甚平坦。雪深尺余，一白连天，四望无际。约行八十余里，迎面小山数重，由山坳行走。午正抵哈兰噶那，少坐换马即行。沿途皆乱山，申正至济尔噶琅图，依山插帐，戌初安歇。

《那林伯尔齐勒冰沟二月初七日》：峭峰壁立高摩天，中有蜿蜒清泠渊。平川冰合复加雪，银杯得得声铿然。蒙茸滩柳横前路，骑马踏冰入深树。枯槎掠帽时提防，寒气穿裘冷难住。蚕丛鱼凫胡巉岩，太白曾歌蜀道难。我度那林古石峡，平生奇险惊初看。

---

① 《驿站考》："哈尔噶那台，亦作哈尔噶纳，在今蒙古国杜格尔湖西南，科布多省钱德曼。吉勒噶郎图台，在今蒙古国乌兰巴托市巴彦高勒。"(第 714 页)

二月初一日癸卯(2月24日) 辰初起,扎哈布哈拉克尖,申正哈拉乌素住。[①]

二月初一日,辰起出门,沿途沙雪迷漫,遥望远山绵亘,初甚平坦。过坝二道,河沟环中多桦树。过小山尾,沿山麓有大小鄂博数座。午正至扎哈布拉克,毓参赞[②]差官迎接,帐中相见,令其持帖先回。略坐换马,沿大山行走,由山坳入沟,约二十余里。峡中有鄂博一座。向西行走,出沟皆沙石,有黑河汊。冰上行走,约十余里,皆芦苇丛生,大有江湖之思。申正抵哈拉乌苏,芦滩插帐。是日安公来帐商议,于明晨起身至科布多,预备恭请圣安。戌正安歇。

初二日(2月25日)[③] 辰初起,午正住喀拉乌素,科布多住。[④]

初二日甲辰,晨起,由毡庐起身,过苇塘一道,冰上行走,沿途皆大山。远望都尔根诺尔,冰雪连天,圆明如镜,诺尔中隐隐见海市,有楼台、塔庙、山林、人物,欲作《海市》诗,匆匆未暇也。过岭远望,山势巉岩,列如屏幛,皆赤色,土人名为大红山。山头见城门楼橹俨然,绕城多白杨树。至山口,毓参赞差人持帖来迎。[⑤] 下山有细河,如带萦绕。车行甚速,抵科布多南门外关帝庙,毓参赞披执,同众安寺胡图克图在庙前恭请圣安毕,还至禅堂小坐。换骡车入城,先至安公行馆。城外有大街一条,皆悬彩贴春条。余与安公先至关帝前行礼,少坐。余公馆在城北关帝庙西禅室,斗室甚暖,有《无双谱》画屏八幅,有"海清山秀"额书,亦觉苍古。晚间至关帝、火神、马王各神前拈香。

---

① 《驿站考》:"扎哈布拉克台,在今蒙古国科布多省布尔根东南的察罕通古,哈拉乌苏湖中部西缘,德尔根以南。哈拉乌素台,亦作哈喇乌苏,在今蒙古国科布多省哈拉乌苏湖(慈母湖)西部。"(第713页)

② 毓书,字麟洲,满洲正红旗人,道光十五年(1835)任科布多参赞大臣。

③ "初二日"下增"甲辰"。

④ 《驿站考》:"绰和尔台,在今蒙古国科布多省科布多市。《定边纪略》:'城内首台。'"(第713页)

⑤ 《清史稿》卷一百十七《职官四》:科布多参赞大臣,办事大臣,各一人。

少顷，毓参赞来拜，将信物交明。毓参赞云前途[①]驼马未齐，留住一日。余亦应允。因天已二更，未及回拜。毓参赞差人备酒席，匆匆夜饭，亥初安歇。

《众安寺瞻礼纪事》：绀宇崔嵬号众安，毡裘铁骑尽腾欢。高皇神武开疆域，功纪穹碑下马看。

初三日乙巳（2月26日） 未行。

初三日乙巳，在行馆早起，适众安寺胡图克图差喇嘛呈递貂皮、哈达。毓参赞差人下帖，请至署吃饭。余与安公商议，众安寺供奉仁皇帝御座，礼应前往瞻礼。早饭后，与安公同往寺中，过河一道，冰融，车行甚难。寺依山建造，大殿、山门、念经堂共五层，旁有碑亭，刹竿高耸，规摹宏壮。大殿供奉三世佛、十八罗汉，画壁皆番像。瞻礼毕，至胡图克图禅院，在寺西，门三楹，内禅堂三间，陈设华丽，锦茵狐褥，茶具器皿，皆[②]玉为之。室中悬松湘浦相国扁额，室后有大蒙古包一架，中设禅榻，亦甚宽敞，胡图克图住宿处也。少坐茶罢，乘车而归。至毓参赞署中西偏小园，有环翠山房，有桥有亭，有池塘土山，绕池白杨树，小有景致，塞外仅见。在书房晚饭，席面甚丰，有鸡、鱼、青菜之属，畅谈至二鼓始归行馆，亥初安歇。

初四日丙午（2月27日） 午初起，子正到搜吉，一百二十里，起身至土尔扈共七台。[③]

初四日丙午，晨起至殿拈香。早饭毕，沿途拜客，耽搁至午初起

---

① “前途”下增“台站”。

② “皆”字下增“金”。

③ 《驿站考》：“由科布多向南至苏济卡伦路线，8台站，约1090里。由科布多140里至搜吉台，140里至察汉布尔噶苏台，110里至达布索图诺尔台，90里至那林波尔济尔台，80里至伊什根托罗盖台，80里至扎哈布拉克台，90里至锡伯图台，240里至鄂兰布拉克台，120里至苏济卡伦。”（第713页）又《驿站考》：“搜吉台，在今蒙古国科布多省塔黑勒特，特格勒格东北，与之隔河相对。”（第715页）

身。毓参赞在关帝庙亲送，乘驾竿车入山口，由原路行四十余里，往东南行走。过察汗布噶素山，皆碎石坦坡。过河数道，皆由冰上行，至山口已戌正，天已昏黑。过图鲁尔井甚险。是台路长马疲，约有二百余里，直至子正方到，行李未赶到。天微雪，帐中披裘夜坐达旦。至初五日，差人迎接行李，因迷路入山，多行六十余里，是以到迟。自出口以来，未有如此台之累者。赶紧收拾起身，时已巳初矣。

初五日丁未（2月28日） 巳初起，酉初至察汗布尔噶素，一台一百二十里，约二百里。①

初五日，晨起出门，皆小山重叠，经数十重，见有大山，名堪泽达扳。过山有河二道，地多杨树，水渠环绕。科布多兵丁有于此屯田种麦者。过河皆沙滩，将至下台，草地甚平。向山坳行走下坝，酉初始抵察汗布尔噶素，戌正安歇。

初六日戊申（3月1日） 巳初，察汗布尔噶素起，酉初，达布素诺尔住。②

初六日，子刻，笔帖式吉庆禀称那林沟冰雪甚深，车不能行，请回科布多。余与安公商议，万里奉使，车虽不前，乘马③前进。因舍车乘马，艰险异常。冰上难行，下马步过。出沟，过大坝二道，酉初始抵下台。

初七日己酉（3月2日） 辰初，达布素诺尔起身，申正，那林伯勒齐尔住。④

初七日，早起，因那林沟皆冰冻难行，用驼驾车缓行。有乱石横

---

① 《驿站考》："察汉布尔噶苏台，今蒙古国科布多省省会科布多南78公里处，特格勒格偏西。"（第716页）

② 《驿站考》："达布索图诺尔台，亦作达布索图淖尔，在今蒙古国科布多省省会科布多南104公里处蒙赫海尔汗一带。"（第716页）

③ "乘马"上增"只可"。

④ 《驿站考》："那林波尔济尔，亦作那林博罗齐尔，在今蒙古国科布多省巴彦珠尔赫一带。"（第716页）

路,上有树枝,将车抬过,乘马踏冰趱林箐而过。天荆地棘,行路之难,莫此为甚。然山川奇怪,有生平所未睹者。出沟,酉初始抵伊什根托罗改[①]。

《那林石峡》:九曲穿珠肖,回环石峡通。夕阳峰向背,沟水路西东。浅草才平雪,疏杨自战风。溪山爱灵秀,惜在塞垣中。

初八日庚戌(3月3日) 辰初起,那林伯勒齐尔起身,酉初,伊什根托罗改住,是日该王遣图萨拉齐[②]并头等侍卫来迎。[③]

初八日庚戌,晨起出门,登大坝一道,碎石匀铺,颇方车轨。下坝皆草地,转湾登乌玉木齐达板,积雪满山,高插云表。众蒙古曳车而登,山顶有大鄂博。过山,路皆平坦,过水沟一道,酉初即抵伊什根托罗改。与安公相商明日致祭仪注,戌初安歇。

初九日辛亥(3月4日) 辰正,伊什根托罗改起身,未正,至土尔扈特住。

初九日辛亥,早起接喜善泰笔帖来书云:该王在伊坟山设祭,务请公爷、大臣到努克特,伊遣苏木台马匹迎接。出门上大坝,即甚平坦。将至中台,设帐备茶。行至上台,土尔扈特贝子车林多尔济[④]暨台吉等在道旁跪接,延入帐中略坐。伊呈递马匹、哈达,哈达转赐,马匹辞谢,少坐即行。沿途皆平沙,多杨柳丛生,溪流环绕,远山叠翠,

---

① “伊什根托罗改”应作“那林伯勒齐尔”。

② 图萨拉齐,即札萨克之协理。

③ 《驿站考》:“伊什根托罗盖台,亦作依什根托罗该,在今蒙古国科布多省巴彦高勒一带。”(第716页)

④ 车林多尔济(?—1840),其父沙喇叩肯(舍楞从子)于乾隆三十六年(1771)封札萨克固山乌察喇勒图贝子,乾隆四十八年(1783)诏世袭罔替。道光九年(1829),沙喇叩肯卒,次子车林多尔济袭爵。道光二十年(1840),车林多尔济卒,其子乌尔图那逊袭爵。

地甚肥腴。将至下台，该王子多诺罗布多尔济①，偕其弟吹鲁布扎木素在道旁跪接圣旨，并与安公及余呈递哈达。余与安公问候，遂乘马至土尔扈特帐前。番人、喇嘛瞻视天使，并辔至帐前下马。未刻，该王率领眷属及阿尔巴图跪迎谕祭。蒙古包内即扎萨克郡王三达克多尔济②之墓，用木累成，染红色。墓前设案，供酒七尊、牛一只、羊六只。东首设案一张，酒钟三个，奠池一。西首设案一张。恭读祭文。墓左铺红毡，设袍一袭，右设帽一顶。该王率领眷属墓左环跪，济尔哈春笔帖、吉章京庆二人恭捧祭文，喜善泰笔帖宣读。该王帐内跪听，其属下人等俱在帐外跪听毕，安公立奠酒三杯举哀。祭毕，该王行礼恭谢，余因云："我皇上闻该老王三达克多尔济病没，甚为伤悼，特遣公安某及良前来赐祭。该小王宜感激天恩，力图报称，谨慎当差，管束属下。某等以便回奏。"该王在帐三跪九叩首，向南恭谢天恩。礼成归帐，戌正安歇。

《二月初九日土尔扈特致祭扎萨克郡王三达克多尔济礼成恭纪》：塞峰叠翠雪初晴，衙帐晨开旭日莹。万里龙荒遥慰唁，九重凤诏极哀荣。名王鞠膪聆天语，蕃部倾心颂圣明。赐赍③礼成恩泽沛，奏章飞骑达神京。

---

① 多诺罗布多尔济(？—1858)，又作"多诺鲁布多尔济"，土尔扈特扎萨克郡王三达克多尔济长子，道光十七年(1837)袭爵，咸丰八年(1858)卒，其长子凌扎栋固鲁布袭爵。

② 三达克多尔济(？—1837)，又作"三都克多尔济"，其祖舍楞于乾隆三十六年(1771)随渥巴锡东归，封扎萨克多罗弼哩克图郡王，乾隆四十八年(1783)诏世袭罔替。乾隆五十七年(1792)，舍楞长子策伯克札布袭爵。道光四年(1824)，策伯克札布次子三达克多尔济袭爵，道光十七年(1837)，三达克多尔济卒，其长子多诺罗布多尔济(又作多诺鲁布多尔济)袭爵。

③ "赍"改作"赉"。

乌桓纪行录[①]

初十日壬子(3月5日)　差竣回程。巳正起身,布尔衮果勒,未正住,只行一台。

是日早起,安公与相商,欲歇息一日再行,余言外藩赐祭礼成,不宜多住,恐多骚扰,宜即传车马起程。该土尔扈特王多诺罗布多尔济亲来叩送,并赠程仪、马匹、貂皮等物,却之。随至该王毡庐回拜,并谕以严约属下,谨饬当差,报谢。

十一日癸丑(3月6日)　辰正起身,未正住伊什根托罗改,一台。

是日出门皆草地,甚平。过河套,乱石[②]累累,颇碍车行。遥望两山对峙,向峡中行走,入即伊什根托罗改,即入那林沟之路径也。

十二日甲寅(3月7日)　辰初起身,申正住那林伯尔齐勒,一台。

是日乘驼车,行至沟中,上有林箐,下有冰雪石块,路实难行,因乘马踏冰而行。沿途风景甚好,有钵盂石、姜芽石、翠云屏、石龛、玉带峰、浴禽泉诸胜景,本皆无名,余以臆度之。

十三日乙卯(3月8日)　辰初起,申正住达布素图诺尔,一台。

是日行程途中过河,名昂吉尔图。过大坝二道,一名达[③]布图,一名萨尔塔克召达板。路甚难行。

十四日丙辰(3月9日)　辰初起,申正住察汗布噶素,一台。

---

① 原底本自此处以下为《乌桓纪行录》下册。

② “乱石”上增“见”。

③ “达”改作“塔”。

出门，过大河二①，名色克尔河，沿路有大山，名堪泽达板，冰雪满山，甚难行走。

十五日丁巳(3月10日) 辰初起，申正住叟吉。

出门上大坝，余俱平坦，到时乱山数十重。过井，名图鲁尔井。相传是处为科布多旧城，因山水冲刷移建，是井中多金银宝器，蒙古人有窃取者，惘惘如有失②，不能携归，盖有鬼神(诃)[呵]护也。

《二月十四日达布苏图诺尔过塔布达板写望》：塞天雪霁顿开颜，万里绥边奏绩还。仿佛王蒙好图画，迷漫云气万重山。③

《二月十五日察汗布尔噶苏道中书怀》：料峭轻寒二月天，狐裘貂帽著依然。磨牛步步寻陈迹，酥乳朝朝种妙缘。野色喜无山隔断，天痕遥与草相连。风光毕竟关中好，科布多人呼张家口为关中。红杏村墟酒旆偏。

《二月十五日察汗布尔噶苏喜见屯田》：万峰环处有高原，渠溜潆洄碧玉溅。恰怪乌桓冰碛里，青青种麦见春田。

《二月十三日那林沟书即目》：骑缘石罅走骎骎，蚁阵穿珠九曲寻。育煦东风初解冻，一泓澄碧浴双禽。

奇峰绝塞涌巉岏，贪赏溪山缓控鞍。一片白杨疏树里，石屏叠翠隔林看。

《赠宝将军》：乘轺曾共指西秦，京雒分襟动几旬。远畀乌桓资重镇，量移凤阁愧词臣。萍踪绝塞欣重聚，棋局长安待细论④。心地芝兰天觊汝，膝前新获石麒麟。

《赠孙侍读》：形单叹似老鳏鱼，远聘乌桓幕府居。褶绔晨装看较猎，酥灯夜炙照翻书。无儿伯道心无累，有酒陶潜趣有余。挥遍赫蹄

---

① “二”下增“道”。

② “失”上增“所”。

③ 此诗天头注“此诗在科布多道中应移写”。

④ 天头注“论元韵”。

千百幅，果然中秘妙中书。

十六日戊午(3月11日) 寅初起，申正住科布多。

《道中即目》：镕银海色粘天白，抹黛晴岚似带齐。山海奇观惊未睹，卷帘忍冻自题诗。

是日因路远难行，告知吉笔帖庆将马匹伺候，寅初趁微芒月色趱行。沿诺尔行走，晓岚冰海，颇得奇观。过大山十余重，申正抵科布多。在城外关帝庙拈香毕，换车入城。仍住城[北]关帝庙西禅室。毓麟洲参赞来拜，致送食物。时已上灯，天晚未及回拜，戌正安歇。

十七日己未(3月12日) 未行，辰起，有把总姜连捷呈告兵部主事哈楚暹钱债未清，送至毓参赞处查办。

因车挑锏，收拾车轴，耽搁一日。晓间，毓参赞送土仪、书灯、茶盘等物，收受，赏赉家人。饭后至署中回拜，复至安公行馆吃饭。午后请济笔帖[①]要该王履历名条，带京办折代谢天恩。未刻，济笔帖送到收好。晚间复至毓参赞处拜辞，深谈边务并京华旧事。少顷，安公亦至，同坐，至戌刻回寓。亥初安歇。

《科布多西禅室题壁》：毡庐襆被日蒙茸，雪海冰山历万重。自笑惯投萧寺宿，前身应是打包僧。

十八日庚申(3月13日) 辰初起，未正住，科布多起身，哈拉乌素住。

是日辰刻起，匆匆早饭，适毓参赞拜会相送，并托带家信。略坐，先行出城。余至安公处相邀同行。出南门，毓参赞在庙候送。余与安公至殿上关帝前拈香叩头，默祝归途人马平安。随至东禅舍吃茶。少坐，毓参赞跪请圣安，众安寺喇嘛暨科城文武员弁均在庙门外候送。余与安公乘驾竿车起程，由原路走过冰港二道，芦苇丛生，哈拉诺尔一望无际。未初，抵哈拉乌素，华言“黑河”也。安公至毡庐畅谈，戌正安歇。

---

① 应即笔帖式济尔哈春。

《哈拉乌素归途喜成》:绥边绩奏历岩疆,四牡言旋六辔扬。海岳奇观天不吝,不妨收拾入奚囊。

《扎哈布拉克入峡》:岩坳石齿肖岈峆,积雪阴风入骨砭。一线沿缘穿石罅,忽从山北转山南。

《哈拉乌素诺尔芦苇丛生偶题》:那期绝塞乌桓地,百里滩边[①]长荻庐。掠耳寒飙莽萧飒,翛然幽兴动江湖。

《出咳勒罕干得达板石峡作》:兑泽从西艮,轻轺峡底盘。两岩森鹄立,九万想鹏抟。黤黮惊初入,萦纡觅少端。云衣披静谷,絮帽戴层峦。曲俪穿珠蚁,浑如处穴貛。行妨双画毂,封借一泥丸。岚气随风漾,苔痕绣壑干。雪坚无破块,泉冻息奔湍。缥缈三神矗,峥嵘五老看。崖高迟见日,涧邃易生寒。峻或升阶级,低同落井干。蚕丛险堪匹,鸟道陟初残。溪境重游熟,邮程返辔欢。即教峰直上,休被岭横拦。世路巇如此,文心肖恐难。寄怀携茗具,贪赏控吟鞍。讵忆经辽塞,居然得大观。泠陉曾蹑屩,幽濑记投竿。旧迹行堪忆,新诗喜待刊。苏髯歌出峡,逸兴海天宽。

十九日辛酉(3月14日) 辰初起,酉初至扎哈布拉克尖,济尔噶琅图住。

是日天气晴明,台站马匹骠壮。打尖处仍依山麓,住宿之济尔噶琅图,积雪全消,草地平坦,较来时风景更佳矣。入咳勒罕干得达板,层峦叠翠,磴道萦纡,较官沟犹险峻。得长排一首、绝句二、五律一。戌初安歇。

《济尔噶琅图道中》:积素峦光消玉垒,嫩黄草色茁金芽。来时栗烈归和煦,春日风光一倍加。

《写望》:苍苍碧落圆,四望浩无边。山色翠贴地,草痕黄界天。牛羊纷似豆,牧马小于拳。揽辔神俱王,应歌《敕勒篇》。

《哈拉噶那道中望杜尔根诺尔》:一片琉璃合,圆明大镜澄。雪坚

① “边”圈改作“遥”。

无破块，冰结少漂凌。情景往来异，诗篇前后增。山川好模范，朔漠几人经[①]。

《济尔噶琅图帐中入夜甚寒》：衾铁凉生泼水如，霜凝毳幕雪霜铺。杏花开际余寒漱，犹着貂裘傍地炉。

《哈兰噶那望杜尔根诺尔作》：二月乘轺趁老晴，沿流跋陟喜寒轻。锦纹沙汭连冰海，五色纷披画不成。

二十日壬戌(3月15日) 辰初起，哈兰噶那尖，申正至杜尔根诺尔住。

《欲吟海市诗未果》：华严楼阁现浮图，缈缥云烟幻相殊。海市欲吟才思弱，瑰奇应逊木元虚。

是日住处依诺尔，天气甚寒，出门皆平坦草地。将至哈兰噶那，过小坝数道，即抵此台。平沙插帐，并非来时旧地，换马即行。路皆沙滩草地，颇易行走，积雪全消。将至下台，沿途皆水碱，望之如雪。申正抵杜尔根诺尔，草地插帐，随至安公帐中闲谈，戌正安歇。

廿一日癸亥(3月16日) 辰初起，巴噶诺尔尖，申正至阿尔噶图住。

是日辰起，过沙坝数十重，路渐平坦。将抵巴噶诺尔，过土冈十余重，依冈插帐，换马即行。天气晴朗，沙平明净。移台向河西。

《科布多二月十六日差旋喜成兼送德总戎还京》：元冥奉使向龙荒，忽漫还辕草正芳。老矣白头羞积雪，归与青眼认垂杨。频经险阻名心澹，久历冰霜冷趣长。京洛故人如问讯，为言四牡载周行。

《巴噶诺尔沙冈》：雪皴远岭调铅粉，风绉惊沙叠浪纹。镇日驰驱不遑食，人穿空翠咽寒云。

驱车沙坝过，艰危数此程。双轮肖歌器，斜倚釜唇行。

《杜尔根诺尔感兴》：沙软镕银远见汀，辙痕前日记曾经。雪消丰草齐含白，云滃高峰半露青。有鸟随时[②]歌宛转，无花何处惜飘零。

---

① 天头注“经青韵”。

② “随时”圈改作“以春”。

入关陞[1]顿东风丽，万树红霞影翠屏。

《巴噶诺尔道中》：雪海冰天程万里，欲将旅况寄长安。貂裘欲脱还惆怅，无那龙荒特地寒。

《晚抵阿尔噶林图》：驱马过层冈，金沙澹夕阳。塞天腰鼓肖，朝夕两暄凉。

廿二日甲子(3月17日) 辰初起，布固尖，柱尔库柱住，以上七台，科布多所属。自布固台至阿拉达尔，皆乌里雅苏台将军所属之戍台矣。

是日经行皆非旧路，沿诺尔由冰上行走，车碾处隆隆有声，人在镜中，乘车如坐冰床。由布固打尖后，至柱尔库柱。一片平沙，四围山色，皆旧路矣。申正到台，依旧时小山插帐。

《二月廿二日车马由布固诺尔冰上行走》：一片玻璃冷未融，双轮碾处鼓声隆。世藏沙界微尘里，身在圆光大镜中。泽腹犹疑狐窃听，滹沱想像骑交攻。雪峰冰海经行遍，星使浮槎漫足雄。

《柱尔库柱途中春日感怀》：育煦轻飔拂锦鞯，搴帷风物喜暄妍。四围芳草鸣驼外，一发青山落雁边。古塞方春闪阳焰，穹庐向夕起炊烟。鞅尘久负湔裙约，柳眼花须别绪牵。

廿三日乙丑(3月18日) 辰正起，巴噶济斯尖，申正至依肯济斯住。

是日天气晴明，道途亦甚平坦。至巴噶济斯，保将军、常参赞、车王遣官远接，毡帐相见，慰劳之。申正抵依肯济，倚小山插帐，安公至帐闲谈，戌初安歇。

《巴噶济斯晓发》：笑看朝旭挂铜钲，毡幄蒙茸结束行。到眼轮蹄看烂熟，涴肠冰雪气犹清。有心原草知时序，如画寒山管送迎。三事思量稍慰藉，昼长天暖趁归程。

《巴噶济斯道中有怀文秋潭相国》：赞翊功成勇退身，夔龙物望鹤精神。敢凭禽向论交谊，不道刘卢属世亲。妙制刀圭谙品物，手疏泉石亦经纶。柳稊春晼莺鸣候，可忆乌桓万里人。

---

① “陞”改作“陡”。

淡交如水味偏长，调护殷勤感胜常。代制珍裘驱栗烈，特(栽)[裁]毡笠御风霜。绥藩典重倾心示，入版图新聚米详。图尔扈特乾隆三十六年始投诚内附。多感蛮笺珠玉赠，鞅尘久滞报佳章。秋潭相国赠有诗，出塞匆匆未及恭和。

《伊肯济斯写望》：淡宕和风鸟语关，车帷特教獠奴攀。乌桓奇景君须记，玳瑁天围五色山。伊肯济斯有红石、黄石、黑石各山，共成五色。

廿四日丙寅(3月19日)　辰正起，瑚拉克乌兰尖，申初，伯尔霍住。

是日天气和暖，毡车稍觉气闷，搴帘四望，高岭横云，平原秀草，风景甚好。巳初抵瑚拉克乌兰，申初抵伯尔霍。

《胡拉克乌兰道中漫兴用东坡先生清虚堂旧韵》：粘天草色团惊沙，穹庐远辟疑排衙。塞垣春迟节物冷，滕六剪冰飘空花。我逐蒙番居鲜定，水草丰处频移家。诘朝税驾听班马，向夕驻辔随昏鸦。冰天雪窖信荒寂，范模惜少词滂葩。骚人略吐尽冰雪，塞外寒冬无水，皆融冰雪■[1]之。铁铛羊酪煎官茶。筹边区画马上治，长征万里劳鞭挝。貂裘已敝面黧黑，白发何暇勤梳爬。醯浆羊羜慰饥渴，大夫行役殊堪嗟。入关蠮螉转和煦，伫看桃萼晴烘霞。

《伯尔霍帐中食羊感成》：大地春回草褪黄，白翎双雀峙圆吭。绥边只效驰驱力，也学中书食万羊。

羊肠河套带萦纡，侵晓驱车日又晡。草色四围山一角，不知何处是吾庐。

廿五日丁卯(3月20日)　辰初起，阿尔[2]达尔尖，申初至乌里雅苏台。

是日仍行旧路。午初抵阿拉达尔，换马即行。沿途冰泮草萌，较去时风景暄润。申初抵乌里雅素台，保将军差弓箭兵丁迎接。至东街，换车至南门外，保将军、常参赞、车王均在察察立[3]迎，略谈入城。

---

① 《诗集》此字作“用”。

② “尔”改作“拉”。

③ 即前文所云“察察哩”，凉棚也。

仍住关帝庙，入庙拈香。少坐，三公来拜畅谈，因天晚未及回拜。戌初安歇。

《差竣至乌里雅苏台喜成》：秉节绥藩喜策勋，櫜[1]鞬骑从迓纷纭。车中凭轼尊瞻视，夹道边氓望使君。

春回煦育息凌兢，翠拥松山霁雪澄。一瓣心香酬佛祖，塞天敷佑感英灵。

《过阿拉达尔大岭》：车盘穿邃谷，荦确振岩坳。草色三春秀，危峦五色淆。沙虚鸿爪印，路要辙痕交。鞅掌冬春阅，浮生感系匏。

《土尔扈特》：乌梁西海畔，风俗信如何。入寺披黄少，依崖插帐多。喇嘛多在家，并应官役，入寺焚修者甚少。枯柴熏獭穴，强弩射貂窠。毡幄休轻徙，羌夷未渡河。哈萨克回众时向乌梁海劫掠，冬未渡河，可无移帐矣。

《将至乌里雅苏台即目》：松筏排山栅，岩坳结市楼。寒山无定色，野水任情流。灌耳泉声聒，迎眸柳色柔。数椽安稳住，信宿好淹留。

《保将军常参赞至寺夜谈诗以志喜》：萧寺惯投足，前身岂是僧。行迟松嶂月，谈剪雪窗灯。燕市梦遥隔，乌桓传偶乘。侧身翔万里，翻羡塞天鹰。

廿六日戊辰(3月21日) 未行。

是日辰起，饭罢，乘车先至车王处。出西门，过小岭二道，有衙署一所，甚精洁。入书室小坐，案陈清书。车王人颇好学，余说清语道谢辞出。入城拜孙、吉两章京，随拜常参赞、保将军，均入署深谈。回寓时已酉刻，常参赞在庙相候，并赠食物及《平平录》[2]书籍。少顷，将军适至，与安公围炉夜话。戌刻大雪，雪窗燃烛，促膝谈心，万里相

---

① “櫜”改作“櫜”。

② 《平平录》，杨芳撰，杨芳(1770—1846)，贵州松桃人，字通逵，号诚村，行伍出身，封一等果勇侯。

逢，犹惟亲密。至四鼓亥正始散，子初安歇。

廿七日己巳(3月22日) 巳初起，午正住花朔尔图，一台。

是日晨起，保将军差人送土仪、食物，赏赍[1]之。先至正殿，关帝、马王、火神各神位拈香毕。饭罢起身，出南门，保将[军]、常参赞、车王均在城外，略致殷勤，三公跪请圣安。余与安公换驾竿车起身，将军差马队兵丁送至山口，先差官文英同车王二等侍卫、常参赞家人相送至花朔尔图。沿途积雪未消，路冻易行。午初即抵头台，余与安公商议，因行李未到，即住。戌初安歇。

廿八日庚午(3月23日) 辰正起，朔鲁克尖，申正至特木尔土住。

是日晴霁，风日暄暖，遍山积雪，一幅荆浩《关山行旅图》。车中玩赏，颇得佳趣。午正抵朔鲁克，换马即行，仍由旧路。沿山越岭，雪白松苍，风景甚好。申正抵特木尔土。

《朔鲁克道中》：绥藩绩奏北还辕，行趁春晴喜溢颜。妙墨荆关摹不出，断云残雪画中山。

巉岩积玉磴欹斜，涴粉搓琼大地遐。磨飐驼峰背毡帐，番儿趁暖自移家。

《特木尔土写望》：拂面寒风料峭，春融好趁归程。杏萼柳稊时序，松苍雪白分明。

廿九日辛未(3月24日) 辰初起，达干得尔尖，胡吉尔图住。

是日辰刻，风雪迷漫，一望无垠，山川莫辨，人马宛在冰壶玉镜中。雪冻沙凝，不碍车行。午正，抵达干得尔，寒甚，入帐。命奴子温白酒一尊饮之，颇觉醺然。少坐换马即行。天色微霁，少顷，风雪大作。时已春分，塞外尚如此严寒，冒雪冲风，过大岭二道。酉初抵胡吉尔土。得诗三首。

《达干得尔大雪》：风烟洞澒昼全昏，忽漫寥空擘絮繁。在野牛羊看莫辨，御寒狐貉气难温。骑驰乱蹴新蹄迹，鸿渐应迷旧爪痕。谁

---

[1] “赍”圈改作“赉”。

识载阳春煦候，龙荒冰雪黯销魂。

《胡吉尔土雪望》：塞垣春仲雪飘扬，锦绣乾坤讶玉装。仿佛混元初辟日，清空一气白茫茫。

《大雪过胡吉尔土达板作》：客腊驱车未逢雪，草白沙黄塞天接。绥藩旋辔值春阳，忽漫冰花飘六出。环峰绵亘抱秋圆，万顷银镕平楚洁。云蒸雾合杳冥间，极目苍茫天地一。壮游准拟绘新图，朱笠霜髯遥岸帻。

三十日壬申(3 月 25 日) 辰初起，阿鲁吉拉冈图尖，申初至额布尔吉拉冈土住。

是日雪晴风定，天亦和暖，一路积素连山，晴云叆叇，俨然荆关妙墨。过山坳，河冻冰坟起如碧玻璃，亦平生所仅见。午正至中台，少坐换马。申正抵额木吉拉冈图，旧地插帐。

《阿鲁吉尔冈土雪晴喜成》：雪晴远岭见圭稜，现出芙蓉万朵青。轻快马蹄行蹀躞，心香虔辨[①]谢山灵。

《吉尔冈土杭暧口占》：幽峪壶卢形肖，口微腹大庞然。匼匝四围翠嶂，砥平万顷琼田。

《阿鲁吉尔冈土晓发》：侵晓蒙茸整辔衔，阴森幽术絮云缄。饱霜松栝风烟老，皴雪岩峦粉墨搀。冻极坚冰讶坟涌，境危陡壁信天镵。山川奇险吾何惧，喜拓吟怀慰渴馋。

《额布尔吉拉冈土山景甚佳喜题》：吐岫春云姿缥缈，连冰积雪势迷漫。才摹董巨荆关续，日日山灵送画看。

《晚至额布尔吉拉冈土看云》：夕阳倒射万峰西，得得鞭丝逐马蹄。云气漫迷[②]峦隐见，须臾变灭没端倪。

三月初一日癸酉(3 月 26 日) 辰初起，乌兰奔巴图尖，库布尔车根住。

---

① “辨”当作“瓣”。

② “漫迷”改作“迷漫”。

《库布尔车根写望》:冻泉俨若珠旒挂,寒溜浑如匹练横。谁道辽边少风景,半谐画理洽诗情。

《乌兰奔巴图喜晴》:积雪全消客快晴,残云如絮岭犹横。行来知已毡庐近,已有番儿马首迎。

《三月上巳日鄂罗盖道中书怀》:虎节绥藩万里臣,经旬鞅掌困劳薪。祈年未侍次辛礼,乘传刚逢上巳辰。京国莺花三月雨,塞垣鸿雪九边尘。到家恰值清和届,犹及丰台赏殿春。

是日早起,毡庐中牵羊祭塞外风雪之神,行礼毕,登车。一路积雪半消,道途平坦。未初,乌兰奔巴图台站已移,都非旧处。晚间微有东风,换马即行。酉初,抵库布尔车根,平沙插帐,已改旧路,避过登岭之险矣。晚至安公处畅谈。

初二日甲戌(3 月 27 日) 辰刻起,扎克毕拉尖,申初至拜达拉克毕拉住。

是日天气晴明,道途平坦。沿途积雪如万顷琼田,一望无际。近扎克毕拉,有碎石河滩。是台马匹骠壮,行车如飞。午初即抵上台,换马即行。沿途雪消冰泮,行走甚速。申初抵拜达拉克毕拉,来时于正月十六日住此,因乌塔马疲,直至戌初始到。今日至台甚早,较来时顺遂多矣,喜志于此。

《扎克毕拉道中》:抹黛峰环秀色苍,须弥大地宛中央。乾坤玉莹无垠涘,雪草凄迷白映黄。

《车行拜达拉克毕拉喜成》:来时溪冻草萦洲,一片晶莹玉镜侔。春仲回车冰已泮,马蹄高蹴浪花浮。

《乌塔道中》:辽廓无垠际,何来长短亭。雪迷原草白,云豁塞山青。拥传过人日,浮槎想客星。春寒酒无力,酣饮亦常醒。

《初三日见新月有怀》:来时圆满爱冰(蟾)[蟾],眉样旋看月子纤。旬日团圞[1]便佳会,嫦娥传语漫愁添。

---

① “圞”改作“栾”。

初三日乙亥(3 月 28 日) 辰初起，乌塔尖，酉正至鄂罗盖，住此台。远山尚有积雪，草地之雪全消矣。

是日早起，天气微阴。一路积雪全消，草地平坦。午正抵乌塔，至安公帐中，谈及来时于正月十六日过此，忽忽四十余日矣。略坐换马出门，起大风。过鄂罗盖杭暧，风定，微雪。过岭路平，酉初抵鄂罗盖。今年上元赏月，即此台也。

《过鄂罗盖乌拉微雪偶题》：苍茫云海舄闲铺，乱石排疑八阵图。来往都逢陈玉戏，肯将真面示人无。

初四日丙子(3 月 29 日) 辰初起，喀拉托罗盖尖，午正至推毕拉住。

是日天气微阴，路尚平坦，过土冈数道，巳正至喀拉托罗盖，微雪。是蒙古包破烂异常，换马即行。午正抵推毕拉，天气亦晴，至安公帐内闲谈。再行三日可出乌里雅苏台之境矣。

《推毕拉道中》：玳瑁云天望转幽，峭寒春尚着貂裘。寒山笑与余相似，雪虐风饕易白头。

初五日丁丑(3 月 30 日) 辰初起，沙拉噶尔珠特毕拉尖，申初至乌尔图住。

是日春阴晻暖，过推毕拉河套，由冰上碾过。改道登山，经石峡甚窄，到顶甚平坦。此台马匹骠壮，章京乘马亲送，行走甚速。午初抵沙拉噶尔珠特毕拉台，换马即行。沿途平地，皆拥小山，过有白石，远望如伏羊。申初抵乌尔图，大风。

《行床甚便利喜题》：矮足模棱角，胡床制作宜。惯依毡帐设，漫向绿阴移。雪夜还乡梦，风炉瀹茗诗。藤轮同朴茂，金玉饰奚为。杜工部“小睡凭藤轮”。

《乌尔图道中》[①]：历井扪参得大观，平冈顶上矗层峦。人行空翠穿云湿，怪底重裘着尚寒。

昂首双峰天际插，到来绝顶亦平平。青云得路人争艳，寄语腰金

---

① 此首后有批语云：“此首疑有错误。”

老上公[①]。

初六日戊寅(3 月 31 日) 辰初起，达楚尖，午正至噶鲁迪住。

是日夜间大风，辰刻起身时风止，微阴，春仲山气氤氲。仍由旧路行走，至达楚，移台峡中，不经来时之双岩间插帐矣。略坐换马即行。沿途皆平冈，溪流环绕，冰泮泉流。申初抵噶鲁迪台，移向山南，非旧地矣。犹记来时于此台遇张侯、宝学士，大毡帐茗谈，忽已五十三日矣，因感怀作诗记之。

《达楚道中》：原草春回嫩绿匀，轻阴薄霭趁佳辰。迎眸山势多平远，相对浑如蕴藉人。

群峰掩映疑无路，每到穷时忽变通。世事坎坷当困极，转环富贵寓其中。

《噶鲁迪有感来时此台遇张侯淳、宝学士绶于此》：我驱北辙彼南辕，犹记相逢紫翠间。陆贾归装诗压卷，山灵漫笑客空还。

五十三朝别此山，依然尘面对孱颜。翠峦含笑春禽哢，无限风光迓使还。余于正月十六日过此，遇宝学士差还，在山阴毡庐坐谈，忽已五十三日矣。

《噶鲁迪毡帐》：解辔山阴住，春光一倍加。我来岂生客，帐徙讶移家。拾粪频添火，敲冰细煮茶。塞山寒意峭，嫩草茁金芽。

初七日己卯(4 月 1 日) 辰初起，喀拉呢都尖，未正至哈达图住。

是日晓起，出小山口，一片沙溪，路甚平坦。天气微阴，盖近山云滃故耳。午正抵喀拉呢都，换马。所经之地皆非旧路，黄沙白草，一望无垠。自此止，已出乌里雅苏台站矣。未正抵哈达图，此台为赛尔乌素所辖，南还之第一台。从此并无大山，前途皆康庄，不胜欣喜，明早叩谢山灵也。晚间笔齐格齐[②]送传单来，阅毕，令行文照例支应。

《喜至哈达图》：万里乌桓路，群山郁四望。崎岖都已历，前路尽

① “公”改作“卿”。

② 亦作“毕齐格齐”，即蒙语之“笔帖式”。

康庄。

初八日庚辰(4月2日) 辰正起,乌呢格特尖,申正至翁锦住。

是日辰刻起身,大风。午初抵乌呢格特,换马。一路地多水碱,草丰,牛羊茁壮。台站已移,非来时旧路矣。噶鲁迪以北,乌里雅苏台所属,在万山之中,云气滃蔚,是以昼常阴晦。至哈达图,草地平坦,则风日多晴朗矣。

《乌呢格道中》:澒洞风烟四面开,青山回睇隔崇隈。春生朔漠蓬蓬远,人逐东风得得来。芳草塞垣驰玉勒,杏花村店忆香醅。星轺迅发遄行利,一路康庄到上台。

《大风晚至翁锦》:侵晨税驾镇驱驰,啜茗毡庐憩片时。沙草迷漫浑不辨,冲风车骑到偏迟。

《翁锦感怀》:秉节还辕及好春,燕云南望更怡神。危峰已历梦犹怕,番语渐谙情转亲。沙浅看才沉马足,草丰远欲蔽羊群。骅骝牧野都依旧,磨迹寻来步步陈。

初九日辛巳(4月3日) 辰初起,哲林尖,申正抵哈沙图,酉正至察布齐奇住,共二百三十里。

是日与安公商议,欲赶三台,将行李分驼装载随行,恐到台过晚。辰初起身,天气晴明,路途平坦。午正至哲林,略坐即行。申正抵哈沙图,匆匆晚饭,换马趱行。酉正抵察布齐奇,倚小山插帐。此台已移,非旧路矣。因赶程辛苦,车中不看书,吟咏亦略减矣。

《哲林道中》:如带羊肠绕,番儿唤渡河。东风冰已泮,驱马上流过。

《将至察布齐奇》:古塞离离草,烟收晓色停。春风无限好,万里尽回青。

初十日壬午(4月4日) 辰初起,酉初至沙喀舒尔嘎尖,哲里木尖,洛色住,共二百五十里。

是日辰起，大风，路平。午初至沙克舒尔嘎，适正红旗卡伦[①]换防，三等侍卫福禄来见，言及京华近事。伊家住居武定侯胡同，伊子毓麟在旗，烦家人带口信告知平安近况，余应允。与安公至伊帐，回看换马。申初抵哲里木，此台已移，略坐晚饭赶行。途中间有碎石，亦平坦易行。酉初抵洛色，日尚未落，行李已到，虽赶三台，甚为顺利，可喜也。

《沙克舒尔嘎遇福侍卫》：长驱万里叹难安，途值防边戴鹖冠。片刻毡庐谈促席，听来乡语倍情欢。

十一日癸未（4月5日）　辰初起，未初至扎尔吗克泰尖，哈毕尔噶住。是台水苦涩，饮之多腹胀。

是日天气寒甚，车中均载风帽。午初至扎尔吗克泰换马。未初至哈毕尔噶，前台尚距九十里，安公于余商议，稍息劳乏，只行二台。申初微雪，今日清明时节雪纷纷矣，一笑。

《三月十一日哈毕尔噶清明感怀》：清明不见柳丝柔，白草粘天匝地周。万里乌私嗟未遂，鞅尘那得拜松楸。

《扎尔吗克泰春寒》：春仲寒犹峭，蒙茸笑裹裘。温炉频袖手，风帽尚遮头。雪糁草微白，溪寒凝不流。燕都萧寺忆，赪玉暖烟稠。二月间，京都摩诃庵杏花最盛。

《哈毕尔噶远眺》：纥干冻雀笑如何，倚马情豪《敕勒歌》。平楚烟痕无际白，塞山围住夕阳多。

十二日甲申（4月6日）　辰初起，申正至莫敦尖，赛拉乌苏尖，库图勒多伦住，共二百里，二台。遇采办颜料章京，坐车起行。

是日天气晴明，莫敦道中微雪，是台马匹疲乏。午正至莫敦，略坐换马即行。未初抵赛拉乌素，驿传道庆老爷[②]裕差官请安，少坐，至关帝庙行礼叩谢神祐平安，献哈达一。由庙登车，至下台路平，转

---

① 卡伦，即满语之“台”“站”。

② “老爷”二字圈去。

过山口。申正抵库图勒多伦。

《赛拉乌素关帝庙瞻礼恭纪》:浮尘盥手步匆匆,夕照遥连野寺红。吉帛敬将虔献祝,征程安善福庥蒙。

十三日乙酉(4月7日) 辰初起,申正至,博罗鄂包、珠布尔、扎拉土,三台,共二百三十里。

是日天暖路平,惟马匹疲瘦,午正始抵博罗鄂包。七十里行走二十四刻,未免过缓。珠布尔稍坐,换马趱行。申正抵扎拉土,是台蒙古有献金桃皮者,厚赍[①]之。

《博罗鄂包感怀》:一笠天垂碧四围,草痕沙碛望依稀。哢吭白雀盘空舞,捷足黄羊贴地飞。席帽风尘[②]羞鬓短,湔裙芳约与心违。蒙茸已厌征裘重,稍喜春光共客归。

《珠布尔写望》:信以天为幕,无垠朔漠宽。原空群马牧,云扫一雕盘。重到路多熟,言归客倍欢。毡庐[③]居已惯,羊羜亦加餐。

《车中戏题》:茧子深藏远避尘,鹭拳一足叹难伸。只除两食孤眠外,日闭车帷肖妇人。

《扎拉土毡庐偶题》:车尘马足走駸駸,解辔匆匆日欲沉。僮仆倦痡呼少应,官茶手瀹待亲斟。

十四日丙戌(4月8日) 辰初起,申初至哈拉布齐尖,毕里格古住,二台,一百七十里。

是日天暖无风。辰刻起身,马匹骠壮行速,巳初即抵哈拉布齐。一路小山丛树,颇有风景。打尖处仍系旧台未移。换马即行。马壮路平,车行如飞。申初抵毕里格古,因下台霍呢齐相距一百六十,恐赶不及,只行二台即住。

《哈扎布齐晚行天气和暖喜成》:狐裘乍喜却蒙茸,旋辔欣看我马

---

① "赍"改作"赉"。

② "席帽风尘"改作"压帽尘埃"。

③ "毡庐"改作"毡房"。

东。客子有时羁朔漠，杏花何处作清明。笳声动野乡心剧，草色连空目力穷。恰值艳阳莺睍睆，鞭丝无那太匆匆。

十五日丁亥（4月9日）　辰初起，戌初至，霍呢齐、穆胡尔嘎顺、图古里克三台，三百五十里。

是日天气晴明，道亦平坦。辰初起身，午初抵霍呢齐，入帐稍歇，至溥恩寺拜佛献哈达一。还帐，换马即行。申初抵穆胡尔嘎顺，至安公帐内，谈及新正初一日元旦在此台，转瞬差还，已三月矣。因天晚赶行，戌初抵图古里克。春月团圞，到台尚不至甚迟也。

《霍呢齐诣溥恩寺瞻礼恭纪》：心香虔辨[1]礼招提，万里风飙蹙马蹄。塞岭周遮浮碧玉，天章焜耀仰璇题。溥恩寺三体书额，嘉庆十二年御制。讲堂老衲移新榻，喇嘛已更换入方丈，谓之坐床。野草萌芽遍旧蹊。往事浑如残梦掠，参茶且莫问阇黎。

《复题寺壁》：粉壁题诗妙翰遒，茶烟芋火作勾留。笑他王播殊多事，袖拂纱笼说不休。

《过沙坝》：群冈腹背连纵横，礓砾风聚如砥京。虚堆深积厚盈尺，征轺碾处轻无声。毂三十辐带沙转，低胶双轮行逾缓。车箱人坐稳于床，大地兜罗棉絮软。夙闻大宛出流沙，瀚海星源万里遐。仿佛张骞使西域，袖支机石泛星槎。[2]

《三月十五日穆胡尔嘎顺感怀》：春正犹记设辛盘，忽漫莺花满目看。天气融和人意健，马头凉月爱团圞。

十六日戊子（4月10日）　辰初起，托里布拉克尖，申正至叟吉布拉克住。

是日天晴，路上有小山参错，不碍车行。午正抵托里布拉克，毡帐略歇。步入慈荫寺瞻礼，报谢征程万里佛佑平安，献哈达一。将车拉至寺门，由寺登车，至马跑泉。泉距寺径半里许，正对寺门，乱石甃

---

① “辨”当作“瓣”。

② 稿本此诗插在《复题寺壁》诗题与正文之间。

砌，中涵一泓如镜，由石潭涌出，细流涴蜒，汇成诺尔，约长数里，轻冰凝结，支流散于沙漠。其水甘洌异常，醴泉不是若也。看毕趱行，申正抵叟吉布拉克。该台哈不噶章京回家，驼马未齐，谕知该章京赶办，讵云须明早方齐。余与安公商议，只可相待，即住是台。其疲玩情形，亦回差之故套耳。

《慈荫寺瞻礼恭纪》：谟拜慈云九品莲，征程安善荷垂怜。佛恩帝泽同涵泳，溥润群生涌镜泉。托里布拉克，华言“镜泉”也。

《饮镜泉甘洌喜成》：连朝斥卤地经过，马蹴灵泉味美和。甘并醍醐沁关鬲，庶几式饮佛恩多。

十七日己丑(4月11日) 辰初起，至布隆、西里木胡尔、吉斯洪霍尔，三台，共二百六十里。

是日晓起微阴。行二十余里，采耶律地方，看神榆一本，大可数围，上分双桠，枝干扶疏，皮皴糁裂，戴瘿含瘤，古茂可观，因下车长揖。土人以羊骨书番字挂于树枝，往来之人不敢采摘，皆跪拜如神明奉之。余赏玩间，见两骑从南驰来，问之，乌里雅苏台差官自京师回将军署公干，因带有家信，系正月十三日侄儿辈延福、延志等所寄，遂坐树下拆视之，得悉燕山弟于去腊十八日到京，蒙恩召对十一次，并赏假在京度岁，于岁暮赏荷囊，于正月初十日还豫抚之任。圣眷优隆，蒙恩告知斌良现在差，回京尚需时日，桂良不能相待把晤，桂良以地方公事紧要覆奏。斌良蒙圣恩眷注，闻命之下，不胜钦感，以所带食物赏赉差官，并告知问候保将军，该差官上马北去。因思今日若非揖拜神榆，塞外地广路长，必至与差官相左。适巧相遇，如有神助，欣喜之余，作诗记之。登车趱行，午初抵西里木胡尔，至帐中见安公坐谈，换马即行。是台马壮行速，申正抵吉斯洪霍尔。

《布隆采耶律神榆树下得家书因题》：古干神榆曙色开，下车长揖独徘徊。蓦看飞骑奔如电，一纸平安万里来。

《感事》：应时恩遇运攸关，开府声华遍九寰。品骘文章论物望，栾城毕竟逊眉山。

《敬悉三月二十一日圣驾谒陵恭纪》:万里词臣四牡行,觚稜翘企重关情。龙游翠罕尘清跸,车驾何时出帝京。

《三月十七日布隆喜得家书》:出都三月无书到,朔漠鸿稀欲寄难。自笑老多儿女态,鱼笺缄箧复重看。

十八日庚寅(4月12日) 辰初起,申正至,乌兰胡图克、沙拉木楞、察罕胡都克,三台,共二百六十里。

是日天气骤暖,车中气闷,将车帘揭起。路平,驿马疲乏。午初抵乌兰胡图克换马,此台马尚壮。途中遇保将军家人化祥,令其传语问候。未正抵沙拉木楞,略坐即行。过河一道,冰已全消,流水潺潺。马壮路平,申正抵察罕胡图克,至安公帐内畅谈,并言廿四日可入关矣。

《乌兰胡图克蒙古向沙碛拾得古箭簇此地想系古战场也[①]感成》:沙碛粘云蔓草荒,也先肆扰又花当。蕃儿牧马收遗簇[②],知是前朝古战场。

十九日辛卯(4月13日) 辰初起,申正至,鄂伦胡图[③]克、布鲁图、沙拉哈达,三台,二百五十里。

是日晓起微阴,路多平冈。午初抵鄂伦胡都克,至安公帐中少坐,换马即行。此台马疲瘦,直至未刻始抵布鲁图。换马亦皆疲乏,行走甚缓。未正,天气春阴,浓云四合,车中甚凉,似十月天气,复换羊皮麦穗马褂。申正抵沙拉哈达。

《布鲁图台写望》:沙碛粘天浩少垠,毡庐聚处俨山村。车书同轨真堪羡,万里平芜一辙痕。

《沙拉哈达拾瀚海石偶题》:浪啮沙穿岁月深,拾来灵石爱崎嵚。玉玲珑压归装重,要使清名过郁林。

---

① “也”字点去。

② “簇”改作“鏃”。

③ “图”改作“都”。

二十日壬辰(4月14日) 辰正起,酉初至,奔巴图、乌兰哈达、沁岱,三台,一百九十里。

是日微风,沿路平冈,不碍车行辙。午初抵奔巴图,接该台章京呈递赛鹤汀都统十七日午刻所发之信。匆匆开看,敬悉斌良已蒙圣恩擢授太仆寺正卿,闻命之下,不胜钦感欣悦。安公闻之,亦来帐中贺喜,仆从皆入帐叩贺。与安公坐谈。良前于道光五年曾任仆少,今奉使未归,复蒙恩特擢太仆寺正卿,洵属天恩高厚。欲加站星驰,泥首宫门谢恩,约在四月初二三日可以抵都,恭覆恩命。谈次已交未刻,换马即行。申正抵乌兰哈达,马疲人少,略坐趱行。直至酉初上灯后,始抵沁岱。安公复至帐畅谈,亥初安歇。

《蒙恩擢授太仆寺正卿恭纪》:诏书飞骑出瑶京,特荷纶音擢上卿。辽塞绥藩臣职忝,升阶高擢主恩荣。两番司牧声华藉,一纪周星鬓雪明。斌良于道光二年曾任太仆少卿,自六年改官秋曹,今复蒙升仆正,两番司牧,自离太仆署已十二年,较前须鬓苍矣。迅发星轺期早至,觐光扬拜竭葵诚。

廿一日癸巳(4月15日) 辰初起,申正至,察察尔图、明叆、扎嘎素台三台,一百九十里。

是日辰起大风,路多小山,尚平坦易行。午初抵察察尔图,在该台土房歇息。由乌里雅素台起身,二十余日,初见房屋,不胜欣喜。与安公少坐,换马即行。未刻抵明叆,因该台牛粪亦无预备,土房中无处生火,略坐换马即行。路尚平坦,该台马疲,行走甚慢,申正始抵扎嘎素台。在土房内晚饭,较毡庐颇为宽舒。即住宿房内与安公畅谈,戌正安歇。

《初住台土官房喜题》:万里归来恰及春,打头毡帐叹难伸。数椽喜得巢痕稳,晴日窗油净少尘。

《明叆道中水边见凫雁》:野水潆洄似带围,裙腰草色接依稀。靴纹绿绉春波活,惊起一双凫雁飞。

二十二日甲午(4月16日) 辰初起,申正至,奎素图、鄂累胡都克、海留台三台，二百一十里。

是日辰刻起身，路尚平坦。午初抵奎素图，该台马疲，乌拉齐亦少，仅四人，换马即行。未正抵鄂累胡都克，天气浓阴欲雨，略坐趱行。过岭一道，沿途溪流环绕，遥望碱地一白无际，尚疑积雪未消，且路多碎石。申正抵海留台，住土房。明日即可到头台，距张家口仅六十里矣。与安公闲谈，不胜喜悦，连日盼望升授仆正恩旨部文甚切。

《海留台道中写望》：野气白如波荡，草痕青界天齐。迤逦平冈遮眼，仿佛淮安大堤。

二十三日乙未（4 月 17 日） 辰正起，申初至布尔嘎素台……一百里。[①]

是日辰起大风，然甚暄暖，马匹较……台章京俱解汉语……耽……地……中远迎■侄■■福等……恩擢授太仆寺正卿，随即望阙叩头恭谢天恩。先换顶戴，驿站不敢擅动，拟到京具折谢。

二月初十日（3 月 5 日）差竣回程，二月十六日（3 月 11 日）还至科布多，住一日，二月十八日（3 月 13 日）自科布多起身，二月廿五日（3 月 20 日）还至乌里雅素台，住一日，廿七日（3 月 22 日）还程，三月十二日（4 月 6 日）至赛拉乌苏，三月廿四日（4 月 18 日）进张家口，住一日，廿六日（4 月 20 日）由张家口回京，前四月初二日（4 月 25 日），至海淀下处住长得堂，四月初三日（4 月 26 日）至圆明园递折谢恩覆命，是日午刻抵家回。图尔扈特回京程途计行五十三日，除去住止三日，行五十日。共计往还共计一百一十六日。

---

① 此日日记原稿残缺。

附录　斌良年谱

先仲兄少司寇公年谱[①]

法良谨按家谱:瓜尔佳氏,隶满洲正红旗。族祖信勇公讳费英东,从龙辽沈,以战功世袭公爵。本生始祖尼雅济布公从入关,康熙中从征,留驻防西安府。再传至先叔祖吴勤毅公,官总督,始遵例移京旗。

先曾祖考额公讳思图,诰赠光禄大夫。

曾祖妣觉罗氏,诰封一品夫人。

生曾祖妣刘氏,诰封一品夫人。

先祖考塞公讳得立,诰赠光禄大夫。

祖妣辉和氏,诰封一品夫人。

先考讳玉德,字达斋,号他山。由考试内阁中书,累官闽浙总督,诰授光禄大夫。

先妣韩佳氏,诰封一品夫人。

继妣郭洛罗氏,诰封一品夫人。

先光禄公子六人,长兄讳俊良,十九岁而殇,系韩佳太夫人出。

先仲兄讳斌良,行二,又行八,字备卿,又字笠耕。三兄桂良,又行九,字燕山,由礼部员外郎历官云贵、两广、浙闽总督,现官正白旗汉军都统,俱郭洛罗氏太夫人出。四兄讳岳良,又行十,字崧亭,由理

① 见斌良《抱冲斋诗集》附录,又见《北京图书馆藏珍本年谱丛刊》第138册,北京图书馆出版社,1999年,第453—477页。

藩院员外郎官江西布政使护巡抚事、乌什办事大臣。五兄讳徵良，字松坨，由大理寺司务官江苏常州通判，俱庶母张太夫人出。法良由户部郎中、前江西督粮道，现任江南河库道，生妣张太夫人出。

乾隆四十九年甲辰　公一岁

是年闰三月二十九日，笠耕公生于京师内城细瓦厂故宅，时光禄公由济东道降官刑部郎中。

五十年乙巳　二岁

八月，公弟桂良生。

五十一年丙午　三岁

光禄公擢山东按察使，公随任。五月，公弟岳良生。

五十二年丁未　四岁

光禄公调安徽按察使，公随任。

五十三年戊申　五岁

五十四年己酉　六岁

公就傅，从扬州程蕴斋师维善。六月，光禄公升安徽布政使。十月，擢刑部右侍郎，公随京。

五十五年庚戌　七岁

光禄公奉命赴湖北查办案件。

五十六年辛亥　八岁

光禄公奉命赴奉天各处查办控案。五月，公弟徵良生。

五十七年壬子　九岁

光禄公转左侍郎兼副都统，充经筵讲官，奉命赴直隶、江西、浙江查办事件。

五十八年癸丑　十岁

五十九年甲寅　十一岁

六十年乙卯　十二岁

正月，光禄公授山东巡抚，赏戴花翎，公随任。十二月，光禄公兼署河东河道总督。

嘉庆元年丙辰　十三岁

六月，光禄公调浙江巡抚，公随任。是年公恩荫二品荫生。

二年丁巳　十四岁

三年戊午　十五岁

四年己未　十六岁

公年十六，诗已有成人风，编诗自是年《春日幽居》始。乌程郑梦白祖琛与公同庚，时为名诸生，幕友江墨君德地之婿，以诗来谒，执贽为弟子。郑公甲子、乙丑连捷进士，由江西知县现官广西巡抚。是夏，公有《和家大人紫阳洞避暑》诗。十月，光禄公署闽浙总督。

五年庚申　十七岁

正月，光禄公授闽浙总督。春三月，公侍郭洛罗太夫人还京，有《三十五邮亭》诗。八月，娶夫人觉罗氏，云贵总督琅玕公女。十一月，公弟法良生。

六年辛酉 十八岁

自己未至辛酉，编《南行北归集》。是年正月，光禄公署福州将军。

七年壬戌 十九岁

公以荫生引见，授主事，分太仆寺行走，通籍自兹始。编《司驭观政集》，有《自嘲》诗。

八年癸亥 二十岁

九年甲子 二十一岁

秋，应乡试，同考官游彤卣编修光绎阅荐未售。

十年乙丑 二十二岁

五月，补授太仆寺主事，充实录馆纂修官。十月，捐升员外郎。

十一年丙寅 二十三岁

七月，补授盛京兵部员外郎，经实录馆奏留，以在京各部院员外郎即补。夏，光禄公请告回旗，旋以海疆不靖被议落职。冬，遣戍伊犁，崧亭兄随往。

十二年丁卯 二十四岁

五月，选授户部浙江司员外郎。秋，随成亲王、曹俪笙尚书恭送《实录》至盛京，有《左民使沈集》。十月，光禄公赏给三等侍卫，授乌什办事大臣。是年正月，长子延福生，侧室郑宜人出。

十三年戊辰　二十五岁

四月，光禄公因病恩准回旗调理，公迎侍于陕西道中，十二月出京。是年有《望云陟岵集》。光禄公于十二月卒于甘肃之凉州府。

十四年己巳　二十六岁

正月，公经豫州旅次书怀，有八齐全韵诗。行至陕界，与燕山仲兄、崧亭叔兄同扶光禄公柩，于三月至京。冬十月，葬光禄公暨元配韩佳夫人于良乡县之卧龙冈。

十五年庚午　二十七岁

百日服除，仍官户部。

十六年辛未　二十八岁

春，服阕。五月，补授户部云南司郎中。七月，长女生，后适原任尚书升勤直公子、辛丑进士、兵部员外郎宝珣。

十七年壬申　二十九岁

是年，兼本旗公中佐领，掌陕西、山东、福建等司印钥，管理饭银处、捐纳房、督催所、八旗俸饷处。

十八年癸酉　三十岁

九月，滑县教匪李文成为乱。十月，公随大学士托公津开州军营防堵办理文案事件。十二月，滑匪平，赏戴花翎。是年三月，觉罗夫人卒，十月，侧室郑宜人卒。

十九年甲戌　三十一岁

五月，随同大学士托相国通州查办事件。十月，奉旨前往山东，随同大学士章煦查办事件。是年京察一等，奉旨记名，以道府用。

二十年乙亥 三十二岁

二月，授山东兖沂曹济道，三月之任。

二十一年丙子 三十三岁

四月，续娶博尔济吉特夫人，为文秋潭相国侄孙女，笔帖式讷公女。冬，山东陈笠帆预抚部以公不谙河务，请改归地方道员，奉旨改调江南候补道。

二十二年丁丑 三十四岁

正月，至济宁，回兖，勘菑阴平，有诗。至济南，留别诗。自甲戌冬至是春，为《齐鲁按部集》。三月，南下。夏，至江南，至苏，复至白门。七月，补授苏松常镇太督粮道。八月，之苏之常熟履任。自是秋以后，有《句吴转漕集》九卷。

二十三年戊寅 三十五岁

四月，督运北上。六月，抵京。十一月，回吴。

二十四年己卯 三十六岁

闰四月，督运北上。六月，抵京。十一月，回吴。

二十五年庚辰 三十七岁

三月，督运北上。五月，抵京。公以三运任满引见，又以到坝较早，仓场总督那文毅公以速漕利运保奏。旨交部议叙。七月，奉旨升授陕西按察使。十八日出京，八月抵陕。九月调补河南按察使，十月之任。是秋七月，仁宗睿皇帝晏驾，公《秦中留别》诗有“马首东驰行未到，龙髯北狩恸难攀。云霄黼扆颁新綍，冰雪关河炼旧颜”之句。

道光元年辛巳　三十八岁

公为抚部所劾。十月，奉旨着来京，以四品京堂候补。是年，延福恩荫七品官，引见，以光禄寺典簿用。

二年壬午　三十九岁

三月，补授太仆寺少卿。十月，次女生，后适一等侯、散秩大臣瑚图礼。

三年癸未　四十岁

五月，次子庆福生，为傅孺人出。九月，随扈西陵围差，奉旨充管道大臣。

四年甲申　四十一岁

四月，奉命赴察哈尔那林果尔查验马匹。廿五日起程，五月至其地，编《开平考牧集》。《音图写望》有“立马高吟神更王，二千载内第三人”之句。盖地即商都遗址，唐宋以来诗人所未到，惟元遗山、萨天锡采诸风诗耳。六月初七日还京复命。七月初，奉命青海致祭湛巴拉多罗贝勒。九月七日，致祭札木巴拉多尔济贝勒。礼成，编《青海纪行集》，有“拥剑传杯双阃镇，带刀行炙十名王”之句。十一月，还京复命。十月，三子崇福生，傅孺人出。

五年乙酉　四十二岁

二月，奉命偕兵部尚书松公筠、热河都统那公清安三座塔查办事件。四月，东土默特谳案毕，还京，编《滦河于役集》。九月，三女生，后适军机章京、吏部笔帖式文琇。

六年丙戌　四十三岁

七月，赏给头等侍卫，命驰驲前往哈什噶尔军营办事。先是，理藩院书吏包安泰、安和来见，据抄录档案，逆裔张格尔之叔阿布都哈礼在京潜住，恐有勾结情事，公匆匆就道，未及具奏。行抵保定，缮折交直隶总督那文毅公转奏。甘肃道中，奉旨撤回。十月抵京，以陈奏迟延不合被议，奉旨以六部郎中降补。编《西征解弢集》，有纪事诗十二首。四月，博尔济吉特夫人卒。

七年丁亥　四十四岁

三月，选补刑部广西司郎中。

八年戊子　四十五岁

十一月，四子锡福生，傅孺人出。

九年己丑　四十六岁

正月，兼摄内务府六库郎中。

十年庚寅　四十七岁

充刑部律例馆提调官。七月，偕松湘浦尚书赴绥远城谳案，八月，至其地乌拉特部，旧属三公管理。先是，札萨克中公车楞旺楚克多尔济重敛苛虐，其下经协理台吉图斯拉克齐、车楞敦多克、密都布约七十余人联名讦告正盟长西公巴图鄂齐尔、副盟长东公拉特那巴拉，积不能容，旋奏削中公札萨克印，正盟长交理藩院议，其印改派副盟长拉特那巴拉代治之。九月事毕，胡家屯道中，奉旨随赴山西谳案。十一月，并门勘事毕。十二月，还京。八月，长孙万泰生。延福出。是春遍游近畿诸胜，有《陔余近游集》。秋冬，有《輶车振远集》《雁门回辔集》。

十一年辛卯　四十八岁

是冬，畅游西山，有《戒台古松歌》诸作。十二月，郭洛罗太夫人卒。

十二年壬辰　四十九岁

居忧守制于天王寺。百日孝满，仍任刑部郎中。

十三年癸巳　五十岁

十一月，葬太夫人于良乡，祔光禄公之茔。

十四年甲午　五十一岁

三月，服除。

十五年乙未　五十二岁

掌山东、江西、山西、广西等司印钥。

十六年丙申　五十三岁

二月，补授内阁侍读学士。

十七年丁酉　五十四岁

二月，奉命偕安上公至土尔扈特赐奠多罗札萨克郡王三达克多尔济，初六日出京。六月，五子岱福生，傅孺人出。

十八年戊戌　五十五岁

正月，过乌里雅苏台。二月初九日，致祭礼成，是月土尔扈特回车。三月，沙拉哈达道中得旨升太仆寺卿。四月初三日，还京复命。

十九年己亥　五十六岁

四月，奉旨察哈尔八旗查验马群。五月下旬，事毕还京，有《牧政再宣集》。七月，侍姬蓉娘宋氏卒，悼之，有诗。

二十年庚子　五十七岁

五月，次子庆福入庠。延福以光禄寺典簿艰得缺，奏改笔帖式。

二十一年辛丑　五十八岁

十一月，四女生。

二十二年壬寅　五十九岁

四月，奉旨赴察哈尔均齐马群，六月初还京，有《三使均齐集》。十二月，补授通政使司通政使。四月，三子崇福入庠。

二十三年癸卯　六十岁

七月，补授都察院左副都御史。闰七月，补授盛京刑部侍郎。八月，抵沈阳任。九月，奉旨赴吉林审办德吴氏、西高氏京控三十三款之案。十月，抵吉林。十一月，赴双城堡履勘官田，清厘倚势占晌抗租，将所控之员弁旗民等分别定拟治罪。又奏言京旗苦累，设法拯救。盖双城堡在万荒之中，粮不能远售而价贱，所得三十晌熟田，粮十五石，仅售京钱七千五百，即数口之家亦无以为一岁之资。请旨以现年租项八千余串内，饬下吉林将军以六千串为六百户旗丁之生计，复以三屯公所闲荒八千余晌，丈量亩数，分给各户，务使地无余利，人有余财，以副惠养驻丁之至意。有《双城均赋集》。十二月，还沈阳。

二十四年甲辰　六十一岁

二月，奉旨调任京刑部侍郎。三月起程，游医巫闾山，有诗。四月初四日还京。先光禄公亦任少司寇，编有《云亭肯构集》。是年，偕岫贝子考试盛京宗室。次子庆福以笔帖式分理藩院行走。

二十五年乙巳　六十二岁

四月，兼管厢红旗汉军副都统。八月，阅六旗大阵，阅厢红满洲、蒙古、汉军三旗六营大操。九月，仰山洼八旗大阅。三子崇福以笔帖式分兵部行走。十月，次孙长泰生。崇福出。

二十六年丙午　六十三岁

三月，扈跸谒陵，奉旨充管道大臣。十二月，以副都统原官授驻藏大臣。是年四月，延福升授光禄寺署正。

二十七年丁未　六十四岁

正月八日，陛辞。上谕以修好达赖喇嘛，循俗借抚番众，并随时训练兵丁，慎重边防各事宜。二十八日，出京，次子庆福随行。三月六日，登华，有诗。四月十五日，到成都。五月初一，到泸定桥。六月，到乍丫，奉旨审乍丫二喇嘛互争一案。七月十六日，抵前藏，编《藏卫奉使集》五卷，有“公然一万三千里，默佑平安佛力宏”之句。是时公甫抵藏，已不服水土得疾，故废吟咏，盖绝笔于是矣。先是，额鲁特弁兵不法，屡侵占唐古特民人，复抗调不赴沃欲营盘操演。经掌办商上事务阿齐图诺们罕率同僧俗禀请攻剿。公抵藏，奏言不法者无多，无出巢焚虏重情，未便良莠不分、遽加攻剿。当即出示晓谕，咸知悔罪遵令，惟诛其尤犯法者降巴等六人，交噶布伦投诸远荒，以绝煽惑邪说之根株，而边圉已靖。又唐古特西界推噶尔本营官禀报：有披楞所属库鲁部落遣人投递披楞兵目萨海夷禀一件，英夷欲向西藏请定界址通商，经前任驻藏大臣代营官致书覆去，尚无回音。九月廷寄至，示广督所奏夷酋情形，公言披楞边界距后藏四十九站，八月雪即封山，度该夷今年不能即至此，时安谧如常。如夷信覆到，固不敢孟浪从事，至启衅端，亦不敢轻为然诺，转滋贪念，惟有密加侦探，相机筹办，以副绥靖边陲之意。十一月十九日，卒。

法良谨按：公卒后，遗折到京，上嘉悼久之。加恩照都统例赐恤，准入城治丧，应得恤典该衙门查例具奏。恭颁御祭文一道。二十八年正月二十八日，公柩自藏起程，八月十六日抵京，遵旨奉安灵柩于旧第。二十九年，延福等卜地于京城东直门外大兴县单店村。四月二十七日与觉罗氏夫人、博尔济吉特夫人合葬焉，并附志于此。

人名字号音序索引

文治日记

前　言

文治日记稿本，四册，现藏清华大学图书馆。作者为清末满族大臣文治。

日记稿本四册，书于“松竹斋”红格稿纸。第一册封面题“陇轺日记　柳雪言怀”，右侧又书“凭借威灵　七月廿日题”[①]；第二册封面题“戊申赴秦甘差回京”，下小字云“戊申当作乙酉光绪十一年”；第三册封面无字；第四册封面题“两浙行程”。

考其内容：

第一册为光绪十一年(1885)文治自北京赴甘肃主持乡试之日记，起自六月十二(7月23日)，止于九月十九(10月26日)。

第二册为光绪十一年甘肃乡试差毕回京之日记，起自九月二十(10月27日)，止于十一月初十(12月15日)。

第三册包含两种日记：其一为文治任光绪十五年(1889)己丑恩科顺天乡试监临官之日记，起自七月廿六(8月22日)，止于九月廿九(10月23日)；其二为文治任光绪二十三年(1897)丁酉科顺天乡试监临官之日记，起自七月廿六(8月23日)，止于九月初七(10月2日)。

第四册为光绪二十五至二十八年(1899—1902)，文治任浙江学政及广东学政之日记。起自光绪二十五年三月初二(1899年4月11日)，止于光绪二十八年六月十四(1902年7月18日)，末附二十八年六月至次年三月因病开缺回京的简单记录。

---

① “凭借威灵”者，盖自警语也。

故据内容，将四册日记稿本厘为四种：一、光绪十一年乙酉甘肃典试日记；二、光绪十五年己丑北闱监临日记；三、光绪二十三年丁酉北闱监临日记；四、光绪二十五己亥至二十八年壬寅浙粤视学日记。

文治，字熙臣，号叔平，费莫氏，镶红旗满洲。文治之家世及生平的相关资料较为罕见。今据耳目之所及尽力查考如下：

文治之家世

按《清史稿》卷四百五十三文海本传云：

> 文海，字仲瀛，费莫氏，满洲镶红旗人。以翻译举人考取内阁中书，充军机章京，迁侍读。光绪九年，转御史。建言培养人才，宜令中外大臣杜徇情，励廉耻，以植其本，上嘉纳焉。十二年，巡视北城。以兄文治授詹事，依例回避，调户部郎中。

史传中所见文治之家世材料仅此一条，知其与清末驻藏大臣文海是兄弟关系，其余则无从得知。

北京师范大学图书馆藏有文治乡会连题朱卷(索书号:856.5/677)，保存了文治家世的完整信息。今绘制其直系祖先及父母兄弟信息为下图：

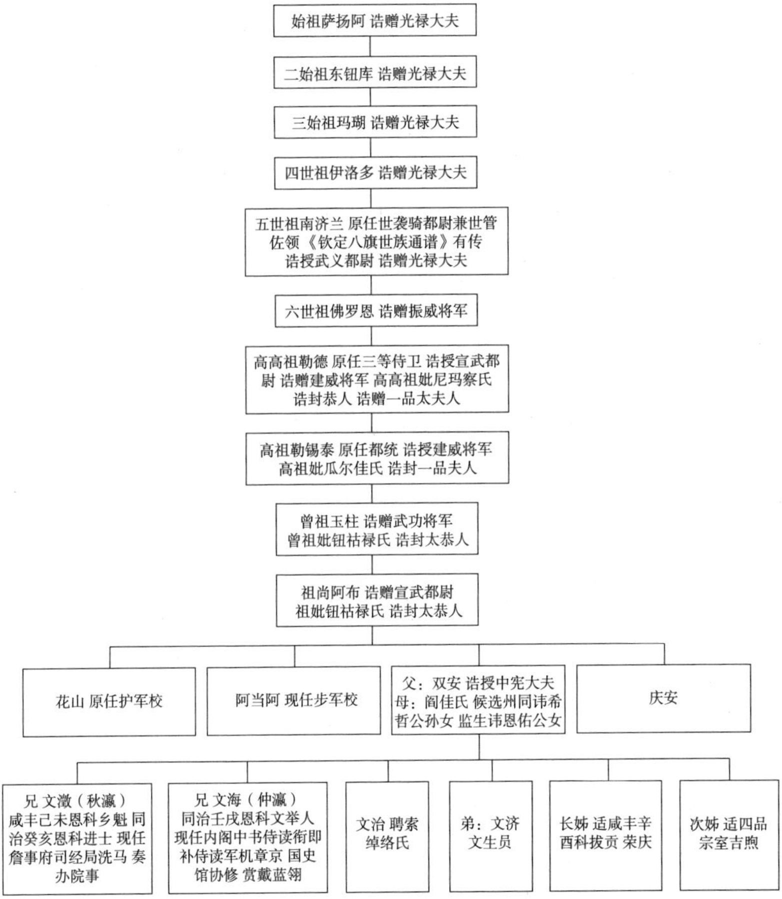
始祖萨扬阿 诰赠光禄大夫
二始祖东钮库 诰赠光禄大夫
三始祖玛瑚 诰赠光禄大夫
四世祖伊洛多 诰赠光禄大夫
五世祖南济兰 原任世袭骑都尉兼世管佐领《钦定八旗世族通谱》有传 诰授武义都尉 诰赠光禄大夫
六世祖佛罗恩 诰赠振威将军
高高祖勒德 原任三等侍卫 诰授宣武都尉 诰赠建威将军 高高祖妣尼玛察氏 诰封恭人 诰赠一品太夫人
高祖勒锡泰 原任都统 诰授建威将军 高祖妣瓜尔佳氏 诰封一品夫人
曾祖玉柱 诰赠武功将军 曾祖妣钮祜禄氏 诰封太恭人
祖尚阿布 诰赠宣武都尉 祖妣钮祜禄氏 诰封太恭人
花山 原任护军校
阿当阿 现任步军校
父：双安 诰授中宪大夫 母：阎佳氏 候选州同讳希哲公孙女 监生讳恩佑公女
庆安
兄 文澂（秋瀛）咸丰己未恩科乡魁 同治癸亥恩科进士 现任詹事府司经局洗马 奏办院事
兄 文海（仲瀛）同治壬戌恩科文举人 现任内阁中书侍读衔即补侍读军机章京 国史馆协修 赏戴蓝翎
文治 聘索绰络氏
弟：文济 文生员
长姊 适咸丰辛酉科拔贡 荣庆
次姊 适四品宗室吉煦

文治其族为费莫氏，五世祖南济兰时归附清政权。按《八旗满洲世族通谱》卷四十四：

> 南济兰 镶红旗人，世居布尔哈图地方，国初时由乌喇率二十五人来归，授为骑都尉。初编佐领使统之，卒，其子那尔赛承袭任佐领。

南济兰从兄瑚尔汉之子瑚世礼亦“国初来归”，瑚世礼之子温达为康熙朝名臣，其族亦显贵一时，温达五世孙文康（1794—?），撰有《儿女英雄传》，在其族为第十二世，与文治为同辈。

文治一家世代任武职，其父双安、叔庆安，见《穆宗毅皇帝实录》同治二年七月：

> 谕议政王军机大臣等：刘长佑奏亲督马步各军滚营进扎及搜拿直东交界逸匪各折……其不服约束之前锋校木克登布、双安、庆安、正奎、成连，即照所请，一并革职，以肃戎行。[1]

知双安、庆安尚任职于前锋营。及至双安之子文澂、文海、文治，则皆由科甲出身。

文澂，字云卿，一字筠卿，号秋瀛。生于道光十五年（1835）十一月二十三。咸丰九年（1859）己未科顺天乡试第六名，同治二年（1863）癸亥科三甲第九名进士，朝考一等，点翰林院庶吉士，有乡、会试朱卷存世。文澂中进士前为正红旗觉罗学教习[2]，中进士后由翰

---

① 《穆宗毅皇帝实录》卷七十二。

② 中国第一历史档案馆藏宗人府档案有《为正红旗觉罗学满教习文澂同治二年会试中式进士开缺另行咨取行礼部事》，档号：06－01－002－000395－0064

林官入仕，历任侍讲学士、詹事府詹事、通政使、左副都御史、工部侍郎、刑部侍郎等。光绪五年（1879），文澂任福建乡试正考官，据一档馆藏奏折，光绪五年九月初六，有闽浙总督兼福建巡抚何璟折，云《奏为福建本科乡试正考官刑部右侍郎文澂入闱患病先行派员护送回京事》（档号：03－5141－174）。又光绪五年十一月初二日有文澂《奏为因病未痊恳请开缺调理事》（档号：03－5142－098），光绪六年（1880）二月初三日有《奏为病势垂危伏枕哀鸣事》（档号：03－5274－047）。可见光绪五年时文澂病势已甚重，不到半年即辞世，年仅四十五岁。

文海，《清史稿》卷四百五十三有传：

> 文海，字仲瀛，费莫氏，满洲镶红旗人。以翻译举人考取内阁中书，充军机章京，迁侍读。光绪九年，转御史。建言培养人才，宜令中外大臣杜徇情，励廉耻，以植其本，上嘉纳焉。十二年，巡视北城。以兄文治授詹事，依例回避，调户部郎中。十四年，出知贵州安顺府，调贵阳。所莅有声。二十二年，数迁至按察使，寻加副都统，充驻藏办事大臣。

又据光绪二十六年（1900）五月文治《奏为胞兄驻藏大臣文海殁于途次吁恳赏假一月事》一折云“奴才胞兄驻藏大臣文海本年二月间四川就医殁于途次”，知文海于光绪二十六年二月病逝于驻藏大臣任上。

文治之朱卷刻印时，其尚未有子女，据宣统二年文治遗折，提及一子名曰“成朴”，时为陕西候补知府。

文治之生平

文治生年，据《文治朱卷》：“文治，字熙臣，号叔瀛，一号叔平，行三，又行五。道光己酉年三月十三日吉时生，系镶红旗满洲都统吉顺佐领下附学生。”知其生于道光二十九年（1849）。

文治卒年，据中国第一历史档案馆藏文治遗折[①]，日期为宣统二年(1910)九月十九，知其卒于宣统二年，享年六十二岁。

据朱卷，文治于同治三年(1864)甲子科顺天乡试中试第一百五名举人，业师一栏所填乃是“胞兄秋瀛夫子印澂　胞兄仲瀛夫子印海”，虽是满洲武职子弟，但文澂、文海俱科甲正途出身，文澂于同治二年中进士，文海于同治元年成举人，文治此前应即跟随二兄习时文举业。

同治四年(1865)乙丑科会试，文治中二甲第八十二名进士[②]，朝考入选，钦点翰林院庶吉士。同治七年四月，《穆宗毅皇帝实录》有：“引见乙丑科散馆人员，得旨：……二甲庶吉士……文治……俱著授为编修。”知文治经过三年翰院生涯，散馆后授正七品编修。

第一历史档案馆所藏内阁吏科题本有光绪二年(1876)六月《题为开列文治等应升人员职名请旨简员补授翰林院侍讲学士事》(档号:02-01-03-11766-008)，此题本开列文治职名，云：

> 左春坊左庶子文治　同治四年文进士，历俸八年零十日。光绪元年十二月十二日补授右庶子，元年五月在司业任内未与大考，原职本应开列出缺，复由右庶子转补今职。

此题本开列人员名单部分，文治之名上有圈，有题本开首处墨书大字记云：崇勋转补翰林院侍读学士，文治补授翰林院侍讲学士。故而根据此题本提供的信息，知光绪元年五月，文治时任国子监司业，十二月十二日，补授右庶子，光绪二年，转补左春坊左庶子，六月升翰林院侍讲学士。

又据第一历史档案馆藏光绪三年(1877)五月《题为开列文治等

---

① 第一历史档案馆藏文治《奏为自陈病危事》，档号:03-7445-044。

② 江庆柏编《清朝进士题名录》，中华书局，2007年，第1055页。

职名清简补詹事府詹事事》(档号:02－01－03－11803－026):

> 詹事府少詹事文治　同治四年文进士,历俸八年十个月零二十八日。光绪三年二月初九日由翰林院侍讲学士补授今职。元年五月在司业任内未与大考。

则文治又于光绪三年由侍讲学士升少詹事。但此次詹事府詹事一缺,乃由松森补授,文治仍任少詹事。今在一档目录中可查到少詹事文治的三道奏折,光绪三年六月的《奏为遵议升祔位次愚见略述前代之迹事》(档号:03－5527－063)、《奏为遵议升祔位次并龛之制有失隆重暂作权宜之计敬陈管见事》(档号:03－5527－068)和光绪三年十月的《奏为病难速痊请准开缺赴乌珠木沁致祭恭请择员简派事》(档号:03－5123－017)。奏请开缺一折云:

> 奴才前因染受风寒,调理失宜,曾经屡次请假,蒙恩赏假在案。今假期已满,奴才仍未就愈,伏思病势既难速痊,而职守不可久旷,再四思维,惟有仰恳天恩俯准开缺,俾得专心调摄,则犬马余生,尽出生成之赐矣。再,奴才于八月初九日奉旨派往乌珠木沁致祭,如蒙圣恩俯准开缺,应请饬下该衙门请旨另行简派前往。

乌珠木沁属锡林郭勒盟,距离北京并不很远,文治在十几二十年后尚能西行甘肃、南下广东,而此次奏请开缺,可知病势不轻。光绪三年十一月十三日《题为开列翰林院侍读学士铨林等员职名清拣补詹事府少詹事事》云"詹事府少詹事文治患病一缺应行开列",知此时文治已称病请假,少詹事一职出缺。

此后,再次在档案中见到文治的记载,已经是光绪九年(1883)十一月,时任内阁学士廖寿恒有《奏请饬令前任詹事府少詹事文治销假量以擢用事》的奏折，云：

> 屡次钦奉上谕，饬令中外保荐贤员，仰见皇上立贤无方，孜孜求治之盛意。臣查有前任詹事府少詹事文治，讲求学术，淡于荣利，至性纯笃，守正不阿。前因母病乞假养亲，殆居丧后庐墓三年，读书明志，至今杜门不出。同官罕识其人，或遂以迂疏病之，而要其敦品励节，实足以矜式浮靡，畀以职司，必能竭诚尽忠，于事力求实济……

可见文治居家六年，至此时方有大臣荐举起复。又查《德宗景皇帝实录》卷一百八十五，光绪十年（1884）闰五月，“光禄寺卿沈源深奏前詹事府少詹事文治，内行肫笃，淡于荣利等语，即着该旗传知文治豫备召见”。文治应是在光绪十年回朝任职。次年，和江南道监察御史唐椿森同赴甘肃主持乡试时，文治正任鸿胪寺卿。此后据内阁吏科题本：光绪十二年（1886）十一月十八日之《题为开列文治等职名请简补通政使司副使事》和光绪十三年（1887）一月二十五日《题为开列文治等员职名请旨简员补授詹事府詹事员缺事》两份文件，知文治分别于光绪十二年十一月和十三年一月转通政司副使和升任詹事府詹事。又据《德宗景皇帝实录》罗列其光绪十三年以后仕履如下：

光绪十三年四月：以詹事府詹事为内阁学士兼礼部侍郎。

按：文治再次起用后，身体亦时常出现问题，一档馆藏文治奏折有光绪十四年之《奏为因病未能进内预备召见自请交部议处并请赏假调理事》（档号：03－5859－103），查《实录》光绪十四年七月有：“内阁学士文治昨日召见未到，本日具奏因病未能进内，自请议处并请赏假一折。文治着交部议处，赏假十日。”[①]

---

① 《德宗景皇帝实录》卷二百五十七。

光绪十五年七月：派内阁学士文治、工部尚书潘祖荫为顺天乡试监临。

光绪二十年五月：内阁学士文治为福建乡试正考官。

光绪二十二年五月：以内阁学士文治为兵部右侍郎。

光绪二十三年六月：派兵部右侍郎文治、顺天府府尹胡燏棻为顺天乡试监临。

光绪二十四年三月：以兵部右侍郎文治为会试副考官。

光绪二十五年正月：命兵部右侍郎文治提督浙江学政，以内阁学士景澧署兵部右侍郎。

光绪二十六年九月：命兵部右侍郎文治提督广东学政。

光绪二十八年八月：广东学政文治因病解职。

文治因病解除广东学政职务，调回北京后，一直饱受疾病困扰。于次年九月初二、二十九上两折奏请开缺，其第二折云：

> 因数年来在南方感受湿气甚重，兼心气大亏，颇似怔忡，时发时愈，右臂麻木，腰腿酸痛，自本年夏秋以来，湿土当令，诸证俱发。又奴才素有肝疾，近因牵动，日久不痊，举动殊形吃力。

于是文治即于九月解职（见《实录》）。致仕七年，及至宣统二年九月，文治已病入垂危，于九月十四日缮遗折，十九日奏上，盖已长辞人世矣。

文治日记与庚子事变

文治虽身为朝廷大吏，但日记中论政内容仅寥寥数语而已。其日记第四册，记于1899—1902年之间，其中在庚子事变前后的内容是：

> 五月廿一日（6月17日）至省，廿七日（6月23日）发折，报科考完竣，并请假一月持服。是后闻北方不靖，至八月初一日（8

> 月25日)，闻北京失陷，痛哭悲愤，无以为生。十六日(9月9日)发折，廿七日(9月20日)再发折，均留中。九月初九日(10月31日)奉旨留任，十四日(11月5日)具折谢恩，并保举数人。廿五日(11月16日)移任广东，即赴新任，毋庸前来行在请训，又具折谢恩。冬月廿五日(1901年1月15日)交印，具折陈明俟兄灵柩来杭寄厝后，再赴新任，并附片一。

此时文治正在浙江学政任上。廿七日所发折，即第一历史档案馆所藏《奏为应诏就图治用人细陈管见事》(档号:03－7434－011)、《奏为陈明用贤修政选将练兵剔除积弊事》(档号:03－7434－012)、《奏为议和已成卧薪尝胆修明政事事》(档号:03－7434－013)。在此需要引入另外一种文献，以对日记和奏折作补充。

中国社会科学院近代史研究所图书馆藏《庚子纪闻》二册，未题作者。中国社会科学院近代史研究所《近代史资料》编译室主编《义和团史料》收录其中一册，认为是刘福姚所撰[①]。杨上元、盖翠杰《〈庚子纪闻〉作者考辨》[②]一文经过考证，指出此书作者应是文治。本文同意其考证。

《庚子纪闻》一书凡二册，以正楷书于无格毛边纸，半页八行，行约二十一至二十三字。上册记录其所闻见之情况，末署"辛丑正月二十三日记"。下册议论政局，于卷首题曰:"庚子八月，京城失守，乘舆播迁。余时在浙，试事已毕，即请奔赴行在。旨不许。此数月间，枯坐署中，毫无生趣。偶有一二朋友乱谈外，惟信笔书其所见，遂成此册存之。辛丑五月十九罗江舟次记。"按文治日记:辛丑年正月二十

---

① 中国社会科学院近代史研究所《近代史资料》编译室主编《义和团史料(上)》，知识产权出版社，2013年，第221—227页。

② 杨上元、盖翠杰《〈庚子纪闻〉作者考辨》，《近代史研究》2016年第6期，第154—157页。

三，文治尚在浙江，二月初八启程赴广东，四月初二接印，十五开始巡考各府，五月十七至罗定江口驻船，与《庚子纪闻》正合，此书则是文治所撰无疑。

日记所载庚子、辛丑前后文治议论政局之语不多，惟有如下各条：辛丑三月初一：

> 事机不顺，处处艰阻，千回百折，迭起环生，真令人心力交瘁，深可危惧。

辛丑五月十八：

> 《洪范》六极，其一为弱，古称庸懦之君曰暗弱、曰懦弱，此正大病，所以罗罗山谓暴主庸主皆足以乱天下也。
>
> 愚者为智者役，事理之常也。此番大失，只"不当战而战""当战而不战"二语足以尽之。缘起所以如此，事理不明而已，事理不明，不谓之愚，得乎？朝廷见不到，惑于群言之淆乱，而所用皆庸臣，举朝无一智者，贤智之士屏逐而不能用。观夏伯定所上各疏，真不可少之文字，徒令后世叹息而已。昔曹操伐张绣，贾诩谓绣不可战，绣不听，战果败，既败，诩复教以再战，战果胜。所谓智谋之士，无他，明于机势而已。第势虽可战，亦须有所以战者。夏疏中有所以筹为战之本之具云云，亦要言也。使仍用前日为战者，仍取败耳。噫！世运如此，中国乃为仇人役，岂不哀哉！

辛丑五月十九：

> 设使刘禅为君，而以冯道佐之，岂复知人间有羞耻事？

辛丑六月十一：

> 夏伯定谓董福祥功罪可以相抵，吾不谓然。既为将帅，无兵败尚可偷生之理，况肆行劫掠，则平日纪律不严可知。此番战败，固缘事前毫无措置，然既已京城失陷，乘舆播迁，则凡主张此事之人均应治以应得之罪。赏罚者，朝廷之大柄，赏罚一紊，便不能用人，便无一事可为。是以用外人要挟而罪之则不可，谓诸臣无罪亦非也。国事一败至此，不闻降一人处分，刑政纵弛极矣。乃逼于强敌之威，使天下议刑罚之失当，直以丧忠臣之胆，寒义士之心，则主持国是者岂非私心偏见乎？噫！时局至此，中国已矣！

辛丑十一月十七：

> 连日看薛福成《庸盦集》，洵可称有用之才，仅出使西洋数年而卒，似未得竟其用。使设甲申后当权要之任，得究其施，如孙之任，似不至有甲午以后之事矣。噫！人才之关系岂浅鲜哉。

日记所见仅如此而已，其余则巡考各府州时，秩序尚井然，可见北方变乱，于粤省之影响尚不大。

由日记寥寥数语可见，文治对中央政府及上下大臣皆颇有不满，他于庚子国变之际所上奏折，其主旨大抵在于广开言路、广求贤才、选将练兵、破除常格，以求政事之修明，国家之整顿。在《庚子纪闻》中，文治的想法有更详尽的阐述。今将《庚子纪闻》两册亦加以标点整理，附于《日记》之后，以窥此清末朝廷大僚对时局之认识，同时展现一个更为丰富的文治形象。

凡　例

整理所用底本为清华大学图书馆藏《文治日记四种》影印本(《清华大学图书馆藏稿钞本日记丛刊》第十二、十三册,清华大学出版社,2019年),其正文及人名索引整理凡例如下:

一、据"晚清珍稀稿本日记"惯例,将正文书名改作《文治日记》;

二、据"晚清珍稀稿本日记"要求,正文所有整理文字除特殊情况外,均使用规范简化汉字;

三、据日记内容,将其厘为四种,每种之标题均为整理者所加;

四、在正文原年、月、日后增加公元纪年,以圆括号括注其后;

五、正文夹注原为双行小字,今改用小五号字体单行排印,又正文中涉及人物姓名、字号,时或小字偏书,今统一以正文字号出之,以清眉目;

六、正文原稿确定误字者,以圆括号"( )"括出误字,后以方括号"[ ]"括出改字,但明显的形近误字则径改;原稿有脱字者,所补字亦用方括号"[ ]"括出;原稿有衍文,用"【 】"括出;

七、正文原稿,除底稿笔迹外,又有校改编辑痕迹,因属两层文本,故正文原则上照录底稿文本,编校改动情况则在页下注出;

八、正文原稿每日记载中时或有分段,但不严格,又日记中时或记入文治所撰之诗词,故整理时酌情分段,以清眉目;

九、文治之父名双安,故行文凡涉"安"字,皆避作"○",今统一回改;

十、稿本部分内容以行草书写,限于学力,若干字未能辨认,暂以"□"标识;稿本原阙处,则以"■"标出,以免混淆;

十一、中国社会科学院近代史研究所图书馆藏《庚子纪闻》二册，实为文治所撰，今一并整理，附于日记之后。又附有文治庚子年所上三折，及其遗折，以便读者参考；

十二、索引仅为正文中人物姓名、字号或其他称谓之索引，并按音序排列；

十三、索引以姓名为检索主体，姓名之后括注《日记》中出现的字、号、别名、习称、昵称、官称、简称及其他称谓；

十四、凡《日记》中出现的字号或其他称谓，亦列为检索条目，并与其姓名的主索引条目互见；

十五、凡《日记》中仅出现字号或其他称谓者，尽力考出其姓名，列为主索引条目；暂时未能考知者，则径列其字号或其他称谓为检索条目；

十六、人名后所列数字为该人物在《日记》中出现之年月日(公元纪年)，如孙家鼐　1897.9.2，表示孙家鼐出现在日记1897年9月2日。

光绪十一年乙酉(1885)
甘肃典试日记

光绪十一年乙酉五月廿二日(1885年7月4日) 奉旨:"甘肃正考官著文治去,副考官著唐椿森[①]去。"[②]

六月十二日己卯[③](7月23日) 微阴。巳初刻[④]起程,出前门、彰义门,由石道西行至大井,有坊,西曰"荡平归极",东曰"经环同轨",《度陇记》[⑤]谓"径涂同轨",恐误。经卢沟桥折而南,至长新店尖。酉刻,至良乡东关宿。知县杨谦柄差人持柬来[⑥]。

去家才一日,离绪已千端。中夜愁无寐,方知行路难。

新店尖　四十五里　良乡宿　七十里[⑦]

十三日庚辰[⑧](7月24日) 中伏,阴。卯初启行,由良乡穿城

---

① 唐椿森,字益龄,号晖庭,广西宣化人,光绪二年(1876)进士。历官翰林院编修、江南道监察御史、四川道监察御史、兵科给事中、刑科给事中。

② "正考"至"森去"括去,于"甘肃"上添"典试"。

③ 天头注云"大暑"。

④ "刻"字圈去。

⑤ 《度陇记》,董恂撰。董恂,江苏甘泉人,道光二十年(1840)进士,是书乃恂道光二十九年随协办大学士户部尚书祁寯藻赴甘肃查案所撰。有咸丰元年(1851)董氏自刊本、《小方壶斋舆地丛钞》本。

⑥ "知县杨谦柄差人持柬来"括去。

⑦ 《陇轺日记》于每日天头处记尖宿地及里程数,今移写至每日末尾。

⑧ "庚辰"圈去。

而[①]过，至窦店早尖，自备与新店尖同[②]。过琉璃河桥，桥西倚铁竿，长数丈，其深入泥沙，又不知其[③]几何。谓王彦章之铁枪，固无此理。然究竟何代何人能铸此大错耶？未初刻[④]，住涿州南关行馆，知州刘竹坡名枝彦，系署任，遣人来，江苏人[⑤]。北[⑥]门内悬一联云："蓟门烟树[⑦]今冠盖，天下[⑧]膏腴占督亢。"大抵两日所经，俱新雨初透，禾稼葱美，但雨较迟耳。

窦店尖　廿五里　涿州宿　七十里

十四日辛巳[⑨](7月25日)　晴。卯初由涿州西南行四十五里，至高碑店自[⑩]尖。又三十五里，北河店宿。北河在定兴西南十里，由定兴城内易夫马，出南门，渡河不远，未刻至馆。知县严祖望，号心斋，绍兴人，差人来[⑪]。此日稍热，店铺亦甚隘。涿州西南十余里，道旁有张桓侯祠，立石碣二，一题"汉昭烈帝故里"，一题"桓侯故里"。稍北有桓侯井，石碣一。又行十余里，地名泽畔土音读如"宅半"。道旁积水，往往种荷及苇，然不见用以灌田者，盖所称"督亢"即此。高碑店是日市集，人甚拥密，时恐舆马伤人。所云碑桥未见也[⑫]，北河即易水碑，亦未见。舆夫从田间小路行故也。

---

① "而"字圈去。

② "自备与新店尖同"括去。

③ "其"字圈去。

④ "刻"字圈去。

⑤ "知州"至"苏人"括去。

⑥ "北"改作"南"。

⑦ "烟树"改作"锁钥"。

⑧ "天下"改作"河朔"。

⑨ "辛巳"圈去。

⑩ "自"字圈去。

⑪ "知县"至"人来"括去。

⑫ "也"字圈去。

立法甚严,用法甚宽,尽其在我,得失听焉而已。

昨日遇晖庭令弟二人,一名柏森,号荫庭;一名■■,号芝庭。及其世兄名启宇,号汝宏。入京乡试,因托带家信[①]。

高碑店尖　北河宿定兴　八十里

十五日(7月26日)　早阴,颇凉。丑刻发北河,残月疏星,掩映林表。顷之浓阴,行十余里天始明。卅里至固城镇少憩。镇南桥下陂塘数亩[②],西南行十里,过田村,有“田光故里”碑。又行数里,曰麒麟店,有碑没土中,露“麒麟”二字。土阜正大,当即麒麟冢也。又行见白塔,当即白塔铺。至安肃南关尖,田村即微雨,尖毕雨止,换夫马遂行。晴,稍热。廿五里渡漕河南岸,慈航寺小憩,寺中有方恪敏公[③]祠。沿河南行廿五里,至保定府西关宿,共行一百十五里。藩司松峻峰椿;臬司刘树堂[④]号景韩;道刘汝翼号献夫徽;保定府朱敏斋名靖旬戊午己未[⑤],河南;清苑县朱允卿名乃恭,奉天己未戊辰[⑥];城守尉奎乐轩恒及协镇、游击俱持柬来,以柬答之[⑦]。保定府驿馆路东,其后为于公祠,祀于清端公[⑧],有楼,其祠门则路西也,在西关外[⑨]。此日于漕河西见荷花盈池,红妆竞艳,碧苇参差,惜远观而不能近玩也。

安肃尖　保定宿　百十五里

十六日(7月27日)　晴。卯初由保定沿河行卅五里,至隗村,

---

① “昨日”至“家信”括去。

② “亩”稿本改作“顷”。

③ “方恪敏公”,即方观承。

④ “堂”后增“云南”。

⑤ 朱靖旬为咸丰九年(1859)己未科进士。

⑥ 朱乃恭为同治七年(1868)戊辰科进士。

⑦ 自“藩司”至“答之”皆括去。

⑧ “于清端公”,即于成龙。

⑨ 此句改作“保定府驿馆在西关外,向东,其后为于公祠,祀于清端公,有楼,其祠门则向西也”。

《度陇记》谓“郭村”。村首有碑,题曰“周燕昭王贤士郭隗故里”。又不及十里,至陉阳驿早尖[①]。又十余里方顺桥,过桥西南行,夹道积水,《度陇记》以为濡水所经。翠荇纵横,白鹭翔集,惜不解溉田。偶见红蕖初放,仅此一渠。又十里,至望都东关宿。未正到,名为九十里,当不及也。知县溥履廷祥来拜,甲子同年也,今日初接印[②]。是日甚热。

陉阳驿尖满城　望都宿　九十里

十七日(7月28日)　寅初发望都,月下行十余里,天始曙。卅里至清风店,见“清风泉”碣。又廿里,渡清水河。又十里,至定州早尖。知州陈庆滋。尖[③]毕,由西关行,有碑曰“古中山国”。又廿五里,至明月店。又廿五里,新乐县南[④]关宿。共一百十里,未正二刻到。申初雨一阵,自望都至此,大抵望雨尤切也。知县雷鹤鸣号仕亭,江西人,壬戌同年[⑤]。未至东关不一里,有土冈,周回若城,中有“羲皇圣里”碑。

定州尖　新乐宿　百十里

十八日乙酉[⑥](7月29日)　卯初行,浓阴密布,烟雾溟蒙。出门过沙河,三十里又过河,俗名木道沟[⑦],过此为藁城北境,有界碑。又十里,入正定界。又五里,伏城驿,亦名新城铺,早尖。又四十余里,正定府宿。知府王立清号鉴亭;知县徐铭勋号子树,甲子副榜同年[⑧]。过沙河至此,禾稼较胜。此日行馆亦借旅店,入北门西南,望方塔甚近。

---

① 此句页旁增“满城县张主敬壬戌”。

② 自“知县”至“接印”括去。

③ “知州陈庆滋尖”括去。

④ “南”圈改作“东”。

⑤ “知县”至“同年”括去。

⑥ “乙酉”圈去。

⑦ “俗名木道沟”圈改作“为木刀沟”。

⑧ “知府”至“同年”括去。

伏城驿尖正定　正定宿　九十里

十九日(7月30日)　卯初出正定西[①]门,云影四垂,行里余过长堤,堤内尽种高粱,颇为[②]畅茂。十里,渡滹沱河,遇雨,道途泥泞。卅里,至赵陵铺,有碑题曰“西汉南越王赵佗[③]之墓”雨中忍视未真[④]。旅馆自尖。又行十余里,雨始止,远望山势嵯峨。自出京后,阴多晴少,至此近山始见[⑤]。过乱石岭,初入山路,已觉崎岖不易矣[⑥]。又五里获鹿东关宿,未正一刻到,行六十里。知县杜受全号仲容[⑦]。晴热。自赵陵铺西地势渐高,至获鹿县城已在山上。过乱石岭后,已见[⑧]四围山色矣。

赵陵铺尖获鹿　获鹿宿　六十里

二十日(7月31日)　寅正二刻出获鹿西门,添用纤夫八名[⑨]。五里,土门口,即古井陉口。过郄家庄,入井陉界。五里,仰字岭。五里,下安村。五里,上安村,田皆腴美。五里,白石岭,见“赵将白面将军祠”碑。过上安村后,虽行山中,皆平坦土道。闻四天门为近年新修[⑩],石道高坦[⑪]。又十里,微水村自尖。尖毕西行,见“汉淮阴侯设背水阵处”碑。渡微水河,争舟而喧,黄流有声。既过河[⑫],沿河西行

---

① “西”圈改作“南”。

② “为”字圈去。

③ “赵佗”后增“先人”。

④ “雨中忍视未真”六字删去。

⑤ “近山始见”改为“始见山色”。

⑥ “矣”字圈去。

⑦ “知县”至“仲容”括去。

⑧ “见”字圈去。

⑨ “八名”圈去。

⑩ “新修”后增“白石岭即东天门也”。

⑪ “高坦”后增“上有额‘东天门’三字,下坡后有‘白石岭’碣”。

⑫ “过河”圈改作“渡”。

五里，长冈村。五里，横口村。二村皆背山临水，惜少殷富之象，土人多穴山为土室以居。五里，张村。五里，郝家村，亦名西河村，村尽复渡河。又五里，东窑岭，见正书“汉①田叔田仁先生故里”碑、隶书“淮阴侯谈兵处”碑。又五里，井陉县。渡河，东关晚尖。知县叶祖芾号介之四川②。尖毕③复出东关，渡河而南，经南关。五里④，板桥村，村西有桥。五里，长生口。五里，龙窝寺。五里，核桃园旅店宿，到此已酉正二刻。计行山路九十五里。山中禾稼大抵⑤皆茂盛，一路原隰高低，层青叠翠，极有风景。惜冠盖之游，跋涉劳苦，旅怀殊不潇洒耳。井陉形势尤属绝佳，城居山上，东关在其麓，水自西南而北环之，南关又在对面山上，四面峰峦，中央平阔，地亦膏腴。自渡微水后，两岸多水磨，只用一人，日可磨麦六石。

微水尖　井陉尖　核桃园宿　九十五里

廿一日(8月1日)　寅初⑥二刻行，山风泠然，颇有爽气。五里，有石牌，过此为山西界⑦。五里，北天门，石路亦新修平坦，上有“晋阳锁钥”额，又石上勒“北天门”三字。《度陇记》云即故关。二里，甘桃驿，换马。三里，固关。翠巘插云⑧，舆行涧底。曲折而上，有城有⑨半在山顶，半跨山坳。有望台，俱在高处，远远可见。大抵自出桃园西门入山，盘回而上，皆西向，以渐而高。过固关，颇折而南。又

---

① “汉”后增“丞相”。

② “知县”至“四川”括去。

③ “尖毕”后增“换夫马”。

④ “五里”后增“朱村又五里”。

⑤ “大抵”圈去。

⑥ “初”改作“正”。

⑦ 此行上天头注“由京至山西界牌计七百八十五里”。

⑧ 此行上天头注“由山西界牌至潼关计程乙千四百廿五里”。

⑨ “有”点去。

十里，槐树铺，始复向西，而山势亦少开，渐多禾稼。不似入自[①]山西界后，两山高峙，道路狭隘，山亦[②]多巨石相倚，故少土田，而路间又[③]多石子也。又十里，固驿铺。五里，柏木井。八里，八里桥。大抵[④]自入山以来，颇有石室，而[⑤]至此渐多。其村驿往往倚山，叠石为城门。而[⑥]未至北天门，所云"故关"者，跨两山之间为三门，尤为扼险。又二里，西天门，亦修石路，均无复昔日之险。又五里，柏井驿早尖。平定州知州吴承恩号子复，河南人[⑦]。尖毕，午正复行。出西门，上题"晋秦要路"，亦有"晋阳锁钥"额。三里，石壁巉岩。入青玉峡[⑧]，北壁上有"青玉峡"三字，多有[⑨]"小心山水"字[⑩]，有新磨壁作字为"晋阳使者告谕行人山水猛烈"等语[⑪]。又高处作石洞四五，上题"避险藏身"字。洞中尚多积水，有"翠蛟潭"字在南壁，余未暇睹也。又七里，桥头村[⑫]。五里，小桥铺，多石桥。又五里，石门口村。尽西行，有浅水自南来，西北流，至此山势开阔，南北对峙，中平敞约数里，此水曲折西行，行人跳揭而渡，虽未至七十二渡，已有脚不干之势矣。南崖石上有庙，上多松柏，似自生者。北山人家石室或在山顶，或居山麓，远[⑬]望层峰叠嶂，禾黍油油，如绣如带，参差高下，盘折横斜，绝

---

① "自"字圈去。
② "亦"圈改作"又"。
③ "又"圈改作"且"。
④ "大抵"圈去。
⑤⑥ "而"字圈去。
⑦ "平定"至"南人"括去。
⑧ "峡"后增"亦石门"。
⑨ "多有"改作"又多题"。
⑩ "字"圈改作"又"。
⑪ "字有"至"等语"括去。
⑫ "村"后增"渐平阔"。
⑬ "远"改作"东南回"。

妙画图也。此处山不甚峻峭，亦多土壁，盖由险而夷矣。自柏井换夫后，虽仍用纤，然后过[①]无甚高坡，至此尤平衍。十里，西郊村，复有水自西而东，又十里，山势阔处渐南，而官道向西北入[②]沟中，水亦不复见矣。有石题为“巉石村”。又十里至平定州，进东门，出西门，宿西关公馆。城中石牌甚多，巨室富贾，人民稠密。见崔府君祠，见文庙，他不暇尽睹也。两日晴热。

柏井驿尖平定 平定州宿 百五里

廿二日(8月2日) 夜大雨，阴。卯初出西关即上坡，坡尽有牌，上题“文献名邦”。五里，登[③]天门，有关帝庙，稍下有诸天阁，上下石路均为平稳。出凭虚阁，凌空西望，豁然一开，远山四合，山色空蒙，鳞塍涤翠，不觉令人开颜。下坡路较长，洼如釜底。石路尽处亦有石牌。行不远，道旁有槐，根在地外，亦奇老可喜。五里，义井镇，此处尚未有水。既出镇，渡平潭河，夜雨初过，山水暴下，惊湍急溜，漻漻有声。肩舆徒涉，沿河而西，南山雨余，苍翠欲滴，北山平远，移步换形，亦可观也。五里，阳泉村。五里，平潭镇。沿山[④]有长堤曰保安，立短碣，盖新修者。五里，石卜嘴，巨石大数顷。盖地多石炭，而石性亦酥脆。巨石自裂，垂弹而下，占堤之半，道路遂狭。北山半岩，人家颇密，而南山云气，时作阵雨。五里，赛鱼村。将至赛鱼，复渡河，地势愈阔，山形又变，西北缺处，亦见后山。既入村，树木丛茂，果园蔬圃，有京中乡田风景。十里，新兴镇，复过河屡[⑤]。盖此河行两山中，而官道沿河而行，自石卜、平潭以上，往往有山泉来汇，故有

① “后过”二字圈去。
② “入”后增“土”字。
③ “登”下增“南”字。
④ “山”下增“下”字。
⑤ “过河屡”乙作“屡过河”。

"七十二渡脚不干"之称。出镇门,有山正对[①]西南,翠屏遥峙。自此遂行北山麓上,河流曲折,故尤称难行,上下频渡[②]。既至屏山脚下,沿山右行而左,亦豁然。自渡平潭河后,一路俱沿河而行,山石冲激,水声若沸。两山渐狭[③],几疑无路。西屏上有白塔,既折[④]少北,山泉下注,河声愈急。五里,坡头村。五里,测石驿尖,属盂县,知县陆叙钊[⑤]。尖毕[⑥],仍沿河岩上行,水行涧中石上。盖[⑦]河底皆巨石整[⑧],冲刷日久,皆成沟溜,水力亦可想也。十里,新店镇。十里,张净镇。过此,仍行山上,水声若雷,一自北来[⑨],一自西来,稍清。十里,芹泉驿。此处[⑩]换夫,先已在测石换马。十里[⑪],过此山俱无石,土岭高甚,雨后极滑难行,较[⑫]天门之险,不是过也。十里,土岭铺。十里,寿阳宿。此日到已戌正,未能详记,余[⑬]《度陇记[⑭]》甚详。知县陈守中[⑮]。

测石尖盂县　寿阳宿　百里

廿三日(8月3日)　卯正二刻行,仍阴。五里,童子河。五里,

---

① "对"改作"当"。
② "尤称难行""上下频渡"二句乙。
③ "渐狭"改作"迎面"。
④ "折"下增"右"字。
⑤ "知县陆叙钊"五字括去。
⑥ "尖毕"下增"换马"。
⑦ "盖"字圈去。
⑧ "整"字圈去。
⑨ "北来"下增"黄色"。
⑩ "此处"二字圈去。
⑪ "先已"至"十里"圈去。
⑫ "较"改作"视"。
⑬ "余"字圈去。
⑭ "记"字圈去。
⑮ "知县陈守中"五字圈去。

黄门镇。均渡河，微雨。《度陇》皆详同[①]。太安驿尖。尖毕西行，见立峰。行不远，见韩文公碑诗亭，额曰“诗留古驿”。十里，西岭铺。十里，要罗镇。自过芹泉驿，后山俱无石，均纯土[②]，惟此山仍多石。十里，韩家沟。五里，什贴镇宿。此系宿[③]于客店，无应差者[④]。什贴亦有货店，不至冷落。

太安驿尖寿阳 什贴镇宿 八十五里

廿四日(8月4日) 卯初二刻行。十里，要店。廿里[⑤]，王胡镇尖，榆[⑥]次县，令雷棣荣，号仪斋，陕西人，甲子同年也[⑦]。尖后西行，自此皆为平地。四望远山环带，惟西南一角缺然，向之而行。东北遥望，山外青天，已去京千余里矣。十里，郭村堡，堡外行，有郭氏宗祠、八角亭。过西街，树阴满地，巨室大村，有丰盈气象，见崇庆寺。五里，荣村，有立石。至[⑧]永康镇，此镇甚长，店买[⑨]铺亦多。又五里，郝村，有榆次西南界牌，《度陇》所谓“华而整”者，今已颓朽。不二三里，过河，当即徐沟河也[⑩]。又六七里，见徐沟界牌[⑪]，卑而陋，所谓“质而窳”者，今尚在也。五里，辽西村。十里，徐沟县宿，知县柳增慧号颖生，行八，凤阳人[⑫]。自王胡尖后，一路禾稼盈畴，绿云遍野，自出京

---

① “度”字上增“余”字，又将“余《度陇》皆详同”括去。

② “无石均纯土”改乙作“纯土无石”。

③ “此系宿”三字圈去。

④ “无应差者”四字圈去。

⑤ “廿里”增作“又廿五里”。

⑥ “榆”字上增“属”字。

⑦ “令雷”至“年也”括去。

⑧ “至”字上增“又廿五里”。

⑨ “买”字圈去。

⑩ 此句旁注“土名小河”。

⑪ “界牌”上增“东北”二字。

⑫ “宿知”至“阳人”括去。

后此为第一。入徐沟东门,出西门,宿西关公馆。城中贸易甚繁夥,颇有富庶之象。自十九日下半天始入山,至此日上半天,共行山路四百四五十里。余尝谓太行曲折,自山海关至河南数千里[①],其厚[②]大约五百里上下,以程计之大率如此。自过芹泉驿至王胡镇,行土山百卅余里。高处四望,禾稼满山,雨水[③]冲刷,半为高坡,半为深涧。雨后途泞,舆夫尤好于峻坂边际逼仄而行,下视深坎几数百丈,令人心悸。虽严嘱之不得[④]也。

王胡尖榆次　徐沟宿　百五里

廿五日(8月5日)　阴。卯正二刻发徐沟,过石桥,十里,有界石,上书"高花村北界桃花营南界"。舆中口占一绝[⑤]云:去家千里路迢迢,旅客征衫泪欲飘。峻岭崇山都过去,计程今日到平遥。盖自昨日无复山路,回首山东,不禁乡思耳。十里,尧城,城北题曰"时雍"。入城有坊,曰"古帝尧城"。城南有[⑥]石桥,亦[⑦]道旁有水,有[⑧]木桥,行不远,有铺曰西堡村,有石桥,过桥为东罗村。村尽,又有石桥。十里,西罗村,过此有徐沟南界牌。入祁县界,道旁已见流水。再行,见水从东南田中来。官道皆大水,颇不易渡。既过,见立石,题曰"左东村西截",北界、南界亦有石。十里,贾令镇,有额曰"东岩永镇",其村曰东阳村,想即贾令镇。此处人烟稠密,商贾殷繁,巨镇也。西有额曰"昭余胜境"。出镇,有石桥,柳阴丛密。五里,有土桥,曰丰泽村。涉水,当即贾令河,河水泛滥,任其南北流溢田陇间。十里,会善村,有温峤

---

① "千里"下增"不绝"。

② "厚"圈改作"阔"。

③ "雨水"上增"年久"。

④ "严嘱之不得"改为"严嘱勿行不可得"。

⑤ "一绝"圈去。

⑥ "有"圈改作"过"。

⑦ "亦"圈去。

⑧ "有"上增"又"字。

故里碑。五里，祁县尖。县令马存朴号棫村，宝坻人[①]。尖毕[②]西行[③]，廿里，有[④]界牌。又卅里，至平遥，已戌正二刻，入城已黄昏。大抵街市整齐，房屋坚致，市商辐辏。有[⑤]过市楼二，俱三四层，甚高，上有灯。自平定、寿阳以来，人家墙上往往作雉堞，高坚如城门，亦多作城形。渐入繁盛之区，房宇尤为坚固。宿城中公馆，亦极宏敞。县令杨恩溥号蔗民，大名人[⑥]。时已子正未眠，连日颇劳倦，雨未止。

祁县尖　平遥宿　百十里

廿六日(8 月 6 日)　雨彻明不止。卯正起[⑦]。杨君差人留[⑧]住一日，而晖庭亦云路恐难行，议歇一日。辰正雨止，自安肃即闻炮声，至寿阳始有执事仪仗来迎送，大抵皆在关外，来时辞之，去时止之。申刻，杨令来拜，以柬答之。闻[⑨]今年山西雨水颇多，间有被淹处，然此地向来畏旱不畏涝，被水处不过一二分，水涸后即可丰收。又此地河道甚多，往往能为害，而亦颇得其利。又云此处[⑩]民家类多逐末，唯利是图，有钱不肯存留，必权子母，故汇号为多居[⑪]此地云[⑫]。

廿七日[⑬]甲午(8 月 7 日)　立秋，晴。卯正行，廿余里有遵道亭，

---

① “县令”至“坻人”括去。

② “尖毕”下增“换夫马”。

③ “西行”下增“微雨”。

④ “有”下增“平遥”。

⑤ “有”字点去。

⑥ “县令”至“名人”括去。

⑦ “彻明”至“正起”改为“甚大”。

⑧ “杨君差人留”括去。

⑨ “而晖”至“之闻”括去，改为“平遥令杨恩溥云”。

⑩ “又云此处”圈去。

⑪ “为多居”圈改作“皆在”。

⑫ “云”字圈去。

⑬ 此日天头注云“立秋”。

当是杜村茶房。

新秋天气快晴明，禾黍盈畴晓露清。一带北山平远处，教人争不动离情。

又数里有城，行城外，当即郝家堡。自南绕城过，即见张兰镇牌，上题“新开驿路”。过牌又见堡城门，题①“绵山晓②翠”字。旅店自③尖，无应差者④。自平遥至张兰，卅五里似不及也⑤。尖毕，西南行不远，见立石曰“董村”，左有碑曰“古金龙桥”。五里，有城门，上题“旭照”二字。所谓岭与李陵墓均未见也⑥。又五里，有流水，过土桥，有小城二。东有庙，西城门上题“离明耀日”。又数里有城，题“霍亭”二字。又五里，有镇，过镇见水北流。地势⑦南下而流甚急，亦奇也⑧。过水即见山在近处，又行不远，复见清水，村人引以灌田，当即文潞公所引石洞水也。又数武，复有城，南门有“绵秀”二字。此处见稻田少许，兼有种荷者。数里，又一城，城外行不一里，又一城，南门题“翼龙钟秀”字，盖山西省⑨每村即筑城者比比也。复渡河，去城⑩二三里，谒⑪有道祠。见汉槐，有碑题“汉槐”二字，所谓“腹拥孙株”者，非槐，乃椿也。东有“三贤故里”碑，覆以亭，扁额⑫颇多，所谓“清妙堂”三

---

① “题”字上增“上”字。

② “山晓”圈改作“峰绕”。

③ “自”字圈去。

④ “无应差者”括去。

⑤⑥ “也”字圈去。

⑦ “地势”后增“北高”。

⑧ “地势”至“奇也”括去。

⑨ “省”圈改作“境内”。

⑩ “城”上增“介休”。

⑪ “谒”下增“郭”字。

⑫ “扁额”上增“祠中”。

字，亦不复见，元碑尚可见[①]存。祠前有石牌，额题“郭[②]林宗墓”，立石为“郭有道祠”字。北有太王庙。又行，见侯公墓立石，又见史公祠，此处墓碑石坊颇多。至介休[③]城北行，西关宿，令吴匡号书年[④]。自张兰至此四十五里，《度陇》所记此日颇不同，或舆夫绕道而行，未可知也。公馆东有灵雨园，又东有唐明皇庙，均在北城外。城东为绵山，晋文封子推者。郭有道、文潞公皆介休人。

风尘仆仆道涂间，偶见荷花一破颜。只恐好花[⑤]应笑我，旅愁赢得鬓毛斑。

大抵此日所渡黄流皆为胜水，而介休城东黄流环之，自北入城中。城墙[⑥]上有“万派朝宗”字。

征轺一路看山行，旅客何曾俗虑清。羡煞人家东崦下，柳阴丛里听泉声。

谒郭公祠时，马惊伤舆，时辰表为所坏[⑦]。

张兰尖介休　介休宿　八十里

廿八日(8月8日)　卯刻行。平遥[⑧]城北灵雨园皆种桑，闻曾中丞[⑨]在此命种者，然未能养蚕，当俟后人竟其绪耶[⑩]？又西北有白塔。五里，过石桥，有村。不远，见清流，沿流而西，复折而南。十里，义棠

---

① “可见”二字圈去。

② “郭”上增“汉”字。

③ “休”下增“自”字。

④ “令吴”至“书年”括去。

⑤ “好花”圈改作“红蕖”。

⑥ “城墙”下增“下有水关”。

⑦ “谒郭”至“所坏”括去。

⑧ “平遥”圈改作“介休”。

⑨ 即曾国荃(1824—1890)，字沅甫，湖南湘乡人，光绪二年(1876)至六年(1880)任山西巡抚。

⑩ “闻曾”至“绪耶”括去。

古镇,镇东即见汾水,平流皱波,阔约数丈。过镇远远回望,长桥有坊,即虹霁桥。北山有塔。不数武,有坊,题曰"介休西界"。沿河西行,左绵右汾,实皆坦途。五里,桑平峪,南山缺处,谷口深邃,其中当有佳①处。北岸人家,门临流水②,平流作镜,叠翠为屏,亦③佳境也。过此山亦多石。五里有关,上题"永固"字,当即冷泉关。《度陇》所云古之津隘,今殊不见险要。自此路渐南向,二里,有黄水自东山而下入河。三里,河流有声,渐侵南岸,左临巨石,右俯急浪。又五里,当是崔家沟。又有水自山下注于河。十里,两渡镇,门题"来凤"二字。旅店自④尖,无应差者⑤。尖毕,南行,有桥跨汾水。十五里,张家峪,有桥。十五⑥里,灵石县,北关小水镇宿,旅店面山。县令祝裕号云樵,河南固始人,来见。言⑦县⑧去此云五里,实三里。此日名为八十里,实不过七十里耳。介休至两渡名五十里,不过四十五里。

汾流滚滚杂泥沙,两岸危峰一径斜。今夜欲知何处宿,翠峰山下野人家。

自张家峪以下,汾水逼近,南⑨山巨石冲激河流沸⑩,奔流急注,沸然汹涌⑪。只此一道可行车马,冲刷日久,便当改道矣。镇中所对之山,据《度陇》当为翠峰,高处有亭,当即瑞石也。

---

① "佳"圈改作"胜"。

② "门""流"二字圈去。

③ "亦"字圈去。

④ "自"字圈去。

⑤ "无应差者"圈去。

⑥ "五"字圈去。

⑦ "县令"至"见言"括去。

⑧ "县"下增"城"字。

⑨ "南"圈改作"左"。

⑩ "河流沸"三字点去。

⑪ "奔流急注沸然汹涌"改作"波涛汹涌奔流急注"。

两渡镇尖灵石 灵石宿 八十里

廿九日(8月9日) 卯刻行。十里,渡水,自此登山,两峰夹峙,一路中开,盘回而上,十余里至其巅,当即韩信墓。过此始渐下,有坊曰“韩侯岭”。其余[①]岭东之[②]夫妻庙,岭西之[③]天险桥,皆如《度陇》所记[④]。仁义镇尖自灵石至此四十里。十里,逍遥岭,以下皆同《度陇》[⑤]。至北坡,此坡尤陡,直下峻坂,过此即皆平地,至霍州矣[⑥]。知州德佩九[⑦]出迎[⑧]。北关外见铁牛,西[⑨]向,在桥下。入北门,宿城内。佩九复来,云自灵石以来,一路山险,俱前任新修,用款万金云[⑩]。大抵此日所行,度岭两重,山路约八十里,或高或下,然[⑪]无甚涉[⑫]险,不似《度陇》所云矣[⑬]。然[⑭]此日早阴,幸不遇雨,倘遇雨,则此路不易行也。

万壑千岩景色幽,凭高一望独生愁。一千五百西南路,峻岭重过到霍州。

仁义驿尖灵石 霍州宿 百里

七月朔(8月10日) 佩九来送,又送于[⑮]南关。过石桥不远,见

---

① “其余”圈去。

②③ “之”圈改作“有”。

④ “皆如度陇所记”圈去。

⑤ “以下皆同度陇”圈去。

⑥ “矣”字圈去。

⑦ 德生,字佩九,汉军正蓝旗人,同治四年(1865)乙丑科进士。

⑧ “知州”至“出迎”圈去。

⑨ “西”上增“首”字。

⑩ “佩九复”至“金云”括去。

⑪ “然”字圈去。

⑫ “涉”字圈去。

⑬ “不似度陇所云矣”改作“峻皆新修者”。

⑭ “然”圈改作“但”。

⑮ “佩九来送又送于”改作“出”。

山泉自山入汾水。不五里，坛底镇，即入山峡，两下峻坂，《度陇》所云"峡窈以深，不恒见日"，信然。至[①]辛置镇，为廿里[②]，过镇，复有山泉，清流当道，至此廓然一开。见霍州界牌。行沙滩数里，仍沿山脚岩上，左山右汾，遂入深峡，《度陇》得之[③]。至窑子镇，赵城令王缉熙来迎字沚镜，慈溪人，甲子同年[④]。又五里，至赵城[⑤]，入北门出南门，王令复来。尖毕，又来送[⑥]。十里，有坊，题"王开铺"。五里，石桥，北坊题曰"国士桥"，南坊题"豫让遗迹"。五里，界牌。十里，洪洞县。未至县数里，有惠远桥，南坊有"凝祥聚瑞"字，又有碑曰"韩忠定[⑦]公故里"。又有重兴水利碑，有北桥禅院。自过赵城以来，颇有稻田荷苇，田间具有沟洫，畦塍腴润，禾稼茂美，而近洪洞为尤胜。又此两处多柿，盖易生之物也。洪洞令常绮号霞轩，房山人[⑧]。

客路喜新晴，肩舆陇上行。小桥杨柳色，深树鹧鸪声。霍岳崎岖过，汾流远近迎。太行犹[⑨]不见，多少故园情。

赵城尖　五十里　洪洞宿　共八十里

初二日(8月11日)　卯刻，由洪洞城西行，有荷一池。过桥，桥平而长，有重修石堤碑。下桥，又涉水。桥南有坊，题"聚瑞桥"三字。日光初上，遥望西山，紫翠万状。过张村，十里，左壁汛，有烈妇高景氏墓碑，皋陶碑未见。过一村，门有"寅宾"字。村家多四壁徒立，室宇荒

---

① "至"字上增"廿里"。

② "为廿里"圈改作"里巷萧条"。

③ "度陇得之"四字括去。

④ "赵城"至"同年"括去。

⑤ "城"下增"尖"字。

⑥ "尖毕又来送"五字括去。

⑦ "韩忠定"改为"明韩文"。

⑧ "洪洞"至"山人"括去。

⑨ "犹"圈改作"山"。

颓，人烟绝少，自灵石以来大抵多此景象。十里，杨曲镇。洪洞备有[①]茶尖。十里，羊獬村。五里，村外行，远望见河。五里一村，沿河而行。既又舍河而南，田皆积水而不种稻，此处有沙鸟。十里，高河桥，桥侧有“古高河桥”碑，有寿平寺铁狮二。过桥为高河镇。十里，平阳府，知府福志号厚庵，临汾县李荣和号木庵，俱出关迎[②]。尖于贡院。复来拜，去时复送于南关外。《度陇》谓[③]城中荒陋，信然。行数里，县令复遣人在此候送[④]。十五里，村门题“帝尧故里”，有“舜尚见帝”碑。十里，界牌，题“临汾南界襄陵北界”。夹道多植榆。五里，有坊，当即灵伯铺，有积水方池。过辛建村，有塔。十里，张林铺，有坊。其东一村亦有塔铺，上写“张槐村”。五里，赵曲镇。过镇，有镇阳桥。五里，村外行，河复在近处，渐登山麓，《度陇》谓箕山也。回望对岸，平莎似茵，远树如荠。八里，襄陵界牌。行不远，太平界牌。是日下午颇热，幸微阴，至此小雨。二里，史村驿宿，太平县令朱光绶[⑤]。亥初雨未止。

平阳尖 六十里 史村宿 百廿里

初三日(8月12日) 阴。卯正行，出南关即入山峡中。十里，阎店镇。五里，有“虞名臣伯益故里”碑。五里，石桥，坊曰“古义士桥”，碑曰“豫让桥”。过桥即太平南界牌，不远即曲沃北界牌。过此即蒙城驿。微雨。十里，北辛店，将至北辛，登高原东南一望，烟村雾树，溟蒙莫辨，少顷雨遂渐大[⑥]，下坡处颇难行。廿[⑦]里，高显镇，

---

① “洪洞备有”四字括去。

② “知府”至“关迎”括去。

③ “复来”至“陇谓”括去。

④ “信然”至“候送”括去。

⑤ “太平县令朱光绶”七字括去。

⑥ 自“十里”至“渐大”，本在“无应差者”下，因稿本“十里”上有一小圈，至“渐大”二字下有双行注曰“此行在下坡前”，又有一圈，故将此行移至“下坡”上。

⑦ “廿”圈改作“十”。

镇门题“高县镇”,旅店自[①]尖,无应差者[②]。尖毕,南行廿余里,雨又从遥[③]山上来,舆夫相戒速行。卅里,侯马驿宿,有坊。曲沃县令卢寿昌[④]。

行行峡里路纡盘,偶上高原得纵观。烟树云山都不辨,故园东望路漫漫。

《箕山道中遇雨口占》:雨从箕山来,人自箕山去。脚底是箕山,箕山无觅处。雨收平野润禾苗,几阵清风暑气销。才过箕山山下路,湿云开处见中条。离离枣实道旁斜,繁衍由来曲沃夸。一色绿云三十里,村田处处种胡麻。

《度陇记》云“尖前四十里皆行土峡”“尖后三十里皆行平田”,此前二首尖前作。尖后雨止,颇有凉风,中条迎睟高耸。少顷,雨复作,云气遮山[⑤]。

已过平阳去,追思独惘然。川原迷故国,驿路入新田。旅况情何限,离怀夜未眠。相思人不见[⑥],知是在何边[⑦]。昨宿史村,过[⑧]平阳,有感于怀,夜不能寐,今所宿[⑨]侯马驿,据《度陇》,即古之新田也。[⑩]

杨叶绿萧萧,征舆度小桥。云容垂曲沃,雨势过中条。旅况惭幽独,愁人但寂寥。皋兰知远近,犹自路迢迢。路旁杨树淅沥,如雨[⑪]忽至。

---

① “自”字圈去。
② “无应差者”四字括去。
③ “从遥”圈改作“自东南”。
④ “曲沃”至“寿昌”括去。
⑤ 乙为“云气遮山,雨复作”。
⑥ “人不见”改作“不相见”。
⑦ “知是在何边”改作“云树在天边”。
⑧ “过”上增“忆”字。
⑨ “昨宿”至“所宿”括去。
⑩ “即古之新田也”改作“即古新田”。
⑪ “雨”上增“急”字。

长途跋涉损心灵，每见荷花眼独青。万柄绿云清晓气，数茎红艳斗娉婷。昨于洪洞城外见荷花，一律未成，补记于此。

高显镇尖曲沃 四十里 侯马驿宿曲沃 共七十里

初四日(8月13日) 阴。卯正南行，过浍水桥。廿里，有铁闸关，想即隘口镇。有古招仙洞，有碣，未得细看。峡路东南行十五里，裴柏村。五里，问店，旅店自①尖。十里，东镇。十里，冯家庄。渐有细流，一②池莲叶，数亩蒹葭者见③之。廿里，闻喜县。未至县不远，始见涑水。先见"晋郭璞读书处"碑，盖与《度陇》不同道矣。宿东关。

稷神山左驿涂平，烈日当空午正晴。赖有熏风能解愠，卷帘犹得看山行。

知县张贻琯字瑶卿，山东人④。

问店尖闻喜四十里 闻喜宿共八十里

初五日(8月14日) 晴热。卯正发闻喜，穿城过，繁盛似胜于平阳。见"裴赵祠"坊，有裴晋公、赵丰公故里二碑并峙⑤。十里，宋店镇，有新立义学。十里，郭店镇。廿里，水头尖⑥，即涑水镇也。尖毕，过石桥，见"宋太师司马温公故里"碑。廿里，见"汉龙亭侯"碑。十里，将军庙。廿里，北相驿宿。县令祝汝霖号琴生，钱塘人⑦。

涑水镇尖夏县 四十里 北相镇宿安邑 共行九十里

初六日(8月15日) 晴，甚热。卯刻行，西⑧不数里，见田中皆

---

① "自"字圈去。

② "一"上增"度陇所云"。

③ "见"上增"于此"。

④ "知县"至"东人"括去。

⑤ "并峙"后增"城外有香山书院"。

⑥ "尖"上增"自"字。

⑦ "县"上增"安邑"二字，又将自"安邑"至"塘人"括去。

⑧ "行西"乙作"西行"。

栽枣树,而[①]夹道两傍至十余里不绝,盖安邑枣称佳品,想又易生也。道傍有石坊,上题"鸣条"二字,横题"有虞帝舜陵"。十里,乔阳汛。廿里,牛杜镇自[②]尖,无差[③]。五里,香落镇,有门,题"香落古镇"字。西有阎二支祠。卅五里,樊桥驿宿。临晋县令艾绍濂字镜漪,山东人[④]。牛杜镇有坊,题曰"郇城古镇",属猗氏,古郇国也。

炎天畏日路何长,旅馆尘劳意暂忘。夕照空庭人寂寞,绿槐阴下晚风凉。行馆有小亭,东有槐。

牛杜尖猗氏　三十里　樊桥宿临晋　共七十里

初七日(8月16日)　平明行[⑤]数里,有风。

西风扑面起黄埃,南望中条眼不开。恐是山灵憎俗客,送教云气蔽空来。

廿里,七级镇。十里,古东信昌,据镇门题。十五里,古东维那。廿里,吕芝。此镇稍大,是日市集,人颇多,时未及午。知永济属蒲州府首县县贾成霖号少鲁,山东人,在此备[⑥]尖,尖[⑦]毕,十五里,坡底镇宿。蒲州府魏元瑞号晋蕃,蔚州人[⑧]。自七级镇来,渐多枣柿。坡底山上有庙,塔十三级。自闻喜以来,水甚不佳,而三四日来甚热,赖西瓜以解渴[⑨]。至此水清可食。过临晋后,中条甚高。是日风颇劲,天柱王官之盛[⑩],未能远望。

---

① "而"字圈去。

② "自"字圈去。

③ "无差"二字圈去。

④ "临晋"至"东人"括去。

⑤ "行"上增"西"字。

⑥ "在"字上增"差人",又将"知永"至"此备"括去。

⑦ "尖"字圈去。

⑧ "蒲州"至"州人"括去。

⑨ "而三"至"解渴"括去。

⑩ "盛"圈改作"胜"。

向晚暑风清，斜阳叠嶂明。平远看鸟过，高树听蝉鸣。岩际村童路，窗中旅客情。青葱墙外圃，犹自桔槔声。

旅馆后院，左望层峰，右临平畦，其屋前山上，古寺塔尖，夕阳明灭，惜无暇吟写耳。

吕芝尖六十五里　坡底宿均永济　共八十里

初八日甲辰(8月17日)　晴热。丑刻起，寅初秉烛行，无所见，但左顾如黑云者，中条也。

旅客浑无寐，宵征趁早凉。莎蛩吟露气，村犬吠灯光。似见中条矗，微闻幽草香。柿林穿过未，晓色渐苍苍。

此地柿林极多，视安邑之枣有过之无不及也。又沿途多古槐垂柳。廿里，有镇，当即韩杨镇，买卖甚夥。店门初开，多挑棉花贸易者。镇南有祁氏祖阁，巨族也。五里，当即辛店，此[1]有店铺，此处禾稼青葱，林木丛茂，较闻喜以来似觉差胜。渐入山峡，即所云中条山麓者也。日光初上，绛云在霄。十五[2]里，匼河尖仍永济备[3]。十里，有庙，门题“行旅会馆”，当即北极宫，过此即近河岸。土峡中行五里，风陵渡，下坡甚陡。既登船，许久始达对岸，其实黄河宽不过二三十丈，但流颇急，摇桨而过，每易随流而下。登岸，已去潼关数里，为河南界。备[4]茶尖，少坐，西行。五里，上坡，关门上题“第一关”。入关下坡，曲折而下[5]，甚陡而狭，仅容一车，如是者二三里，可称天险矣[6]。再上，始为潼关。潼商道文光号镜堂，己未同年；潼关厅同知杨翰霄号春田，湖南，均遣人来迎。协镇皂成遣兵弁来接[7]。

---

① “此”圈改作“亦”。

② “十五”圈改作“卅”。

③ “仍永济备”四字圈去。

④ “备”字圈去。

⑤ “而下”圈去。

⑥ “矣”字圈去。

⑦ “潼商”至“来接”括去。

入[①]关,街市整齐,人烟稠密,大有京中风景。自出京后仅见此闹热,直隶、山西俱无有也[②]。行馆尖毕,出西关,又行西[③],有石坊西面,题"华阴古道",此处即见渭河。又西行十里,见山泉。此后均西行,大抵[④]此日未渡河多南行,既渡皆西行。赤日当头,红尘扑面,行廿余日未有此日之苦。所云杨震祠、墓碑皆未暇见。虽山泉沿路,村人引以灌田,荷花稻畦,稼穑茂美,不足[⑤]娱神悦目。又廿五里,太华镇,华岳庙行馆宿,到已昏[⑥]。入寺中匆匆一看,问寺僧商柏抱周槐,已被火无有矣。万寿阁亦不克登。匆匆复回,饭后,子初未睡书此。华阴令伦肇纪,庚辰进士,号子修[⑦]。

入陕境由潼关至窑店计程七百二十里

匼河尖永济　五十五里　潼关尖廿里　太华镇宿华阴　三十五里　共乙百十里　渡河

初九日(8月18日)　晴热。秉烛行,五里,至华阴县城,穿城而西,天始明。南望华山,三峰并峙,群岩插天,如善为文者不肯使一直笔,其稍下群峰,蔚然深秀,苍翠如滴。华(陀)[佗]墓、王猛墓俱未能[⑧]见。卅里,敷水铺,柳阴稻田,渐入佳境。过石桥二,敷水自桥下北行。门题"华邑重镇",镇中贸易亦繁。

耸峭群峰翠黛横,我来敷水羡芳名。美人遗迹今何在,泉水千秋特地清。

---

① "入"下增"东"字。
② "自出"至"有也"括去。
③ "行西"乙作"西行"。
④ "此后"至"大抵"括去。
⑤ "足"下增"以"字。
⑥ "昏"上增"黄"字。
⑦ "华阴"至"子修"括去。
⑧ "能"字圈去。

镇西复有石桥，过此而西[①]，南望山麓，林木丛深，兼一路柿林尤多，大抵自入陕境以来，田皆可灌，皆华山泉也，而[②]至此尤清。十里，台头里。五里，界石，华阴、华州分界。南则山林深邃，北望渭水，天边远树，平远无际，时有白鹭翔起。《度陇》云："古谓关中陆海，沃野千里；又云渭川千亩竹，皆言渭浦之盛。"然此地不见有竹，但过此北望多苇耳。十里，莲花寺。路旁多石[③]，盖山势一支下趋[④]不甚高。五里，罗纹桥，桥东有"唐汾阳王故里"碑，半在土中。此地气象尤雄厚，兼有稻田，田皆可灌。华州知州余麟书号树珊，丙子进士，遣人来迎[⑤]。过此亦有小市镇。又十里，至华州尖，未[⑥]午正。尖毕，换夫马[⑦]。东关外见汾[⑧]王祠，有坊六。见陈希夷坠驴桥。又有少华祠[⑨]庙。出西关，见"宋寇莱公故里"碑。郑桓公祠未见。十里，西溪堂墩，上有题字。十里，白泉铺。十里，赤水镇，华州、渭南分属。渭南知县胡瀛涛号海客，丙子进士，遣人在此备茶尖，盖昨晚已遣人到华镇相迎矣[⑩]。门有"渭邑重镇"字。镇颇长，有桥皆同，但[⑪]未见周处故里。十里，西阳桥，亦同《度陇》[⑫]。大率田皆腴润，而此地稻颇多。十里，渭南县。沿渭水行数里，侧经偏坡，舆夫惯技，而沿河田尤肥

① "过此而西"圈去。
② "而"字圈去。
③ "石"上增"巨"字。
④ "趋"下增"但"字。
⑤ "华州"至"来迎"括去。
⑥ "未"下增"及"字。又将"未及午正"四字圈去。
⑦ "尖毕换夫马"五字移至下文"少华祠庙"后。
⑧ "汾"下增"阳"字。
⑨ "祠"字圈去。
⑩ "渭南"至"迎矣"括去。
⑪ "皆同但"三字圈去。
⑫ "亦同度陇"四字圈去。

美，多种柿极盛。宿城内行馆，临潼县令林之焜号望溪，遣人来迎。华州知州余君又遣人送[①]。到时黄昏，与昨日同。此两日路太多，宜分三日为佳。

华州尖七十五里　赤水茶尖渭南　卅里　渭南县宿廿里　共百廿五里

初十日(8月19日)　卯正西行，出西关，有万里桥，贸易甚繁，市商云集。四十里，零口镇尖，临潼县属，令即林公，守[②]备驻此，来拜，未求见[③]。镇东有桥，桥东有界石，过桥即行馆。此四十里似不足，尖后即行。

纷纭尘土满征袍，酷暑长途下复高。西望皋兰且不见，更知何日息尘劳。

行十余里，地渐高，盖过渭南后，华山渐渐迤逦平低，至此山尾渐北，故驿路从山尾上过耳[④]。其[⑤]后南山特起，即骊山也。又[⑥]自潼关以来，皆沿渭水[⑦]南岸行，故[⑧]北望弥漫[⑨]无际。

烟水云山数十重，凭高一望有无中。二千五百西南路，两地离怀想像同。

廿里，新丰镇。

凭高西望见新丰，佳气葱茏碧树中。至孝莫如天下养，果然亭长是英雄。

---

① “临潼”至“人来”括去。
② “守”上增“有”字。
③ “令即”至“求见”括去。
④ “盖过”至“过耳”括去。
⑤ “其”改作“远望山”。
⑥ “又”字圈去。
⑦ “水”字圈去。
⑧ “故”改作“每至高处”。
⑨ “弥漫”改作“远天苍茫”。

廿里，临潼县，入北门，出南门。宿骊山下行馆，馆为旧[1]，令沈家桢号筠庭重[2]修，有碑，碑言馆毁于同治壬戌兵燹，重修于光绪己卯。温泉数处，其大池二在南，北[3]室中一处[4]，东为别院，题以“环园”。复有泉二，一香汤，一盘汤。有莲池，亭楼馆宇，参差高下，亦[5]颇费措置。闻此令后竟以是为民所诉褫职，甚矣骊山之误人也。《度陇》所记华清故地、复道飞梁，及所云温泉各名目皆不可考，惟张燕公《温泉铭》尚镌壁上。其泉但以左右言之[6]，故不可辨。以[7]形势考之，今[8]东院二泉：一盘汤在北，为重修时新得者；少南，题“贵妃泉”者，土人即云[9]香汤，长一丈，广三之二，深三尺余，与《度陇》合。西之南二汤：一在院，甚大，有洞亭，似所谓古温泉，张公箴亦在壁下[10]；其西在室中者，当即御泉。二汤少北复有小圆池，可以浣衣。此二池，人人得以浴之。北室中一泉，有石池，为跟役人等浴所，似即所云太子泉。东院二汤则非诸人所得浴。按此等办法颇有不安处[11]。

旧迹华清已不存，山泉终古自长温。凝脂久已随流水，粉土何人问故原。复道飞梁空想像，夕阳芳草易销魂。罗敷未去芳香甚，独拟[12]深探清洁源。

---

① “旧”下增“沈”字。

② “沈家桢号筠庭重”改作“新”。

③ “北”上增“又一在”。

④ “一处”改作“稍小”。

⑤ “亦”字圈去。

⑥ “之”字圈去。

⑦ “以”上增“今”字。

⑧ “今”字圈去。

⑨ “即云”乙作“云即”。

⑩ “下”圈改作“上”。

⑪ “按此”至“安处”括去。

⑫ “独”字圈去，“拟”下增“欲”字。

首府李楹,长安县徐一鹤,咸宁县安守和均遣人来迎[①]。晚浴于香汤,浴罢山风清冷,仰看山尖微月,俯听石嘴流泉,夜景殊佳,但征人劳倦,无暇吟赏耳。次日[②]与晖庭登临一看乃行[③]。

零口尖四十里　骊山宿俱临潼　共八十里

十一日(8月20日)　辰初行。入南门,出西门,涉数水,《度陇》已详[④]。有"潼谷梁桥"碑。卅里,灞桥尖,平桥石柱长一里,余坊已不存。行馆亦重修者,旧联不复存[⑤]矣。咸宁县丞在此分治,持帖来[⑥]。尖毕西行,两行绿柳,兼有水田,古送别处也。十里,浐桥,坊曰"长乐要津",桥之长半于灞,而水甚清。过此一带土壁,壁下皆土洞人家。既升坡,地益高,一片旷块,绝无村舍林木,西安省城远远可见。十里,西安府,陕西省城,颇为繁盛,自出京后惟潼关为盛,然不及此也[⑦]。入东关,大风扬沙,不可[⑧]辨物。又入红尘十丈中矣。将军、巡抚以下俱持柬来另有单,以柬答拜[⑨]。又行[⑩]五里始至馆,此廿余里,旷野天炎[⑪]红尘烈日,热甚。到时申刻[⑫],写家信,交晖庭托藩司叶[⑬]寄京[⑭]。

---

① "首府"至"来迎"圈去。

② "日"改作"早"。

③ "次日"至"乃行"括去。

④ "度陇已详"括去。

⑤ "存"圈改作"见"。

⑥ "咸宁"至"帖来"括去。

⑦ "自出"至"此也"括去。

⑧ "可"字圈去。

⑨ "将军"至"答拜"括去。

⑩ "行"字圈去。

⑪ "天炎"乙作"炎天"。

⑫ "到时申刻"改作"申刻到"。

⑬ 藩司叶,即叶伯英(1825—1888),字孟侯,号冠卿,安徽怀宁人。时任陕西布政使。

⑭ "写家"至"寄京"括去。

前半日十余里后有谭公清水桥，地势渐行渐高，西北一望，山林葱蒨，佳气郁然，古帝王都也。骊山当临潼，崛然特起，西行以次低平，然十余里不绝，接渎渐高[①]，未知又何山也。自初五以来，始有行旅之苦，热甚[②]。

灞桥尖咸宁 卅里 陕西省城宿共五十里

十二日(8月21日) 辰刻行。廿里，三桥镇尖。十里，有咸阳东界木牌嵌于土壁。道旁有水，村树田园，稍成景象，不似去城廿里无人烟也。十里，过丰桥坊，系去年新修者[③]。五里，渡渭河，咸阳备[④]船。五里，咸阳城内宿。县令严书麟号大云，历城人[⑤]。是日有西风，暑不至酷，但有尘土耳，晚微雨。

三桥尖长安 廿里 咸阳宿共五十里

十三日(8月22日) 卯初行，出咸阳北门，多古冢。西北行，远望一带平冈，既升后复有平冈。廿五里，双照铺汛。十里，入兴平界。五里，店张驿尖。卅里，醴泉县。是日微阴，本欲宿乾州，未正至醴泉，大雨，遂宿。兴平令傅锡号心田，醴泉令熊含章号芷珍[⑥]。大抵地势愈行愈高，土厚水深，自少风景。邠州直隶州周曜东差人来迎[⑦]。行馆堂额曰“九峻秀萃”。

店张尖兴平 四十里 醴泉宿共七十里

十四日庚戌[⑧](8月23日) 处暑。卯初行。四十里至乾州，直隶州牧徐敦瀚号芷生，遣人来迎。统带仁胜五旗总兵借补延榆绥游

---

① “接渎”圈去，“渐”下增“渐复”。

② “未知”至“热甚”括去。

③ “系去年新修者”括去。

④ “咸阳备”改作“有”。

⑤ “县令”至“城人”括去。

⑥ “兴平”至“芷珍”括去。

⑦ “邠州”至“来迎”括去。

⑧ 此行天头注“处暑”。

击任正时，遣都司张开玉、任正全、张有志、朱世明、王全德等五人以兵来迎，去时复送，均以柬答之[①]。尖毕，出北门，北门在山足，不数武即入土峡，至高处稍平旷，则已在山上矣。十八里铺回望高峰，则方过之梁山也，东望九嵕犹可见。然此处四面皆山，或远或近，迤逦不绝，驿路西北向，愈行愈高。

驿路乾州北，征尘扑面红。四围山色里，一路柳阴中。疑是天边路，居然上古风。故乡渺无际，已在万山东。

自醴泉至监军镇已九十里，皆栽新柳。过十八里铺无多房舍，而人家皆在土壁中，真陶复陶穴，太古遗风也。卅二里，监军镇宿。永寿县令陈丹书号子铭，江西人，甲子同年，遣人来迎于路。仁胜左哨游击梁仁和以队迎[②]。宿于旅店，此本尖站，无行馆。大抵渡渭过咸阳后，西北山势多平而甚长。

乾州尖四十里　监军镇宿永寿　共九十里

十五日(8月24日)　寅正二刻行，路多北少西，多行山峡。四十里，永寿县，重岩叠嶂，苍翠欲流，冈阜漫衍，愈上愈高。隘口中间，县当其缺，陉上有塔[③]。陈令来迎，仁胜守备刘善云以兵迎，既俱来馆中相见[④]。尖毕，入南门，出北门，俱来送[⑤]。将至[⑥]永寿，口占一律[⑦]:万壑郁苍然，西来欲到天。此间平坦路，应踞太行巅。列嶂青如画，层峦翠泼烟。可怜今夜月，已见两回圆。永寿尖毕，舆夫大肆

---

① “直隶”至“答之”括去。

② “永寿”至“队迎”括去。

③ “冈阜漫衍，愈上愈高。隘口中间，县当其缺，陉上有塔”，此句上增“度陇云”三字，而此处实引祁韵士《万里行程记》，祁氏于嘉庆十年(1805)贬谪伊犁，途中见闻录成此书。

④ “陈令”至“相见”括去。

⑤ “俱来送”改作“即入山”。

⑥ “将至”圈去。

⑦ “一律”圈去。

勒索，此事诚亦疏忽[①]。

出北门即入山[②]，五里，分水岭。廿五里，底窖沟。曲折而下，每曲以半里计之，至十余曲始至涧底。渡河，当是太峪河。行涧中，水不甚大，而急流有声，盖势趋下，又涧底多石也。五里，石坡坎，涉水二次，皆此河。五里，太峪镇，势稍高。仁胜守备惠绍南以兵迎，邠州备尖，州牧周曜东号煦生，湖北壬子举人。此处未吃饭，少坐即行，仍有兵送[③]。复升高[④]登高原。卅里，邠州。未至州，下坡甚陡，亦数里[⑤]，州牧遣人迎，仁胜参将侯有明，游击龙庆、刘亮本、张广先、田有等列队迎，到馆，均以柬答之。侯复来拜，晖庭不欲见，词之[⑥]。

登分水岭时，地已甚高，然西北遥望天际，如一带[⑦]抹浓云者，又平冈一带也。大抵自过浐以来，一重高一重。将至永寿，千峰万壑，景色殊佳。土壁人家有如桥洞。

永寿尖四十里　太峪镇茶尖邠州　四十里　邠州住共一百十里

十六日壬子(8月25日)　卯刻行。城之[⑧]南面在山上，有塔。出西门，复列队送[⑨]。有“范文正公故■”碑，下一字磨灭不可识。南山在侧，北有河，即泾水，河外[⑩]北山亦不过二三里。十里，渡水，水东明岨山，山下有水帘洞，山上石洞甚多，洞中皆有佛像。水西复有

---

① “永寿”至“疏忽”括去。

② “出北门即入山”括去。

③ “仁胜守备惠绍南”至“兵送”括去。

④ “升高”二字圈去。

⑤ “邠州未至州下坡甚陡亦数里”改作“下坡甚陡长亦数里至邠州住”。

⑥ “州牧”至“词之”括去。

⑦ “带”字圈去。

⑧ “之”字圈去。

⑨ “复列队送”括去。

⑩ “河外”圈去。

一山,(徐)[林]文忠[①]所称圆如覆盂者[②]。二山东西对峙,形皆圆而高,可称奇古。自此皆沿泾西行,泾水自平凉来,诸水汇之,此日所经山泉下注已有数处。自出邠州,枣柿成行,兼多梨栗,又多种麻者,但桑树殊不多见耳。十里,大佛寺,就山为石台,上有楼数重,山石亦多石洞,未能登眺,大佛未见。其西数武亦有大佛,舆中望见之。此处山水颇似山西七十二渡及汾河等处。峡中巨石往往数十百丈只是一片,盖惟深山乃能有此。《度陇》所称凿山通道处,今斧凿痕犹可见也,山石奇异可爱。十五里,安化塘,又涉水。五里,停口镇渡河,有小舟,黑水所汇之处,过河即镇。常武县在此有[③]茶尖,自备饭[④]尖,尖[⑤]后登坡,既上,所谓泾原也,平旷无际[⑥],即此[⑦]与昨日数十里外远望天际横云者,今则已过其巅矣。回望则在[⑧]东南一带,平远[⑨]无首尾[⑩]高下。又过安化塘水后,山石亦奇,皆沙石凝结而成,亦多嵌洞。又此不数里,均有村落,并无室宇,人家皆在土洞。又过泾水后,此处有千总迎接[⑪]。廿五里,冉店塘,土桥数丈。十五里,长武县,县令张国本号立庵、训导史采风号雅先来迎,仁胜守备李联[⑫]升、固原提属

---

① 按"圆如覆盂"语出林则徐《荷戈纪程》,林则徐,谥文忠,故"徐"当是"林"之误。《荷戈纪程》乃林则徐遣戍伊犁所记途中见闻。

② "者"下增"也"字。

③ "有"圈改作"备"。

④ "常武"至"备饭"括去。

⑤ "尖"字圈去。

⑥ "所谓泾原也平旷无际"改作"平旷无际谓泾原者"。

⑦ "即此"圈去。

⑧ "则在"圈去。

⑨ "平远"上增"连山"。

⑩ "尾"下增"无"。

⑪ "又过"至"迎接"括去。

⑫ "联"圈改作"连"。

长武营守备程得金以把总谭裕隆以兵迎，又皆未见[①]。入南门，方演剧，观者如堵[②]。过冉店后，益进益高。盖[③]此四十里皆上坡，有陟无降。将近县，回望一抹如云者，又早与之齐矣。县东有"隋牛弘故里"碑。又另一行未得看[④]。自山西至此，俱云多雨，此两日月色甚佳，劳人草草，无甚情怀耳。行馆壁上有关中八景图，曰华岳仙掌、骊山晚照、灞桥风雪、曲江流饮、雁塔晨钟、咸阳古渡、草堂烟雾、太白积雪。

停口尖长武　四十里　长武宿共八十里

十七日癸丑(8月26日)　出西门，列队送[⑤]。大雾，数步外即不可见。行数里，晴。十五里，洪家铺，有汛。又十五里，窑店镇，入甘肃泾州界。此市集稍大。州牧来迎以后有巡捕相随，凡迎送俱有簿[⑥]。又十五里，瓦云驿尖。不赘记[⑦]。又五十五里，泾州宿。行馆在东[⑧]门外，前后皆山也[⑨]。《度陇》云"自亭口镇猱升，至太平关去泾州十里鹘落"，又云"长武县治最高，而泾州在原之足，极凹凸之奇"等语皆佳[⑩]。是日不甚热。自此有戈什哈[⑪]相随[⑫]。

入甘肃境由窑店至甘省计九百七十里。

瓦云尖泾州　四十五里　泾州宿共乙百里。

---

① "县令"至"未见"括去。

② "方演"至"如堵"改作"住"。

③ "盖"字圈去。

④ "看"圈改作"见"。

⑤ "列队送"括去。

⑥ "州牧"至"有簿"括去。

⑦ "又十"至"赘记"括去。

⑧ "东"下增"南"字。

⑨ "也"字圈去。

⑩ "等语皆佳"圈去。

⑪ 戈什哈，即侍从武弁。

⑫ 此句先增作"自此总制遣戈什哈二名相随"，后圈去。

十八日甲寅(8月27日)　卯刻入南门，出北门。稍西，渡汭水，扶舆而过，经王母宫，未能登视。遂沿山麓行，其右则为泾水。卅里，王村尖，自此[1]两行杨柳色，已自萧萧有秋气。廿里，花家庄。此处树木丛茂，枣果颇繁，沿途山泉甚多，皆入泾水。廿里，白水驿宿。泾州牧胡韵兰号香谷，己未同年，迎送凡三见。据云官道乃是一川，人家多在原上[2]。此日七十里，甚[3]长，及八十里[4]。尖前道右有"明礼部尚书阎公■■"碑，下二字不及见[5]。

王村尖泾州　卅里　白水宿平凉　共七十里

十九日乙卯(8月28日)　阴，颇凉。卯刻行。卅里，四十里铺尖，题曰"鹿门"。卅里，过桥，桥脚砌石而架以横木，下[6]即泾水。十里，平凉府，并无土峡。入东关，道府来迎[7]。又有关二重，过桥，桥甚高，上题"清平桥"，光绪元年建，魏光焘题[8]。过桥入城门，门又甚高，街路亦以渐而上。宿于贡院。此日所行多过山泉，往往或涉水，或有草桥，皆自左山而下者也。沿路杨柳愈密。

四十里铺尖平凉　卅里　平凉府宿共七十里

二十日丙辰(8月29日)　早晴，出西门，复阴。不远即渡泾水数次，盖泾流平地，分为数支，其深处没膝而流甚急。既过即登坡，沿右山麓行，而河在驿路左矣。廿五里，页河子，过河有汛。有千总带兵迎[9]。十五里，安国镇尖。

---

① "自此"圈改作"沿路"。

② "泾州"至"原上"括去。

③ "甚"圈改作"颇"。

④ "及八十里"括去。

⑤ "尖前"至"及见"括去。

⑥ "下"上增"度陇云"。

⑦ "道府来迎"四字括去。

⑧ "魏光焘题"四字括去。

⑨ "有千总带兵迎"括去。

驿路萧森树两行，早秋边地十分凉。人家农事忙如许，荞麦花红燕麦黄。

尖后西行，两山逼近，右山石色浅蓝，左山柯条蒙密。处处山泉，或大或小，有清有浊，忽急流若沸，其深过膝。此水浊急，不知何名。自两山下行①，直至今日②所宿之瓦亭镇，未竟其源。官道沿此河而行③。大抵④此日涉水不计其数，或清或浊，或支或干，涉水必自流急处，盖急处较浅也。廿五里，蒿店。固原州备茶尖，少坐即行⑤。又上坡入石峡，盖瓦亭峡口，即古弹筝峡也。遥望碧山四合，无路可通。既曲折入峡，右俯巨浪，左沿山修道⑥，宽约⑦丈许，而河流亦仅丈许。石上镌赤字曰“峭壁奔流”，曰“山水清音”，崖上嵌小庙。此间巨石槎枒，或叠石霞皴，或峭壁苍颜，急流奔突其中，凭高而下，奔腾若雷。过峡一望，四面皆山，《度陇》云：“群峦对峙，此突彼让，互为凹凸牝牡相衔，中留一径，《行程记》所谓嵯峨万仞，叠起云间，循涧而前如坐井观天者也。”可谓极意形容。大抵此峡妙处在极其曲折，而又狭窄。怪石啮水，峻岭插天。真山水奇绝处，画所不能肖也。凡十余曲折，未见宽平，但《度陇》所称备诸艰险，今则无是，其⑧升降则有之。其诸泉各各异趣，清洁可爱。或于平路石罅，涓涓细流；或从山顶建瓴而下，足⑨令人怡神悦目。

曲折苍岩赭壁，弯环巨浪清泉。不食人间烟火，此中做个神仙。

---

① “行”下增“溯流而上”。

② “今日”圈去。

③ “官道沿此河而行”括去。

④ “大抵”圈去。

⑤ “固原”至“即行”括去。

⑥ “修道”圈改作“脚”。

⑦ “约”圈去。

⑧ “其”圈作“惟”。

⑨ “足”字圈去。

十五里，上清水沟门，此泉清而急。既涉，州牧在此接[①]。十里，瓦亭驿，有小城。入城，西南隅行馆宿。去州治九十里，牧在此候见[②]。大抵此日所行益进益高，此水自两山凭高而下，虽不甚大，而山泉汇入甚多而力劲[③]，又[④]多乱石，故声急势猛，如疾风骤雨，如汤沸雷鸣，鞫鞫鞺鞳，接续不绝于耳。午后晴，早宜棉，既晴，单袷可也。人家多刈燕麦，色甚黄，荞麦花则颇红。昨四十里铺左右麦多在场，亦间有簸之扬之者。两日来山泉愈行愈多，较[⑤]七十二道之水实为过之，且清泠悦目，漱漱有声。昨从泾水以来，泉皆入泾。此日皆入[⑥]尖后所见黄流，泉[⑦]亦皆入此水[⑧]，或谓此即泾河，吾不甚信。

安国镇尖平凉　四十里　蒿店茶尖廿五　瓦亭驿宿共九十里　均固原

廿一日丁巳(8月30日)　晴。卯刻行，出南门，复涉水而行[⑨]，西沿山坡行，亦有流泉，然似非昨日之河矣。出门所涉之水，乃[⑩]从右边来者，昨[⑪]见之黄流也。五里铺，此处道多泥泞。十里，和尚坡。从此登山，乃六盘山也，曲折盘回，清泉盈路，一泉方过，一泉又响，如风入长杨，如空中急雨，不绝于耳。路渐高，泉渐少，纡回而上不数

① “既涉”至“此接”括去。
② “牧在此候见”括去。
③ “而力劲”改作“力又甚劲”。
④ “又”圈改作“且”。
⑤ “较”下增“山西”。
⑥ “皆入”圈去。
⑦ “泉”上增“山”字。
⑧ “此水”圈改作“焉”。
⑨ “行”字圈去。
⑩ “乃”字圈去。
⑪ “昨”上增“乃”字。

步，路转回视[①]，已相[②]高下数丈矣。五里，庙儿坪，有茶尖，在庙中左厢，少坐复行。五里，六盘山顶，有兵房数椽，过此下坡，有凉风迎面来。坡路陡较上处为甚，不远即见山泉随山而下[③]，亦潄潄有声。十里，杨家店，渐平旷，西南行。十五里，隆德县。入东门，城内宿，到时午正。此地山左右极凉，大抵风雨阴寒，势须棉衣，今晴，和单衣少加棉可也。道旁有短碑，字不可见。自过咸阳以来，大抵皆山，少见平野，近两三日只在山中。登六盘绝顶，回望平地无所见，但一道清流北去，两旁田陇而已。对面则亦高山也。地气早寒，稼不甚多[④]，惟荞麦、燕麦，间有罂粟，然路旁杨柳却茂密。

征衫日日扑尘埃，水复山重几日回。已隔家园数千里，教人青眼向谁开。

庙儿坪茶尖固原　廿里　《度陇》作廿五里　隆德县宿共五十里

廿二日(8月31日)　微阴，卯刻行。出隆德西门。《度陇》云"隆德为陇西第一冲要地，城垣空阔，居人鲜少"，(徐)[林]文忠云"城颇大而荒凉特甚"，其情亦可想见矣。城外亦觉荒陋，两山对峙，中宽约二三里。密柳两行，道路平坦，稍向南，既乃[⑤]西行。四十五里，神林铺尖(徐)[林]云"名四十五里，实是四十里"，是也。尖后十五里，乱柴铺。

对峙连峰一水斜，乱山深处少人家。漫云村野秋容淡，荞麦红于桃杏花。

两山相掩，一水中通。登右山麓，极弯环曲折之致。俯视涧中，巨石嶙峋，长流萦带，约二三里始出。经二十里铺、平家河。卅里，至

---

① "不数步路转回视"改作"回视后人不数步"。

② "相"下增"去"字。

③ "随山而下"改作"相随而下"。

④ "稼不甚多"改作"禾稼不多"。

⑤ "乃"下增"正"字。

静宁州，此处有引水灌田者，兼有水磨，村落田园，稍成景象。城内亦较繁盛，《度陇》云："陇水发源六盘之阴，过神林堡，出上峡口，经静宁城南，六盘为陇山尾，故水为陇水。"(徐)[林]记云："此日九十里路，平而近。自泾州之隆德，日寒一日，非裘不可抵，静宁则又变暖。"是日轻阴不凉，到时不过申初。又六盘以东皆溯流而上，过六盘则沿流而下矣。

神林铺尖隆德　四十五里　静宁州宿共九十里

廿三日己未(9月1日)[①]　卯刻行，静宁城内贸易颇繁。此处有营曰静宁营，又有勇营驻此。出西门不远即涉水，过水即登山，曲折升降，不出山内。晓气清寒，沿途有柳[②]。廿五里，至高家堡。此本尖站，应于青家驿住，以到省恐[③]早，分此站作两日行，遂宿于此。到时未[④]午刻，此日路偏西北，所过之山亦将陟其巅而后降，惟高下俱可耕种，较隆德山差胜。

高家堡宿四十五里　静宁

廿四日庚申(9月2日)　连日晴明，早行微凉，卯刻行。十里，界石铺[⑤]。过桥，桥下有细流，此水由青家驿来，行两山中。此日所行[⑥]皆溯此流而西，两山稍开，即为平坦大路，山合处，即须曲折登坡。十五里，磪子堡。十里，清水河，细流，亦有[⑦]桥。大抵军务平定，而[⑧]后各处俱驻勇分防，凡夫[⑨]修路造桥、列树表道，皆勇之为也。

---

① 此日天头注"忌"。
② "柳"下增"二十里官道岔"。
③ "恐"下增"太"字。
④ "未"后增"及"字。
⑤ "铺"下增"入会宁界"。
⑥ "所行"圈改作"驿路"。
⑦ "有"下增"土"字。
⑧ "定而"二字圈去。
⑨ "夫"字圈去。

是以昔日险路，今皆易行。然如界石铺，尚有三五十人家，若礶子堡、清水河均不过三五家。地瘠民贫，殊形匮乏，皆有驻勇，土田所出，不足养此遗黎，馈粮运饷，千里而遥，将何以为长久之计乎？十里，青家驿，有兵有勇，人家土室皆极卑陋，行馆室亦甚暗。此处水不可食，人家所用皆窖水，即《度陇》所称"天水"也。然自高家堡水性已是咸寒，令人腹中冷痛，即窖水亦恶。兼两三站土室土床，颇有阴寒之气，过此者自非壮健，未有不作腹泻者。仅恃砂仁等温散，犹恐不足当也。幸遇天晴，若遇连阴久雨，尤须谨摄温暖以避之。四十五里亦不足，到时不及午刻，《度陇》谓五十里者，恐昔日路险多纡回故然耳。

圣贤之学，吾不敢言矣[①]。惟持身待人，措事接物，亦自非常存此心不可。如行路然，闭目不视，何由知其曲折是非？罔然冥行，欲求利用，其[②]可得乎？

行台门内，立碑三，一南向，乃重[③]修利济、履顺二桥记，略云驿东七里为倒回沟，驿西三里为尚家湾，俱新修土桥，湘阴左相[④]之[⑤]笔也。按"倒回"见于(徐)[林]记，今山上亦有[⑥]碑，字[⑦]不可见。"履顺"当即《度陇》所云"通涉"也。又二碑北向，则修公馆之记，名曰"楚南会馆"，即今日所宿者也。余谓归途当备生姜，铜铛以煮之，姜饴以和之，重衾叠茵，御寒之具均不可少耳[⑧]。

青家驿宿会宁　四十五里

廿五日辛酉(9月3日)　晴。卯刻行。三里，见履顺桥，有碑，

---

① "不敢言矣"改作"无所得"。

② "其"字圈去。

③ "重"圈改作"建"。

④ "湘阴左相"，即左宗棠，湖南湘阴人。

⑤ "之"字圈去。

⑥ "有"下增"新"字。

⑦ "字"下增"远"字。

⑧ "耳"字圈去。

桥在涧中,已有圮处。七里,大山川。十里,太平店。十[①]里,马家铺。以上三上高山,人家稀少。自太平店后无复人家,马家铺仅见兵房,住勇二名。廿余里,南山[②]颇有田,无人耕种。十里,翟土读柴家所,始有耕山田者,有城居两山之中。尖[③]。自昨日山中行来,多见涧中陷为坑坎,或大或小,或长[④]或圆,陷深若井,或四围俱陷,中间数仞孤立,虽高坡亦往往有之。盖土性峭立,其纹甚直,其下当有水冲刷致然耳。自山西至此,土性皆同峭直[⑤],故可穴居耳[⑥]。尖后,复[⑦]过桥四,皆有碑,名曰“平政桥”。西行风暄日暖,十余里间[⑧],大抵路皆新修,不行涧底,沿右山麓铲高垫深。第三桥处有碑亭,土[⑨]人地名土地庙。昔日之李家岔口、王家川等名,想均在左近也。两三日来山路曲折,人共[⑩]峰回,途[⑪]随涧转,或前后行而左右觌面,或向背异而高下相形,舆马参差,迭为升降。行廿余里遂入涧底,始渡黄流,两壁陡立,其壁下数丈皆赤色,作横纹,杂以沙石,下[⑫]戴黄土,群峰峭立。盖此水行两山间[⑬],冲刷日久,往往直截坠下。此[⑭]顺流而

---

① “十”下增“五”字。
② “南山”增作“向南山上”。
③ “尖”字圈去。
④ “长”圈改作“方”。
⑤ “皆同峭直”乙作“峭直皆同”。
⑥ “耳”圈改作“云”,又圈去。
⑦ “复”圈改作“凡”。
⑧ “西行风暄日暖十余里间”移至“尖后”与“复过桥四”之间。
⑨ “土”上增“询”字。
⑩ “人共”圈改作“途并”。
⑪ “途”圈改作“人”。
⑫ “下”圈改作“上”。
⑬ “间”圈改作“根”。
⑭ “此”字圈去,去后则“下”当属上读。

西，左右频涉，即“七十二道脚不干”者也此处亦有是名，《度陇》及（徐）[林]记皆载之。（徐）[林]记谓“弯环流转”，《度陇》所云“萦回若线，乍东乍西，时时褰涉”。然彼自翟家所后即行涧底，今前廿余里，及后十里皆行山上，较彼所涉当减其半矣。

连绵不断陇西山，日日千峰万壑间。一路蟪蛄山中惟此最多声絮聒，两行杨柳影翩姗。忽看赭壁霞纹驳，屡渡黄流月样弯。最是山花皆异色，浅深苍翠益斓斑山花颜色各异不知其名。

涧中又行近十里，又[①]登右山坡，亦新修道路，皆避涧中水也。又有小桥数处，亦有一处有碑者，则去会宁县不远矣。城东碑颇多，有“明麒麟冢”一碑，余则皆神道也。入南关南门，（徐）[林]谓县城颇为完整，今数十年尚齐[②]坚固也。街市贸易颇繁，盖自平凉以来三四百里之间，惟静宁州差胜，隆德之荒陋固不足比，即平凉、静宁当[③]亦不是过也。至北门内，枝阳书院宿，始闻读书声。枝阳之名，据《度陇记》，汉武帝开边筑塞，置十三州，置枝阳县，属金城即今皋兰，即后魏始有会宁之名。今书院扁额略云：旧有枝阳书院，甚湫隘，嘉庆间那绎堂[④]总制始恢扩之，同治初[⑤]毁于兵，九年[⑥]又重修，今则左相重建修者[⑦]。左右廊下各有碑，院中花木葱蔚，有牡丹高数尺，据云皋兰多有之。余谓此地早寒，稼穑且不多，此花反如是之茂，不亦奇乎？此日午后颇暖，如京中八月中旬，可服夹衣。馆后紧靠城墙。

翟家所尖会宁　四十五里　会宁县宿共九十里

廿六日壬戌(9月4日)　早晴，既出门，风起微凉，遂轻阴。卯

---

① “又”圈改作“复”。

② “齐”圈改作“觉”。

③ “当”字圈去。

④ 那绎堂，即那彦成，章佳氏，满洲正白旗人，曾任陕甘总督。

⑤ “初”下增“回乱”。

⑥ “年”下增“李侯”。

⑦ “重建修者”改作“重修者也”。

刻行,出北门,下坡渡水三四。廿里,鸡儿嘴,屡有升降,过此为安定界。

尘埃滚滚集征袍,瑟瑟凉风山路高[①]。夹道绿杨添客恨,不[②]堪秋气更萧椮。四十里,西巩驿宿。

秋风驿路入边城,山谷高低日日程。旅馆暂时尘鞅息,隔墙风送读书声。邻有群儿读书,云是义学。

西巩驿宿安定　六十里

廿七日癸亥(9月5日)　早晴,俄而秋风起,白云飞,颇凉。卯刻行,入山。十里,宋家沟。行峡中涧底,有桥,碑曰"清[③]定桥",即王公桥也。自此复登山顶,过峰头数重。谷风甚急而劲。沿途所栽杨树已残叶飘零矣。又廿里,青岚山,亦作清凉山,稍有人家。此处备[④]有茶尖,少坐即行。十五里,贾河湾。过此数里,下坡路曲折,数里入涧底,复升,得平地,即去安定不远矣。十五里,安定城内宿。城东有水,上有土桥,曰"偕乐桥",狭而长。三四日间大抵山水俱恶,多饮窖水。此处据云去甜水廿里,可驼而来,然亦罕而见珍矣。天晴而颇凉。

青岚茶尖安定　卅里　安定县宿共六十里

廿八日甲子(9月6日)　卯刻行,进旧城南门,出北门。过桥,与城东桥同。《度陇》云"北行时或偏西,城东有凤皇山,城西有西岩山,二山对峙"云云。今按此路山势稍开,田野少辟,人民少聚,较昨日所经差胜。时有升降,然平路为多。大抵两山之中必有一水,山合处则水以紧[⑤]束而急流,山开处则水纵横冲刷而无定。此水亦不大,

---

① "瑟瑟凉风山路高"改作"山外凉风路转高"。

② "不"圈改作"那"。

③ "清"圈改作"永"。

④ "备"字圈去。

⑤ "以紧"圈改作"受约"。

又时过小桥，皆无水。盖由山入河之水，时有时无者也。四十里，巉口，备有[①]茶尖，少坐行。此地人家稍多，亦有铺户。东有桥，西复涉水，盖由此出左山口西南行矣。又廿里，秤钩驿宿。早阴，行卅里复晴，晚复阴，微雨有风，颇凉。地多自陷，亦不可解，盖其中多自空处，性直者多疏，理固然欤？入甘以来，驿站俱不长，各处虽甚荒凉，皆有行馆，多近年[②]新修者，不似燕晋之郊，往往借寓旅店，喧湫特甚也。

跋涉秦关陇首，经过万水千山。西来疑是到天边，更有连山不断。午后云晴微热，晚来山雨轻寒。悲秋况味最情酸，况复孤镫客馆。

余向不工诗词，亦不愿多[③]为，此客中岑寂，聊借以遣怀耳。

流浪光阴可惜，奔波道路何为。算来三十已知非，只是空知自悔。恨事伤心无限，韶华捷足难追。有如沉醉玉山颓，说甚功名富贵。

巉口茶尖　秤钩驿宿均安定　共六十里

廿九日乙丑[④](9月7日)　白露。夜雨晓晴，尘埃尽净。出驿西门有土室一间，上题“八蜡庙”。下坡数折，“秤钩”所由名也。涧底有小桥微水，随复升坡，山路亦高，既[⑤]至绝顶，坡平而陡。十里，搭连嘴土名，(徐)[林]记谓坪滩岘。此后五里之景家泉等处，虽有升降，大约[⑥]在山上。又廿里，车道岭，稍有人家，有坊题“安定营”。八十里铺、车道岭，此间四望皆山，地势自高。又十里[⑦]为金县所辖。又[⑧]下

① “备有”圈去。
② “近年”圈去。
③ “多”字圈去。
④ 此行天头注“白露”。
⑤ “既”圈改作“将”。
⑥ “大约”圈改作“皆”。
⑦ “又十里”圈改作“过此”。
⑧ “又”下增“十里”。

坡[①]直西,复[②]少向北,亦十里。地势宽处[③],过一水,有[④]架独木板为桥,长二三丈,仍徒涉而过,则甘草店也,居民货店亚于县城。西有堡曰"近[⑤]路堡",行台在堡中。据云旧时堡中皆居民,兵乱后无复人家,惟有营驻此。当即今日带勇相近者欤[⑥]?沿路人家往往四壁徒立,绝无人烟。盖兵燹之余,凋敝情形有如此者。盖[⑦]土性坚直,虽房屋尽毁,而墙壁纵横,矗立不坏,久而未圮云。此日行五十里,午刻到,皆山路也。

雨霁烟收云散,风和日暖天晴。秋光大野绿云平,回想[⑧]故乡风景。驿路时时涧底,征轺日日山行。天涯游子不胜情,真是萍踪无定。

甘草店宿皋兰　五十里

三十日丙寅(9月8日)　晴。卯刻行,过河两次。廿里,清水驿尖,尖毕又过河。路多北向,山势益开,多坦途。廿里,疑即三角镇。过此西行,清泉满路,黄流在中,或分或合。涉水而右,人家渐密,村落渐整,禾黍渐茂。人家始有树木,园圃始见蔬果。一路皆引水灌田,多栽水烟。又十里,登坡处,当是大坡坪。又五里,当是石头沟。此处山上半截黄土,峰顶多圆,下截石赤色,多自成洞穴。又有悬崖,奇古可观。入甘来,山多纯土,自弹筝峡后,石色不多见也。既而行沟中,不远便出。自此而西,村间多有小城,果木亦较多,然空壁仍不少也。又五里,金家崖,当即崖头店。居民益众,贸易颇繁,较甘草店又差胜,在

① "坡"下增"路"字。

② "复"字圈去。

③ "地势宽处"改作"既下地势渐宽"。

④ "有"字圈去。

⑤ "近"圈改作"前"。

⑥ "当即"至"者欤"括去。

⑦ "盖"圈改作"又"。

⑧ "想"圈改作"首"。

此宿。途中多见牧羊，牧者多擒羊于水中洗之，故毛色洁白欤[①]？按各处小地名本难向人数问，即问之，而今昔彼此称名亦各不同。（徐）[林]记、《度陇》往往亦自不同，可知当时或凭询问，或本志书，要皆不能处处详确，但大致不差。已自考核，颇劳矣。清水驿行馆荒颓不能住宿，盖站途今昔不同，此驿多不用矣。按[②]《度陇》所[③]记自此至省尚八十里，今则只有六十里，昔时清水为宿站，今则换马而已。

清水驿尖二十里　金家崖宿均金县　共六十里

八月朔日丁卯(9月9日)　晴。卯刻行。绿柳两行，一渠流水，人家多为小亭。偶行峡中，见两坡架木槽以通水，盖以灌田者。既出峡，仍循河而西，复少北，登山，过山北仍西行。虽重山复岭，左右冈峦，惟处处山泉，田俱可灌，气象自佳。但腴田一例栽烟，未免可惜耳。廿里，小水子。下坡处有巨石，渡黄流，当仍是南山下之河，自此北流入黄河耳。此处巨石斑驳，已颇可观。渡河即登对岸，有勇扎此[④]，不远即见黄河。至此两山下皆石，河面狭处不过数丈，然灏瀚流转，气势自觉雄浑。虽平流而有声，渊深莫测。盖凡山根莫不有石，惟经水冲刷乃露。此两山巨流经过，亘古以来，冲激益深。石作青赤色，斑纹入画。沿南岸行，时近时远。南岸有田，亦有山泉灌溉。又时见残堤断壁，虽颓废已久，而筑工极坚，岂即古长城遗址欤？又一处山上巨石，自然古洞，仰而视之，奇妙可喜。又十余里，据询为桑院子，下即桑园峡也。《度陇》云"长城起自临洮，至辽东。皋兰，秦临洮北境也，长城起自县西，迤东远去，总与河为曲折。县东廿五里有明肃藩种桑处，名曰桑园。河至此，两岸青石壁立(十)[千]余仞，阔仅二三十丈，号桑园峡。稍东，益逼仄，为崎崄口峡。又东为沈峪峡，

---

① "欤"字圈去。
② "按"字圈去。
③ "所"字圈去。
④ "有勇扎此"圈去。

其水半作盘涡,入者不可复出。自桑园以下,河为两山所束者二百余里,将出山口,数作瀑布势,始泻为巨川"云。今按桑园与所经相合,但彼非驿路所经,今惟此处[①]与彼不同。但[②]所谓崎崄口峡者,又不知曾经过否也。将至桑园,下坡少折而南,涉清流,势亦湍劲。有坊颇华而整,额曰"提[③]府"。堂宇已颓,惟坊仅存。有水磨数处,盖此两三日路间有水处又颇见此矣[④]。自此遂登山行土峡中,不复有所见,然亦时睹黄河。过两三坡,路多趋下,坡尽,廓然平地,则东冈镇也。去兰垣仅廿里。以定于明日入省,遂宿于[⑤]此。午刻到,据单开为四十里实长。饭后遣巡捕先入省,持帖答拜诸公[⑥]。

东冈镇宿皋兰　四十里

初二日戊辰(9月10日)　微雨。辰刻行,路间见"段恩容[⑦]先生故里"碑二。入外城东关,西行进内城南关,上题额三,一曰"万里金汤",一曰"兰峰并峙",一有"岫"字,记不清。至皇华馆宿。

初三日己巳(9月11日)　晴。自京启程,至兰垣[⑧],共行三千九百里。行馆甚宽敞,为旧时铸钱局,近不复铸矣[⑨]。余住正院东院,晖庭住西院[⑩]。闻后有小庙,供土神火祖[⑪]。昨由南门大街折而西,

---

① "处"圈改作"数十里"。

② "但"字圈去。

③ "提"下增"督"字。

④ "盖此"至"此矣"括去。

⑤ "于"字圈去。

⑥ "饭后"至"诸公"括去。

⑦ "段恩容"改作"段容思"。

⑧ 兰垣,即兰州府城。

⑨ "矣"字圈去。

⑩ "余住正院东院晖庭住西院"改作"余住正院晖庭住东院"。后又将此句括去。

⑪ "闻后"至"火祖"括去。

行馆在路北，院中可见山，则五泉山也。山在城外，视之甚近，惜馆垣颇高，可[①]见一峰头耳。省垣气候平和，午后晴暖，只宜袷衣，不似山中苦寒也。

初四日庚午(9月12日) 晴。阅《科场条例》。藩司[②]送入帘宴启，以柬答之。住此两三日，不啻十余日之久[③]。

初五日辛未(9月13日) 晴。

初六日壬申(9月14日) 阴。辰正赴宾兴宴。谢恩毕，入闱。贡院在西关外路[④]西，前曰“观成堂”，后曰“衡鉴堂”，堂后主考分左右住，余住南房。院中可见山，山上有庙有塔，殿宇参差，颇有佳致[⑤]。俗名白塔山，云尚在黄河北岸，然视之甚近矣[⑥]。

初七日(9月15日) 商定题目，阅晖庭所拟策题[⑦]。

初八日(9月16日) 刊刻刷印题纸，至亥正始毕。衡鉴堂[⑧]作池，自外灌入黄河水，内帘所用皆此水也。

初九日乙亥(9月17日) 早阴午晴。行[⑨]馆中院内[⑩]看山在南，闱中看山在北；馆中住北房，闱中住南房，所见非一山也。余岂非与山有缘乎[⑪]？

天涯为客已思归，况复重关锁棘闱。一百余天犹未半，四千里外

---

① “可”圈改作“只”。

② 即谭继洵(1823—1901)，字敬甫，湖南浏阳人，时任甘肃布政使。

③ “藩司”至“之久”括去。

④ “路”圈改作“向”。

⑤ “颇有佳致”括去。

⑥ “矣”字圈去。

⑦ “阅晖庭所拟策题”括去。

⑧ “堂”后增“前”字。

⑨ “行”字圈去。

⑩ “院内”圈去。

⑪ “余岂”至“缘乎”括去。

几时回。无穷旅况谁堪诉，颇有幽香桂正开。最是恼人秋夜永，孤灯伴客送愁来。

初十日丙子(9月18日) 商[①]定二场题。

十一日(9月19日) 刻印题目。阅元遗山诗，记其二句[②]云“浮生自惹闲中恨[③]，尘世除非睡里甜”，余独爱之，盖余喜睡者也[④]。又诗注有云“咽三清[⑤]之瑞露，春动七情；餐五色之灵芝，香生九窍”，可云丽句。三更始[⑥]送题。

十二日戊寅(9月20日) 秋社。议三场题发刻。监试及北四房来。连日书扇对[⑦]。晚间已进卷，拟明日阅，且作前序[⑧]。

廿六日(10月4日)[⑨] 自十三日阅卷，无暇旁及，直至此日少休。内监试、收掌及各房同晚饭。定九月初四日发榜。

廿七日癸巳(10月5日) 定草榜，通共中四十二名，副榜六名。一毫私意不参，要亦无所用私意也。彼用私心者果何为？适见其自小耳。

九月朔丙申(10月8日) 寒露。交代清楚，寂无一事。

初三日(10月10日) 填榜。

初四日(10月11日) 发榜，磨勘卷。

初五日(10月12日) 拜客。

初六日(10月13日) 赴鹿鸣宴，移居皇华馆。未刻，两湖宾馆

---

① “商”字圈去。

② “记其二句”改作“有”。

③ “恨”圈改作“苦”。

④ “盖余喜睡者也”括去。

⑤ “三清”改作“九霄”。

⑥ “始”字圈去。

⑦ “连日书扇对”括去。

⑧ “且作前序”改作“作乡试录前序”。

⑨ “日”字下增“壬辰”，又此行天头注“十五秋分”。

观剧，散后戌正。

初七日(10 月 14 日) 客来络绎。

初八日(10 月 15 日) 谭督[①]请饭，托寄家信。[②]

初九日(10 月 16 日) 同乡请饭，在五泉山登高。微阴。

初十日(10 月 17 日) 拜客。阴，微雨，泥泞难行。

十一日(10 月 18 日) 谭制军来。午后拜客，恩府来谈。[③]

十二日(10 月 19 日) 学政、司、道请饭，在小西湖，饭后顺路观黄河浮桥。

十三至十五日(10 月 20—22 日) 书联百数十副。[④]

十六日辛亥(10 月 23 日) 霜降。谭制军来。午后拜客数家。晚间陆渔笙请饭[⑤]。

十八日(10 月 25 日) 辞行。十七、十八仍书联，大抵日日涂鸦[⑥]。

十九(10 月 26 日) 束装，诸公来送。谭制军[⑦]言秦州与川省交界处有兽曰狨，毛极长，作衣甚暖。此物能食猴，猴见之皆罗拜，狨择其肥者噬之。先拾小石置猴顶上为记，猴亦悚然不敢动，复遍择他猴，有当意者，或改置他猴顶，则先者可幸免。亦一奇也。

红滴研池花泻露，绿藏书榻树团云。

好花隔岸飞红雨，新笋穿篱迸绿苔。

旧学商量加邃密，尘襟涤荡转虚明。

苍松压雪形逾古，黄菊经霜色更鲜。

---

① 即谭钟麟(1822—1905)，字文卿，湖南茶陵人，时任陕甘总督。

②③④ 此日所记括去。

⑤ “谭制”至“请饭”括去。陆渔笙，即陆廷黻(1837—1922)，字渔笙，浙江鄞县人，时任甘肃学政。

⑥ “十七”至“涂鸦”括去。

⑦ “制军”圈改作“文卿”。

人怀霖雨苍生望,思入风云变态中。
好学深思心知其意,极言至论日深于前。
志气清明义理昭著,勅书嗜炙见恶探汤。
逸气凌云冲襟比玉。[1]
蕴智成囊含明作镜。[2]
素位而行不愿乎外,吾道自足何事旁求。
岂能俯仰徇流俗,愿与高明论古今。
居无越思事靡他及,动而不括静必有存。
行处一身皆乐趣,静中万事不思量。
古训是式威仪是力,功崇惟志业广惟勤。
品节祥明德性坚定,事理通达心气和平。
动必师古贞不违俗,事靡他及居无越思。
清而容物善不近名。
发能中节。
静中有物用之则行。
红篆炉烟看气直,绿苞庭竹爱心虚。[3]
得志当为天下雨,论交真有古人风。
济物独怀春意思,洗心常抱雪精神。
天然文吐春云润,悟后心如秋月超。
顾视清高气深稳,文章彪炳光陆离。
拳石画披黄子久,胆瓶花插紫丁香。
[redacted],贫贱忧戚玉汝于成。
流水如有意,青山是可人。
开帘见新月,倚树听流泉。
举头望明月,荡胸生层云。

---

①② 据原稿之排布,此二句皆对“勅书嗜炙见恶探汤”。
③ 自此联至“贫贱忧戚玉汝于成”记于天头。

无事此静坐，有福方读书。
蕴真惬所遇，澄虑观此身。
人物东西晋，文章大小苏。
静者心多妙，飘然思不群。
风定花犹落，鸟鸣山更幽。
观万物有喜意，奉一心为严师。
岂能尽如人意，但求无愧我心。
斟酌道德肴核仁义，栋梁文圃冠冕词林。
修身为弓矫思为矢，守口如瓶防意如城。
群贤毕至少长咸集，幽赏未已高谈转清。
文章尔雅训词深厚，清明在躬志气如神。
淡泊明志，凝静致远。
欲求无欲先忘我，为所当为莫问他。①
题诗无倚李供奉，学道愿从茅长君。
破除万事无过酒，寻思百计不如闲。
嵯峨直上山千仞，郁峨特立松千尺，浩荡当空月一轮。
太华三峰天外峙，黄河九曲地中行。
海阔天空元充酒，湖嵌萧碧退之诗。
三径秋风满松菊，一帘疏雨滴芭蕉。
仙人掌上金茎露，太华峰头玉井莲。
观书卓荦眼如月，下笔纵横气似虹。
名花烂漫千重锦，空水澄鲜一色秋朱子。
芳阶蝶舞春风暖，绿树莺啼清昼长朱子。
茅屋数椽梅花几树，图书四壁诗酒一生。
阳叶春青阴条秋绿，桂深冬燠松疏夏寒。素烟晚带白雾晨□。
鹤有仙心花如人意，山随画活云为诗留。

① 此联至“湖嵌萧碧退之诗”皆记于天头。

晴风玉树藤萝上,承露金茎霄(汗)[汉]间。
兴来墨洒胸成竹,时至春歌气若兰。
随处此心皆淡泊,闲来无事不从容。①
世间■■■■■,天下人才要善情。
事能知足心常泰,人到无求品自高。
宴客从丰奉身从简,待人以宽律己以严。
鹏抟万里风翔千仞,玉蕴山辉珠藏川媚。
千里暮霞红锦断,半溪春水碧罗新。
蹑屐登楼看月色,穿林踏雪觅钟声朱子。
山楹雨过珠帘卷,草阁江深翠簟寒。
庭草无人随意绿,池荷经雨自然香。
江湖万里水云阔,花木一溪文字香。
浩荡古今同一体,风流儒雅亦吾师。
竹排檐角千竿玉,月点波心一颗珠。
池荷雨过衣香起,庭草春深绶带长。
天半朱霞云中白鹤②。
读圣贤书养和平德,延忠厚脉存仁义心。
德有润身礼不愆器,玉韫庭照兰生室香。
胸有山河气凌霄(汗)[汉],闲中今古静里乾坤。
良辰美景赏心乐事,清风明月■■■■。
有必为圣贤之志,无徒以文字自雄。
德量渊涵江海阔,文章彪炳日星明。才华卓越鼎彝尊。
凤皇麒麟在郊椒,珊瑚玉树交枝柯。
人情阅尽秋云厚,世事经多蜀道平。此毕东河③先生堂联。

---

① 此联至"玉蕴山辉珠藏川媚"皆记于天头。

② 自此句至"清风明月■■■■"皆记于天头。

③ 毕东河,即毕道远,号东河。

兰叶露光秋月上，蓼花风静晚雾明。竹梢烟动晚风来。杏花烟润晓风轻。梨花雪绽晓风清。

闲中今古胸襟远，静里乾坤趣味长。

浮生自惹闲中苦，尘世除非睡里甜。元遗山。

小诗试拟孟东野，大草闲临张伯英。[①]

浩荡古今同一体，风流儒雅亦吾师。

乃是天机贯胸臆，欲知春色到池塘。

放开眼界观今古，收敛心神对圣贤。

清风明月本无价，近水远山俱有情。

闱中索书者多，而余苦无兰本，随写随集楹联若干，聊记于此。[②]

骅骝得路日千里，蛟龙入海云万重。

骅骝得路便千里，鹰隼抟风上九霄。

万卷诗书供我读，一川风月要人看朱子。

缀响兰深缉言琼秘，冲襟玉粹逸操金贞。

逸操金贞冲襟玉粹，秉仁岳峻动智渊明。

诸葛孔明庶几礼乐，司马温公何等文章。

诸葛武侯庶几无愧，欧阳文忠何处得来。

霁月光风襟怀洒落，泰山乔岳气象深严。

松桂操行江山气度，莺花台榭风月庭除。集康节句。

欲敬胜怠毋怠胜敬，宁人负我无我负人。[③]

朗抱风疏逸情云上，冲襟玉粹惠风兰披。

清气若兰虚怀当竹，冲襟比玉逸气凌云。

溽露飞甘舒云结庆，贞筠抽箭润璧怀山。

---

① 此联至“近水远山俱有情”乃记于天头上。

② 自此句至“蕴智成囊含明作镜，凭春洒翰席月抽琴”为一页，今稿本顺序在此，而此页实应在集联部分之首。

③ 此联至“凭春洒翰席月抽琴”乃记于天头上。

蕴智成囊含明作镜,凭春洒翰席月抽琴。

书味盎然香满室,瑟声铿尔月当门。

卓尔立万物以上,惕然奉一心为师。

谷泉喷薄秋逾响,山翠空蒙雨亦奇。

诸葛一生惟谨慎,吕端大事不糊涂。欧阳千古大文章。

松篁绕室琴书静,竹柏交柯庭院清。朱子。

红杏在林疏雨相遇,碧桃满树清露未晞。

高山大河豪杰气象,幽兰修竹名士风流。

暖日和风碧桃红杏,严冬大雪翠柏苍松。

直干千寻澄波万顷,和风三径疏雨一帘。

秋浦月明波万顷,晚风云散碧千寻。朱子。

胸襟浩荡波千顷,理境澄空月万川。

襟怀洒落云生岫,理境澄空月印川。

高山流水琴心远,啼鸟落花春意深。朱子。

水色山容皆磊落,天光云影共徘徊。

夏日岩松千丈盖,秋风篱菊一丛金。

春光酣足雨盈尺,秋色平分月一轮。

半帘明月千竿竹,一带寒溪万树梅。

穲杉绕麓千旗卷朱子,野水涵空一鉴开成朱子。新笋掀泥万玉尖。新柳随堤万缕斜。

澄波印月余千顷,好雨当春过一犁。

白菡萏香初遇雨,红芍药开长有诗。碧琉璃水静无风。

霜前新菊黄华满,烟外垂杨绿意多。

才华富丽万重锦,气度汪洋千顷波。

粹玉精金程伯子,冰壶秋月李延平。

两岸蒹葭秋色里朱子,一池菡萏露华浓。一川烟浪夕阳中。成朱子。

道德光华温润玉,文章和气吉祥花。

四壁烟云张旭草，一庭风露赵昌花。[①]
园林到日酒初熟，庭户开时月正圆。
莫放春秋佳日过，最难风雨故人来。

九月二十日乙卯(10月27日)[②] 晴。辰刻行，诸公皆送于东门外接官厅[③]。谭制军言伊犁地名大西沟者，聚匪千余人，大抵游勇之无归者。自今年六月时出为患，七月闻曾具奏。八月初间复出肆扰，近接廷寄，令刘毅斋[④]前往。此信到彼当在十月初间，彼得信，十月中旬可以起身，去伊犁十八站，冬月初可以到，彼[⑤]到后自可无事矣。先是，制军有信与关外诸军，为画三策：先出示晓谕各匪，愿还乡者发饷给[⑥]资遣使归；愿当勇者归各营守分当勇；愿耕田者拨给闲田使耕。三者皆不应，然后进剿。又大西沟去俄界不百里，必先截其外窜之路，是为要著云云。又近前后解去饷银共九十万，大军一到，自当解散，不甚紧要也[⑦]。又云锡子猷[⑧]去彼十一站，想亦不能坐视。恐[⑨]到京后若蒙召见，倘问及彼处情形，当对以不至吃紧，好慰圣怀也[⑩]。

昔闻金将军之名，今已所闻证之，盖[⑪]近年颇易其守。谭制军谓

---

① 上联及此联记于天头。

② 九月二十日至甘肃典试日记末为止，在稿本第二册。

③ “接官厅”圈去。

④ 即刘锦棠(1844—1894)，号毅斋，湖南湘乡人，时任新疆巡抚。

⑤ “彼”字圈去。

⑥ “给”字圈去。

⑦ “也”字圈去。

⑧ 即锡纶(1843—1888)，字子猷，博尔济吉特氏，满洲正蓝旗人，时署伊犁将军。

⑨ “恐”字圈去。

⑩ “也”字圈去。

⑪ “盖”字圈去。

其上下离心，履致生变，有不得了之势。今朝廷召使还，却大有益于彼也[①]。

与诸公别，诸军皆送于东郊。二十里，至东冈坡，首府各房诸门生在此候送。尖毕，又四十里，金家崖宿。昨兰州道陶子方[②]来，谈及禁种罂粟，云禁种不如禁食，然禁食必先士大夫，今督抚中即不免有吸食者，司道中即十之四五，至武弁提镇中即十之七八，如此欲专禁小民，得乎？此言却[③]实获我心矣[④]。余谓风气必有自上而下，凡事皆起于士大夫，而尤在于朝廷，盖根本所在，致力为先，徒治其末，无益也。

二十一日丙辰(10月28日) 阴。辰刻行。四十里，清水驿尖。二十里，甘草店宿。自金家崖以来，一路东南行，右望高山上多积雪，即崆峒、马衔诸山也。金县令封獻廷名汝弼云：崆峒长四十余里，其高不知里数，上积雪，冬夏不消，人无能陟其巅者，以行至半山即寒甚不可当故也。其上有数百年松柏，远望甚多云。又云县城在山下，人家只有百余，兵后景象，萧条如此。又云此驿路为一平川，自此而南，皆乱山相连，可行一日余无宽平处。

二十二日丁巳(10月29日) 晴。辰刻行。二十里，车道岭，过岭回望西南，山绝高处，上皆积雪，当仍崆峒一脉也。三十里，秤钩驿宿，驿舍北向，多阴寒之气。

二十三日戊午(10月30日) 晴。辰刻行。二十里，巉口茶尖。四十里，安定县宿。去城十八里为十八里铺，新举人张廷荐在此迎见。过城北桥，入北门，出南门，新城宿。此处有厘局，有勇营，曰“武

---

① “也”字圈去。

② 即陶模(1835—1902)，字子方，浙江秀水人，同治七年(1868)进士，时任兰州道。

③ “却”字圈去。

④ “矣”字圈去。

毅右旗”，共三百余人驻扎[①]。北门上题“祥云”二字。答拜出迎各客，到馆未正[②]。

二十四日己未(10月31日) 阴，微雨即止。巳初行。三十里，青岚山茶尖。张廷荐在此送。土室中爇马粪气味殊不可耐，少坐行[③]。二十里，永定桥，桥在涧底，大抵此日皆山路也。十里，西巩驿宿。此日虽阴，不甚凉。申初到，微晴。

二十五日庚申(11月1日) 晴。辰正行。二十里中再升再降，至夏家营，有坊，题“安定营”。八十里铺夏家营，路程单作“新河口”，想亦在左右也。二十里，一降一升，再降，行涧中，渡水，再升，至鸡儿嘴，有塘汛。入会宁界，二十里，会宁城。城外不一里，下坡渡河，二次只一水也，曲折而流。入北门，宿枝阳书院，未正到。未至城，下坡处立石，刻字曰“宁城走左手上下要渡水”十字，然舆仍行右下坡，盖左行坡上只通行人耳。

二十六日辛酉(11月2日) 晴。七月廿五日辛酉自此西行，今复以辛酉日至此，恰六十一日耳。早凉，午甚暖。今年天气不甚寒，实为深幸，否则土室阴寒，水性咸涩，殊不易当耳。四十五里，翟家所尖，辰行午到。四十五里，青家驿宿，未初行，酉初到。此日途中旧所谓“七十二道脚不干”者，今沿左右山麓行，只从深涧渡水二次，过平政桥数处至履顺桥，即去驿不远矣。

廿七日壬戌(11月3日) 阴风懔烈，偶有飞雪。行不远，见利济桥碑。辰正行，四十五里，至高家堡尖。未初行，四十五里，酉初至静宁州宿。城西有浮桥，此水自西来，未至二十余里，屡下高坡，盖此处较会宁当低下矣。

廿八日癸亥(11月4日) 晴。辰正出静宁东门，楼上有“翠岩

---

① “此处”至“驻扎”括去。

② “答拜”至“未正”括去。

③ “张廷”至“坐行”括去。

西拱”四字。四十五里,神林铺尖。四十五里,隆德县宿。此日惟神林西过山口路颇曲折,余皆坦道,两旁平田。静宁西水自西来,静宁东水自东来。甘凉道奎顺号少甫遇于此,晚间来拜①。

廿九日甲子(11月5日) 晴。出隆德东门,辰正行,廿五里至六盘山顶,兵房二处,隆德、固原分界处。仍在关帝庙茶尖。又行廿五里,瓦亭驿宿。未正到。山左右皆泉,清泠有声,东下泉尤多。至瓦亭南门,已汇为巨流矣。

三十日乙丑(11月6日) 晴,颇暖。辰正行,十余里,瓦亭峡口,即弹筝峡也。水自六盘山来,沿途山泉汇入愈多,地势亦愈趋下。溪底皆石,争流有声。至此峡山势一束,水益汹涌。北崖“峭壁奔流”“山水清音”;南崖“控扼平凉”“清流分派”,皆赤字,余未能见也。出峡少南东行,山色苍赤斓斑。至蒿店茶尖,共廿五里。又廿五里,安国镇尖。又四十里,平凉府宿。城西涉泾水。大抵自出峡后多平路,渡水处皆有浮桥,不似夏日之徒涉也。宿贡院。

十月朔丙寅(11月7日) 晴。巳初行,廿里,有村有桥,有水有树。盖二三十年之树,数日以来不多见也,兼有果木。大抵平凉左右地气颇暖,路旁杨柳未尽飘零,人家梨枣尚有绿色。又此处始见秋麦,城东尤多,六盘以西不能种也。又廿里,四十里铺尖。又卅里,白水驿宿。平凉西南廿里为崆峒正山,云有洞在壁上,人不能到,为广成子修道处,又有元鹤洞云云。是日立冬。平凉城内颇荒陋,其繁盛乃在东关,各署俱在西城内。

初二日丁卯(11月8日) 微阴,有风。辰正行,四十里,王村尖。三十里,泾州,宿于试院,在南左门外。《度陇》谓泾州三门,北南二门,南左一门,无东西门也。自平凉【此】以来,皆沿南山行,而泾水行其北,颇有山泉,而居民不解溉田,似可惜也。地气颇暖,荷稻当俱可种。将近州,泾水近南,遂登山麓,巨石重叠,既而南

① “甘凉”至“来拜”括去。

折。山足有龙王庙，而泾、汭二水交其前。半山则王母宫，有瑶池，山顶亦有庙，未能登也。渡处架木为桥，曰“善桥”。龙王庙内尚存额二焉。过桥回望，孤峰峭立，山麓有碑，当即“瑶池降王母处”碑也。其南山①有庙宇，人家颇多。城内亦甚繁盛，据云兵乱此城未失，故较平凉为胜云。此日七十里，据州牧云实九十三里，然到时亦申正耳。

初三日戊辰(11月9日) 阴。辰正行，出南关，南关即在山麓，愈进愈高。东行十余里，至泾原上矣，四望平旷。廿里有村，即廿里铺。少西北折，避深涧也，仍东行。五十五里，瓦云驿尖。十五里，至窑店镇，陕甘分界。十五里，洪家铺，有汛兵②。十五里，长武县宿，馆在县署之西院，共一门。守备程送《昭仁寺碑》，详《度陇记》。巡捕辞归，与制军、藩司信③。

初四日己巳(11月10日) 阴，有雪。巳初行，十五里，冉店塘，过长桥，有汛。是日路多下坡。四十里，至停口镇尖。将至镇，下坡尤陡。尖后渡水，有小舟。既渡，沿河行，往往行山麓上，山皆巨石，大可数里，其碎之而坠水滨者尚大数亩，如巨屋如大舟。廿里，大佛寺，停舆登眺，大佛在石崖下，左右侍者俱约七八丈。前为石台，题曰“明镜台”，台上为楼，有石洞三。台下洞一，题曰“觉路”。下④洞入，见佛之足，仰而视之，手之一指大如人身。由西石径登，自上洞窥之，则平视佛头，其上凿石崖为莲花等⑤以覆之。中洞有碑二，其一则张祥河隶书，纪重修者，据称佛身高八丈五尺半云。壁上亦有题咏数

---

① “山”下增“亦”字。

② “有汛兵”括去。

③ “巡捕”至“司信”括去。

④ “下”上增“由”。

⑤ “等”下增“上更架楼”。

处，有题玉麟[①]、先福[②]者[③]。其西有石洞二处，盖罗汉洞也。洞内宋人题咏颇多，半残缺，未能细记[④]。惟[⑤]有题范纯仁者，盖忠宣亦曾帅鄜延也。洞外有景泰钟，一明太监所铸，重千斤云。又西十数武亦有石洞大佛，而东山石洞无数，皆在壁上，类有居人。大抵自停口渡河以来，水色深绿而山石奇古，似为河水冲刷而成。洞穴极多，往往数十丈之上，作波折旋洄之纹，想数千万年以前，河身自高也。其西修路处有碑，嵌石下，其石亦绝大。又十里，水帘洞，土人即称其山为花果山。本拟一看，以行[⑥]至此处渡水时，已暝不见物，其佳处皆不能见也。又十里，邠州城西，范文正碑亦不见。是日仅八十里，而入城已戌刻。城内复行许久，昏黑不辨东西，以长武所换舆夫艰于行故[⑦]也。

初五日庚午(11月11日)　晴。辰正二刻行，土峡中升高坡复降，则卅里太峪镇也。尖毕，涉水南行入山，不远即入永寿界，有界石。愈上愈高[⑧]，将至永寿，舆夫由山后小路曲折而行，故未行分水岭。四十里，永寿县东关外[⑨]宿，县令陈子铭约至其署晚饭，亥刻始归。据云此城为左相经此营勇所筑者，所辖地甚小，而山民亦贫，然政简刑清，民风朴厚云。夏日经此山景颇佳，陈子铭云初到此时，夏不曾脱棉衣[⑩]。

---

① 玉麟，哈达纳喇氏，满洲正黄旗人，道光九年任伊犁将军。

② 先福，那木都鲁氏，满洲正白旗人，嘉庆十九年任陕甘总督。

③ “有题”至“福者”括去。

④ “未能细记”括去。

⑤ “惟”字圈去。

⑥ “以行”二字圈去。

⑦ “故”字圈去。

⑧ “愈上愈高”上增“溯流缘涧”。

⑨ “外”字圈去。

⑩ “县令陈子铭”至“棉衣”括去。

初六日辛未(11 月 12 日) 晴。辰正行，四十里，监军镇尖。五十里，乾州宿。此日路多趋下，南向少东。去乾州数里，俯视如在目前。既乃入峡中，行许久，出峡即至北门矣。上题曰“储胥门”。土人云城北山上有武则天墓、狄梁公墓，均未能见也①。王梦棠来拜②，其家在城东七八里好畤村，即汉好畤县也，并送书，为贺复斋③求题家传④。

初七日壬申(11 月 13 日) 晴暖。自入乾州境，麦苗颇多，醴泉、咸阳稍逊。望雪泽尤殷。四十里，醴泉县，尖于嵕南书院，堂额“九嵕秀萃”，陈文恭公⑤所⑥书，城北即九嵕山也。自过乾州始见平田大野，自出甘省以来未始有也。尖后廿里，宴村铺汛。又十里，店张。又四十里，咸阳县宿。严令云此地向惟专种秋麦，晚田甚少，春田亦不多种，民为省工力而然也。泾州牧胡香谷、永寿令陈子铭所言大意多同，所谓北方民惰而俭也⑦。未至咸阳廿⑧里，有村门，题“毕郢正弦”，《度陇》云所谓毕原，亦云毕陌，秦为池阳原，汉为长平坡，又为咸阳北阪。今按醴泉县前坊题曰“池阳古邑”。出醴泉，四望大野天开，平阔无际，厥田上上，地尽膏腴，泾流其北，渭径其南，中为平原，惜少水泽耳。是日行百十里，辰初二刻行，酉正二刻到，入城已暝。经渭阳书院。大抵自泾州以来，一处较一处繁盛。自太峪镇以后，路多南少东，醴泉以后，东多南少，将至咸阳廿余里，仍东南小路行。咸阳北阪古墓极多，若堂者、若房者、若斧者，盖皆古帝王之陵

---

① “均未能见也”改作“均未见”。

② “拜”字圈去。

③ 即贺瑞麟(1824—1893)，字角生，号复斋，陕西三原人。清末理学家。

④ “为贺”至“家传”括去。

⑤ 即陈宏谋(1696—1771)，字汝咨，广西桂林人，谥文恭，曾任陕西巡抚。

⑥ “所”字圈去。

⑦ “严令”至“俭也”括去。

⑧ “廿”改作“十余”。

也，残碑断石，仅有存者。又醴令云唐太宗昭陵在九嵕山云[①]。出醴泉东门，路旁见唐太宗祠碑。

初八日癸酉(11月14日) 晴。辰正二刻行，出咸阳东门，门外有“造舟为梁处”碑，未能近看。渡渭河，有舟，行十余步，复涉，则有浮桥。过此东行，得大路。数里，过丰桥，即严令所修也[②]。桥下水极清，过桥后，田园树木渐多，始见中原风景。大道两旁皆有沟渠，地气颇暖。以南北论，此间当与河南相对。柳色有甚绿者，晚菘在圃，麦苗葱蒨，多用水车灌园者[③]。廿里，为咸长交界。又十里，三桥镇尖，又廿里，省城内宿。

初九日甲戌(11月15日) 晴。候补道黄嗣东号小鲁，癸酉举人[④]，湖北人。特来访谈，云贺复斋可邀来一见。时已定饭后起身，且荒惰如此，利欲熏心，纵见之，徒增惭愧，亦无以为受教之地[⑤]。三原去省云[⑥]六七十里，且俟异日，徒深仰慕而已[⑦]。小鲁深见推重，愧甚愧甚。且送《四书反身录》[⑧]一部，此间板也。饭后顺拜诸公，出城已及未刻[⑨]。城南北约六七里，东西八九里。东北隅为满城，稍空旷，其西南极为[⑩]繁盛。十里，下高坡，即浐桥，桥下水亦清。自此而东，绿柳清泉，稻畦蔬圃，不似冬日。又十里，灞桥尖。尖后仍东行，

---

① “云”字圈去。

② “即严令所修也”括去。

③ “者”字圈去。

④ “举人”旁注“拔贡”。

⑤ “且荒”至“之地”圈去。

⑥ “云”字圈去。

⑦ “徒深仰慕而已”圈去。

⑧ 《四书反身录》，李颙撰，有光绪十一年西安马存心堂刻本。

⑨ “饭后”至“未刻”括去。

⑩ “为”字圈去。

柳榆[①]青葱，浓阴茂密。过一镇，镇稍大，当是邵平店也。出镇，过谭公清水桥，路向东南，骊山在望，然尚在十余里外[②]。时已曛黑，月色渐明，涉水一二处，入临潼西门。穿城出南门，到馆已戌初矣。林令云渭北望雨尤切[③]。省南一带皆终南山也。夜浴于温泉。

夜宿骊山下，更深犹未眠。池中涤征垢，镇上听流泉。地暖树犹绿，风清竹更喧。何时作闲客，游赏伴名贤。

初十日乙亥(11 月 16 日) 晴，西南风起而颇暖。辰正二刻行，入南门，出东北门。廿里，新丰镇，东门内题"古鸿门坂"，东门外有碑，只见"见汉高帝处"五字，余未能见。十里，有题"赵蔺相如墓"碑。十里，零口镇尖，行馆壁上嵌石纪，亦沈令所修也[④]。镇东有桥，桥下零河水浊。四十里，渭南县，时方演剧，商民杂沓[⑤]。过万里桥，入西门，城内宿，到时申正[⑥]。李二曲先生之学，大抵本于阳明，书中所言多以致良知为宗主，然前贤实有体认，工夫鞭辟近里处，非空言所能及也。

十一日丙子(11 月 17 日) 晴。巳初行。卅里，赤水镇茶尖。廿里，华州宿。据州牧余树珊言，去少华尚远，此地尚[⑦]不可见。州城在山足，则枝[⑧]山也。询以竹木，则南山[⑨]三四里盖甚多云[⑩]。自赤

---

① "柳榆"乙作"榆柳"。
② "尚在十余里外"改作"尚去十余里"。
③ "林令"至"尤切"括去。
④ "行馆"至"修也"括去。
⑤ "时方"至"杂沓"括去。
⑥ "到时申正"改作"申正到"。
⑦ "尚"字圈去。
⑧ "枝"改作"支"。
⑨ "南山"下增"去城"。
⑩ "盖甚多云"改作"甚多"。

水至州城,多作竹为筐筥棹椅之类,亦货产大宗也[①]。此日只行五十里,未刻到。自渭南以来,稻田渐多,白泉西溪,风景自胜。

十二日丁丑(11 月 18 日) 微阴。辰正行,出北门,折而东。东关外,过汾阳王祠坊。过桥,碑上见"陈希夷先生堕"字,下埋土中。行十余里,道旁多石,有莲花寺,多自生柏树。先过一镇,地多白沙。过莲花寺,北望平田万顷,空旷无际,或黄云一带,则芦苇也。南山耸峭,愈行愈高。卅里,有界石,入华阴,少东有平冈一带若长堤。十五里,敷水铺尖。未至敷水,遇甘肃学政秦澍春号雨亭于山阴道上,甲子同年[②]。此处东西有桥,华州城东十里,石桥高而长,而敷水尤清泠可爱。廿五里,华阴县,县西有"前秦侍中王公猛",下字在土中不可见。又有"汉神医华佗之墓"碑,皆隶书。城中有"关西夫子庙"碑。城西门题曰"金萼",楼上额曰"太华山城"[③]。穿城而[④]过,回望东门,题曰"莲珠",上额曰"关西保障"[⑤]。大抵[⑥]自出华州而[⑦]东至交界,已远见太华高峰矗立天际。数十里间,南山高处皆有积雪。又五里,华岳镇。镇西有"圣人富寿多男子"碑。行台在华岳庙中东偏。申刻到,往庙中一观,多古树,汉唐以上松柏犹有存者。最后为万寿阁,阁在台上,台高三丈,阁复高二十七丈。登阁而望,与太华正对。据道人云,太华为孤山,不与众山相连。自此至山下十余里,自山下至顶四十里,其下二十里有路,上二十里则援铁链以上,然有小轿,可坐而登其上。五峰、莲花、玉女、仙掌、落雁等名,皆一山也。其余则终南一带直至省城以西皆不相连,而太华最高,其上松柏绝大,为平地所

---

① "亦货产大宗也"改作"为此地货产一大宗"。

② "未至"至"同年"括去。

③ "城中"至"山城"括去。

④⑦ "而"字圈去。

⑤ "回望"至"保障"括去。

⑥ "大抵"圈去。

无云[①]。惜是日天气不甚晴明，峰之形状均不可见，据云清晨望之最真。北望河渭苍茫，若遇晴明，则龙门、潼关想[②]俱在目前也。既下，观古碑亭，道人拓一分送焉。

十三日戊寅(11月19日) 晴。卅五里，潼关宿。城西十余里有杨震墓，坊题曰“四知坊”，碑二，一题“汉太尉杨公震墓”，一题“关西夫子杨公墓”。城北为渭[③]河。自华阴以东，山渐低，驿路偏北十余里，始复东行，潼关在山尽处。由甘至此，惟陕省城用砖，余尽土筑，此城尽砖石砌成，颇称坚固。未初到，由城西来，近城二三里，即见河，在驿路之左，土人云是黄河。渭水入黄处名三河口，去此尚廿余里云[④]。

十四日己卯(11月20日) 晴。辰刻行，出北门，不一里，渡黄河。登北岸，少东有禹庙。入土峡，既出峡北行，回望太华愈高，巀嶪天半，仙掌亦隐约可见。沿河北行，空旷无际。廿里，匼河尖，盖[⑤]过河即入山西界，此地属蒲州府永济县。尖毕，仍多[⑥]北行，柿林最多。东望中条，以渐而高。共行五十五里，至坡底镇宿。镇在府东关外二三里，驿路由南来。西望城垣，颇为新整。城东郭则土筑也。郭东平冈一带，上有人家，庙宇馆在坡下，故名坡底。申正到，陕西学政林启号迪臣，福建人，丙子翰林，是日亦住于此，来拜一谈，闻亦甲子乡榜[⑦]。

十五日庚辰(11月21日) 早阴午晴。辰正二刻行，十五里，路多北。吕芝尖，过此仍东北行，则东多而北少。廿里，有镇，人烟稀

---

①④ “云”字圈去。

② “想”字圈去。

③ “渭”字圈去。

⑤ “盖”字圈去。

⑥ “多”字圈去。

⑦ “陕西”至“乡榜”括去。

少。十五里,有镇,人家亦不多,大祲之后萧条若此。过此,入临晋界,路旁多自生枣树,间有枸杞。又卅里,樊桥驿宿。申初二刻到,到此复闻鹧鸪声。此日路中北望平远山,《度陇》云是峨嵋。此处水味甚咸,继此数站,均无好水,近盐池故也。

夏日住此,曾有一绝句,今用旧韵:灯火相亲夜更长,旅怀愁思意难忘。空阶月色明于水,霜露光凝古树凉。

十六日辛巳(11月22日) 小雪微阴。十五里,入猗氏界。五里,祁任庄。日薄云轻阴复晴,郊原极目麦田平。征途落寞无佳思,一带峨眉却有情。十五里,香落镇,西门题曰"涑水含清"。五里,牛杜镇。镇西首见四川学政盛炳纬在此尖,遂至镇东首旅店自[1]尖。猗氏县城在驿路北峨眉冈下,向不备尖[2]。十五里,入安邑界。五里,乔阳汛,有坊。十里,北相镇宿,申初到。

十七日壬午(11月23日) 晴。辰刻行。廿里,将军庙。过此数里,路旁小庙廊下有"先贤杜康故里"碑。又十里,王范两山渐近,中条东北千余里直接太行,路旁坡陀,则其支脉也。入山西境以来多大村巨镇,盖皆昔日繁盛之区,今则人烟寥落,或数十家,或十余家而已。空壁颓垣,不一而足。廿里,涑水镇。过石桥,桥下水不大。尖于旅店,地属夏县。四十里,闻喜县。涑水自城南西行,入西门,颇繁盛。出东门,裴赵祠在焉。宿东关,县令张瑶卿来见[3]。

十八日癸未(11月24日) 晴。辰正行,路向东北。四十里,多沿左山麓,问店尖于客店[4]。尖后,路北向,时或偏西。入山,路多趋下。廿里,隘口镇,镇南北有桥,其南入峡处为招仙洞。过镇,仍平

---

① "镇西"至"店自"括去。

② "向不备尖"括去。

③ "县令张瑶卿来见"括去。

④ "于客店"括去。

郊，山渐远，此处属曲沃境，当[①]为平阳府所辖。镇南门曰“河东保障”，其北门曰“铁闸关”，来时见之[②]。《度陇》云“隘口东倚绝巘，西临大壑，峰峻径窄。车难并轨，昔设关于此，名‘铁岭关’，隘口之西为峨嵋山，东为郝家山，在紫金山迤西”云云。诚河东之[③]险隘也。自入晋境以来，皆[④]东北行，三百余里，中条绵亘于东南，峨嵋、稷山迤逦于西北。过闻喜后，山势渐合。至问店，平冈回抱，由东北而西南，而紫金迎路高耸，以为门户。沿山麓北行，下趋隘口，复为平田。始知蒲坂、上党势踞高处，过此则平阳所由名欤[⑤]？廿里，过浍水桥，桥下浍水大于涑水，石桥长数十丈。至侯马驿宿，此处水始不咸。申初二刻到。

十九日甲申(11月25日) 早微阴，午仍晴暖。辰正，东北平路行。卅里，高显镇，尖于旅店[⑥]。尖后即入深峡。过桥，廿里，蒙城镇，镇南北凡过门四五重，其中门向南，题曰“蒙城雄镇”。此门据高处，西临深涧，东坡上有庙，亦险要处也，俱高大坚整。惟镇中亦荒凉，无繁盛气象。过镇，望坡上人家，房宇亦均坚致。仍行峡中，路旁[⑦]有“文中子故里”碑。先过[⑧]曲沃太平界牌及豫让桥，过[⑨]文中子[⑩]碑后不远即“伯益故里”碑，朱书[⑪]。十里，阎店镇，过此路更趋

---

① “当”字圈去。
② “来时见之”括去。
③ “之”字圈去。
④ “皆”字圈去。
⑤ “欤”圈改作“也”。
⑥ “于旅店”括去。
⑦ “路旁”圈去。
⑧ “文中子故里碑先过”括去。
⑨ “过”字圈去。
⑩ “子”后增“故里”。
⑪ “后不远即伯益故里碑朱书”改作“朱书伯益故里碑”。

下，盖[①]较昨日不知又低多少丈矣。十里，史村驿宿，申正到。此日尖后路旁多古树，高显镇北门外有大槐甚古。由涧底过小桥后入土峡，仰视悬崖，自生柏树，阴交其下，崖高约廿余丈，其下仅容一车，古称蒙坑，最险处也。行十里稍上，为北辛店，始复少宽旷。又十里，为蒙城，亦为高处，当与高显相埒。过镇，下行廿里，乃至史村，则皆山峡也。

廿日乙酉(11月26日) 微阴，有风。寅正行，出驿北门，即多趋下。不远，过界牌，左带汾流，右沿山麓，约十里，路少宽平，河遂远。过一镇，镇颇长。皎月在空，霜华满地。又廿余里，明月隐树，长河没天。约行四十里矣。过此四望空旷，鸣雁低飞。东望浓阴，日光未上，朔风凛冽，侵人肌骨。六十里，平阳府尖。巳初二刻到，午正行。平阳北行，西北风极猛，汾流浪涌滔滔南下，村人多引水灌田。六十里，洪洞县宿，酉初二刻到。

廿一日丙戌(11月27日) 晴。由县南关入城，城门下嵌一碑，曰“莲花桥”。穿城过，昨晚所宿乃在聚瑞桥之南，今由旅店出，乃过桥，忽忽[②]见“公孙杵臼”字嵌壁上，当是“程婴公孙杵臼故里”碑也[③]。入城南门，门曰“迎薰”。出[④]北门则[⑤]行馆，盖[⑥]为平阳府所住也[⑦]。十余里，过上纪落镇，颇甚陡，盖纪信故里。镇中壁上有碑，字未见。十里，王开坊铺，复下坡，共卅里。至赵城县尖[⑧]，尖毕，出北门，门

---

① “盖”字圈去。

② “昨晚”至“忽忽”括去。

③ “也”字圈去。

④ “入城”至“薰出”括去。

⑤ “则”改作“有”。

⑥ “盖”改作“昨日”。

⑦ “也”字圈去。

⑧ “尖”后增“王令来见”。

旁[1]有“赵简子食邑”碑，又有“赵上卿蔺相如故里”碑。不数里，即入峡。登山，过霍州界，乃下坡。不数里，又入山。再下高坡，霍州城内宿，共五十里。此日八十里，到时甚晚，舆夫艰于行也。见德佩九，交广汇东所带信并木匣[2]。昨日感冒风寒，两日稍辛苦。

廿二日丁亥(11月28日)　晴。辰刻行。北门外壁上嵌“唐名臣高文献公故里”碑。又一碑为“中岳霍山”字，又有“隋中郎将宋老生墓”碑。佩九昨迎今送，既别[3]，北行十余里即登山，上下已陡，凡六十里，至仁义镇尖。镇在坡底，尖毕复登，石齿崚嶒，路已难行。过天险桥再上，路尤陡，至其巅，则韩侯祠在焉。停舆登谒。下坡后，土色甚红，上坡亦然，有红坡庙。俯视涧中，蓝紫层叠，有如图画。坡未尽，天已暝。又十余里，至灵石，穿城过。凡四十里至城北小水镇宿，韩侯岭向称难行，是日辎重在后。

廿三日戊子(11月29日)　晴。辰起，大车仍不至，遣人回探，午初始来，言尚去此十余里，留人守候，遂先行[4]。溯汾而上，河带断冰间行，山崖石齿错愕。数里，河流渐阔。十五里，张家峪，有桥有墩。此后河声若沸，下多石故也。又五里，索洲镇，又数里，有石桥跨汾上。凡卅里，至两渡镇，时午初，则不及卅里也，旅店自[5]尖。此[6]人烟稍密，买卖稍多。盖[7]自张家峪以来，山上有产煤处，此地尚觉繁庶。然前之索洲镇，后之冷泉关，皆昔时险要重镇，今则户口凋敝，人烟寥落矣。又廿里，冷泉关，上题“河东要镇”，人家亦少。《度陇》

---

① “旁”圈改作“外”。

② “见德”至“木匣”括去。

③ “佩九”至“既别”括去。

④ “大车仍不至遣人回探午初始来言尚去此十余里留人守候遂先行”改作“辎重未至午刻先行”。

⑤ “时午”至“店自”括去。

⑥ “此”字圈去。

⑦ “盖”字圈去。

云“遥望西山之麓，瓦屋参差入画”，信然。又五里，桑平峪，对岸山上有塔，《度陇》谓志言塔，在靳屯村，唐武德二年秦王败刘武周处，名秦王塔。又五里，义棠镇，镇颇长，凡门四，较两渡又胜。镇西南亦有石桥，有介休石界牌。过镇东北，则[1]北山渐远，汾流亦不复见。平田空阔，故介休较灵石为繁盛云[2]。稍行土峡，出峡，土田宽厚，东望高峙云山[3]，则绵山是也。凡五十里，至介休城外宿。到时申初二刻，故八十里为不及[4]。此[5]外城包东北二面，行馆在西关外，亦北关外也。门对城垣，西山亦有塔，行馆宏敞，可以息肩。

廿四日己丑(11月30日) 阴。巳初大车始至，乃行[6]。入外城西门，东行出东门。街市整齐，屋宇坚致。迤东有一家，门额曰“潞公適脉”[7]。出关东北行，路旁多水田，然荷稻无多，皆绵山下流入汾之水也。四十五里，午正到张兰镇自[8]尖。未初行，穿郝家堡过，镇堡相连，俨如县城，商贾颇多。又十里，入平遥界。西望远树疏林，汾流远远[9]可见。凡卅五里，申初三刻至平遥城内宿。城南有“周卿士吉甫墓”碑。平遥境内地势平阔，然无复山泉可以灌田。城内亦殊繁盛。杨令来见，云大荒之岁，韩侯岭以南为重，故此处较好。又云今年夏间雨大，自七月中旬后遂无雨，至今日大抵秦晋皆盼雨泽[10]。

廿五日庚寅(12月1日) 晴。辰正出平遥北门，过石桥北行，

---

① “则”下增“西”。
② “云”字圈去。
③ “山”圈改作“峦”。
④ “故八十里为不及”改作“八十里似不及”。
⑤ “此”字圈去。
⑥ “乃行”圈去。
⑦ “迤东”至“適脉”括去。
⑧ “自”字圈去。
⑨ “远远”改作“隐隐”。
⑩ “杨令”至“雨泽”括去。

左望一带浓云罩于汾上。

千里彤云一抹平，远郊酿雪近郊晴。天教惠泽分先后，让出祥晖便我行。

自临潼至潼关，沿渭而东少偏北，自太平之此，溯汾而北少偏东。五十里，午刻到祁县西关。马令来见①。尖毕，入西门，出北门。北行，南风大作，县城左右地势低下，多积水。廿里，贾令镇。祁县境低，夏日过此，水甚大，今皆涸，惟沙滩黄苇，时有土桥。又十里，入徐沟界。又十里，尧城镇。又廿里，徐沟县，宿西关，到时戌初一刻。

廿六日辛卯(12月2日) 晴。辰正二刻行，入西门，出北门，北关东北行。过徐沟界牌，夏日涉河之处，今已无水。入榆次境，界牌甚大，前书“西瞻华岳”，后书“北拱神京”。过永康镇、荣村、郭村有流水，可溉田。凡七十里，未正至王胡镇尖。申正复行，入山，行峡中。凡卅五里，戌初二刻至什贴镇，宿于旅店。秉烛行十五里，盖此日早及尖，后舆夫俱有求索，故行较迟，不然不至戌刻始到也②。

廿七日壬辰(12月3日) 晴。巳初二刻始行。十五里，要罗镇。又廿里，太安驿，午正二刻到，尖毕，未正行。卅里，大树堙，有坊。又十里，黄门镇，石坊在河南，镇在河北，东有石桥，自此皆平路，以前皆山路，时登时降。又五里，过石桥，高大，有门，上题“简子旧都”，此盖童子河，两石桥皆无水。又五里，寿阳县，入西门出东门，城小而坚。宿东关，酉正到。

廿八日癸巳(12月4日) 阴。大车未至。巳初行，廿里，芹泉驿换夫。又十里，张净镇，山势雄壮多石，夏日水势汹涌，今皆细流涓涓矣，多行崖上。又廿里，测石驿尖，将至驿四五里，轿杠折，乘马行。尖后十里，辛兴滩。又十里，赛鱼村。又十里，平潭镇。又十里，义井

① “马令来见”括去。

② “盖此”至“到也”括去。

镇。下坡乃复上,上①至高处,则南天门也。又下五里乃至平定州,已戌正矣。子正未眠,大车仍不至②。

廿九日甲午(12月5日) 晴。什贴、寿阳两日甚寒,平定稍暖,此日亦不甚冷。待行李车不至,巳正乃行③。入城西门,门题"瞻华平定",虽在山中,然入晋第一州,极称繁盛。出东门东行偏南,十里,暂石村。又十里,西郊村。夏日经此有河,今但见沙滩石子而已。又十里,石门口村。西山上有庙,山石重叠,甚佳。崖上刻"万古垂青"四字,上松柏丛密。又十里,桥头村,亦有客店可住。又十里,柏井驿宿,以待大车故,遂宿于此。未正便到,然则五十里不过四十里耳。驿西三里为青玉峡,自寿阳来,皆行两山中,至峡,两山遂合,不辨左右,中通一径,曲折弯环。两崖皆叠石耸峭,夏日山水所趋,涧底石牙冲刷错愕。南崖题曰"翠蛟潭",北崖题曰"青玉峡"。然无恒流经其间,故奇险较弹筝为稍逊云④。是日闻山西巡抚刚毅住桥头⑤。此处石室即洞室,冬燠夏寒,颇亦不恶,然有潮气。

十一月朔乙未(12月6日) 晴。闻大车仍在测石不能行,遣人回视。巳初二刻行。五里,西天门。又廿⑥里,槐树铺,门题"槐林镇"。旅店自尖。十里,固关。又三里,甘桃驿。又二里,故关⑦。又五里,山西井陉交界,过此渐东北向,大约山中皆曲折而行。又五里,核桃园,门题"古桃园镇"。又十里,长生口,有庙,山石亦佳。又五里,板桥村。又十里,井陉县。由南关下坡,涉绵蔓河,有土桥。四围山色,清流不冰,城在半山,颇为胜境。入东关之南门宿,邑令长书舫来见。

---

① "上"下增"五里"。

② "大车仍不至"括去。

③ "待行李车不至巳正乃行"改作"行李不至巳正行"。

④ "云"字圈去。

⑤ "是日"至"桥头"括去。

⑥ "廿"下增"五"。

⑦ "故关"旁注"北天门"。

初二日丙申(12 月 7 日) 晴。以待行李,住一日,夜间始至。大雪。

初三日丁酉(12 月 8 日) 晴。辰正二刻行,出东关,过河,有土桥,即上山。卅里,微水自尖,过此不见河。十里,东天门,四天门惟南天门上下各五里,西北二门俱不甚长,东天门东下坡长而陡,车行较难耳。又十五里,亮子岭,此处上下却不易行,以非车路所经,故不以险名耳。又五里,入获鹿界。又十里,获鹿县东关宿,邑令杜仲容来见。

初四日戊戌(12 月 9 日) 阴。巳初行。来时至此始用纤,初入山也;归时至此始无纤,将出山也。五里,乱石岭,高处东望,宽平博大,气势雄厚,真帝王之都也。过此,行土峡,不远,始不见山。无不耕之田,但秋间少雨,麦苗较少也。廿里,廿里铺,以后里数接续计算。卅里,赵陵铺,野店两三,不曾尖。五十里,滹沱河。过赵陵铺东行,已远远见河,沿河行至此,始渡过浮桥,桥长数十丈,架木而覆以土,较夏日舟渡为简捷矣。过桥①行沙滩,十里,有堤,堤外即正定南关②,共六十里。入正定南门,城内有稻田③,有塔二,南一塔石色颇赤。又南门④有“明太子少保吏部尚书梁梦龙故里”碑,城内有少保祠,瓮城内有“汉顺平侯赵云故里”碑二。城之中有庙,亦如城门。北行过此,始人烟密⑤。宿北门内行馆,借旅店,未正到。今早获邑令复来,谈及微水,云即泜水,南行⑥赵州境,待考。此水发源山西,在井陉为绵蔓河,至微水村遂名微水。驿路沿流卅余里,涉三四次,清浅湛碧,严冬不冰。或谓水性暖,然发源至此已远,当⑦地气暖耳。

---

① “桥”下增“北”。

② “南关”下增“石桥二”。

③ “有稻田”改作“有苇田蔬圃”。

④ “南门”下增“外”字。

⑤ “始人烟密”改作“人烟始密”。

⑥ “南行”上增“经县”。

⑦ “当”改作“恐是”。

滹沱河亦不冻[①],但有冰澌耳[②]。

人欲如水,溃决堤防。一往莫御,千里汪洋。礼门飘荡,义路毁伤。一抔之土,其势何可当[③]。

中国之于外洋,正犹巨室旧家之于富贾,使奴仆之贱者与交易焉而已。接待之礼,必诚必信,交易之道,必公必平。彼有分外之求,严以裁之。深求固我室家之计,使彼无隙可乘,必俟我根本深固,元气日强,然后昔日之所以屈于彼[④]以渐稍求其伸。即未能遽伸,然亦不能为我害。姑以大度涵之,而亦不复屈也。若夫延请聘礼,惟恐失其欢,必以士大夫往来之礼礼之,尊为上客,而心实不免旧日之猜嫌,殚精敝神,求其善贾之术,曰如是庶可求富我家也。夫以文弱礼义之士,而复经家道中落,凡百艰窘,自顾不暇,乃欲随大商巨贾营求贩卖。纵使蝇头有获,亦无济于巨家大族朝夕之所需。乃更无以为本,复向商人借贷,以侥幸其有得,而此巨商者知其家计虽艰,乃不善筹度之故,其实产业极多,财物丰厚,绝非彼之所能及其万一也。于是力为怂恿以求售彼之术,而济其贪诈之谋。更有[⑤]奴仆之愚而狡贪[⑥]者,亦大思遂其溪壑中饱之计,多方蛊惑,实繁有徒。此文弱礼义之主人翁者,耳濡目染,习闻其言而不觉,久味其说而有理,以为舍此真无复所谓自强之计矣。尔乃舍其本务,心焉向之,一听其所为。或息借他商以权子母,或彼所歇业而让我经谋。货店未开,而其置买器用、修造房舍与夫一切繁费、店伙工食所费已不赀矣。主人既不在行,而所用以谋计者又皆各挟其为己之私心,而未尝专以主人之事为

---

① “滹沱河亦不冻”增字作“经滹沱河亦不曾冻”。

② “耳”改作“随流而下”。

③ “一抔之土其势何可当”改作“抔土救之势何可当”。

④ “彼”下增“者”。

⑤ “更有”改作“加以”。

⑥ “愚而狡贪”改作“愚狡奸贪”。

重。如此而求欲不亏折资本，岂可得乎？此既然矣，乃屡惩而不悔，谓之何哉？

郡守王鉴亭、邑令徐子树均来见，云此处秋收颇佳。

正定城周廿七里半，有方塔，据云乡民多取城中土以粪田，故城中低下多积水云。晚微雪。

初五日己亥(12月10日)　阴。出门西经府县，乃出北门，瓮城内有“汉南粤王赵佗故里”碑。东北行七里，有铺，过此天渐晴。自获鹿至正定，东多北少；自正定至新乐，北多东少。四十里，新城铺，即伏城驿，尖于旅店。五里，正定界碑，入藁城界。十五里，藁城界碑，入新乐界。过木刀沟，有浮桥。四十里，沙河，有浮桥，长卅余丈。沙河之南亦有①河二，皆有土②桥。此处土田腴润，路旁却不见麦，殆种棉者多耳。正定亦据云多井，盖水浅易得。沙河亦不冻，但有冰棱。四十五里，新乐东关旅店宿。是日市集，人甚多。轻车坦路，健步如飞。辰正行，八十五里，申初二刻即到。

初六日庚子(12月11日)　晴。辰正行。十里，新乐、定州界碑，有“黄石公修道处”碑。廿五里，明月店。五十里，定州西关尖。未至定州廿里，有桥，当为孟良桥。桥下无水，过此，多沙堆土冈，已见定州城内塔尖矣。未初复行，十里，清水河，有浮桥。卅里，清风镇，过此十里，村多积水。六十里，望都县，县西南清流皱波，盖玉带河也。宿南关旅店。过新乐县，西北一带，迤逦皆山。是日有西北风，甚凉。尖后大风扬沙，咫尺莫辨。到望都，酉正，共百一十里。

初七日辛丑(12月12日)　晴。入望都南门，出东门，行十余里，过望都、满城界碑。卅里，方顺桥。自出望都，沿途有水，至此桥下反无水。过桥，路偏东。四十五里，陉阳驿尖。又廿里，大激店，先过满城、清苑界碑。店东西各有石桥，皆有水。大抵此日路中皆见

---

① “亦有”改作“先过”。

② “土”字圈去。

水，或清流微皱，或坚冰已凝。又出望都，即北望，山外青山，群峰耸峭。过方顺桥、陉阳驿后北望愈近，当即恒山也。过大激后路低，则不复见。四十里，保定府，过石桥二，有“前明刘孝子故里”碑。桥下清苑河，《度陇》云即一亩泉，水自满城来。入西关，南门行馆宿。申正到，晖庭令兄博野令名榕森来见。据《度陇》云，奇村河在满城县东十五里，发源西北四里许，泉水涌出，其阔一亩，名一亩泉。泉西南二里许又有泉喷出，状如鸡距，合流经奇村入保定城南河，可开田数千亩云。

一亩微泉潋滟清，昼夜流行，昼夜流行，为有源头活水生。两集乍逢七八月，沟浍皆盈，沟浍皆盈，转瞬桑田已尽耕。

驿路西从天外归，故园风景是耶非。计程几日脱征衣。路近乡关情更切，到家何处觅亲帏，对人强笑背人悲。

云山俱自客中过，归思如何，归思如何，快意那如恨意多。逝水光阴东去也，空叹蹉跎，空叹蹉跎，一事无成两鬓皤。

藩司松峻峰来拜。

初八日壬寅(12月13日) 晴。辰正，入保定西门，出北门。北关北行，沿河十五里，徐河桥，过此偏东。卅里，漕河，有浮桥，过河登北岸。五十五里，安肃县。入南门，出北门，偏东为北关，尖于旅店。县南北关各有石桥，桥下流水。北关桥下碑甚多，见重修瀑河大石桥、鸡爪河小石桥二碑。十里，白塔铺，村南石桥，桥下萍水也。十五里，麒麟店。廿里，田村。廿五里，入定兴界。六十里，北河店宿。尖时未初，未正复行，戌初到。尖后六十里中，沿途往往有积水，多苇塘。

初九日癸卯(12月14日) 晴。辰正行。出镇即过河，有浮桥。十里，定兴县。由城南折而东，又十里，入新城界。卅五里，高碑店，店南有庙，屋甚高，旅店自尖。是日市集。碑桥未见。又十五里，泽畔，入涿州界。大抵自过定兴至此，路旁多积水，古称督亢天下膏腴之田也。廿五里，松林店。卅里，忠义店，此处无店。四十五里，涿州南关宿。共八十里，申正到。

初十日甲辰(12月15日) 晴。巳初出行馆，入南门，城中有通会楼，东北有塔。出北门，五里，胡良河。十里，仙锋坡。卅里，琉璃河，南门题曰"燕谷峪"，《度陇》云其水即大清河。出涿州北门，时过千间大庇桥，桥长二百丈，其水与此水俱无冰。过琉璃河桥，由桥下偏东小路行四十五里，窦店旅店自尖，马夫勒索。又廿五里，良乡县，过南门桥，桥下清流。由城外东行，折而北，宿东门外行馆。

光绪十五年己丑(1889)北闱监临日记

光绪十五年己丑恩科。

七月初一日(1889年7月28日) 礼部奏派顺天乡试监临，奉旨派出文治、潘祖荫。向不谢恩。

七月廿六日(8月22日) 会同汉监临、顺天府兼尹潘伯寅夫子祖荫同至贡院查场。伯翁为余乙丑科朝殿师，场务谙熟，余得优游推让焉。余自乙酉甘肃差回，右臂时痛。自七月廿后，病发甚剧。是日同至贡院巡视一周，各所及新号均到。

八月初四日(8月29日) 再同潘伯翁查场，仍遍历各处。因上科头场点名完竣甚迟，伯翁命两县办场各官在砖门外各竖大旗，上写省分及府县，按时点进。并派出委官四员，于监试御史散卷时预备补点，以免纷乱无绪。又先令顺天府于士子投卷时随卷票各给小票一张，严嘱进场不遵时刻及场内喧哗、不守场规等弊。又令写严禁传递枪冒各弊告示，贴外砖门。又绘印贡院图散给士子，以便入场易于寻觅坐号。向例投卷初四日截止，初五日具奏，是科投卷者据治中呈报，共有一万四千一百零一本，算卷十五本，场中坐号共一万五千四百七十间。伯翁仍令两县搭盖席棚，分坐誊录，以便多留底号。贡院图及号房清单在后。

初六日(8月31日) 雨。辰初穿补服挂珠入闱，行李随到。拜五魁祠，兼拜井，井在明远楼两旁。汉监临已到，已派定委官五十三员，紫榜悬示。供给官在外，并已将监临关防由礼部请到，同坐至公堂。巳刻，正主考大学士吏部尚书徐荫轩桐，副主考理藩院尚书嵩犊山申、吏部侍郎许筠庵应骙、户部侍郎孙子授夫子诒经俱到。同考官、内外帘、监试御史、弹压副都统及各所官陆续到齐。堂上将各所官掣签分所任事，汉监临亲至二龙门外，将誊录书手点进一千一百余名，除分派受卷、弥封、对读三所外，余充誊录。监临关防向不瞻拜，汉监临收存，钥匙则归满监临，近年不随钥匙，即将关防送至余处。顺天府将壹二三场卷箱及治中办卷文册、并内帘应用书籍送到，供给官将主考、同考应领金花、杯盘、绸缎并书籍送入内帘，监临应领金花一对、银杯盘一分，亦送到。是日未刻，监视散卷吏将头场卷面钤盖关防，至戌刻完毕下堂。余住东堂，是日内外帘均熟供给。

初七日(9 月 1 日) 卯刻上堂，查明坐号戳，搅匀，监视所官用头场坐号，汉监临点进号军。

初八日(9 月 2 日) 寅刻，顺天府送到钦命题匣，宗室题在内，在中门外立递，钥匙已由正主考入闱日至军机处请领，余与汉监临在门内跪接，捧至至公堂，即送入内帘。四主考均跪，余在门外立递，荫轩在门内跪接。随按四门点进士子，监试御史按四门放卷。申酉间进齐，共一万三八百七十八名。封外龙门，令士子归号，将号门标封加锁。两弹压查旗号、印号戳，监临、监试分段查民号、印号戳，即令散卷吏印二场卷面关防。亥子之间，内帘发出题纸一万五千三百张，即令管号委官散放，余存东堂。关防用完，亦送至东堂。饱场，例应守堂，寅刻少睡，卯刻起。

初九日(9 月 3 日) 忌辰。常服不挂珠。辰刻，各号放粥，监视所官用二场坐号。未刻放饭。号戳印齐，分班少息。夜间轮班查夜。

初十日(9 月 4 日) 巳正，放头排，午正，放二排，少闭门，即放三排。向例汉监临十八日出闱以后，满监临即用单衔清字请安折，是日发信出，托人代写，令十六日送来。士子陆续交卷，寅正清场。

十一日(9 月 5 日) 忌辰。督催誊写紫榜，共计应贴四十一本。开外龙门，发贴紫榜，士子陆续点进，申正进齐。除贴出及不到者，共进一万三千七百六十三名，封号、查号印戳如前。监视散卷吏印三场卷面关防。子初，内帘出题纸，令管号委官散放。

十二日(9月6日) 受卷所将头场卷查清，移交弥封所。辰正放粥，未正放饭。监视所官用三场坐号戳。

十三日(9月7日) 卯正放头排，二排、三排接放。内帘交出二场题筒，并请安折，附[①]监临请安折，与汉监临分捧交顺天府转递。寅刻清场。是日进头场卷。据受卷所第四房所官自行检举，失头场卷冯士杰一本，赶办奏[②]折，令本生三场默写。[③]

十四日(9月8日) 卯初，将二场应贴卷十三本写紫榜发出。卯正，接回折，均奉旨："知道了。"查参折依议，题筒留。即送交内帘。点进士子，至申正齐，除贴出不到，实进一万三千七百三十五名。封门、查号如前。寅正，内帘交出题纸，令委官按号分散。

十五日(9月9日) 辰正放粥。外帘监试御史八员，三场事毕，应撤四员出闱，在堂上由御史自[④]掣签。是日宗室试卷钤盖关防，例由监试御史用坐号戳，用至公堂月台两旁坐号。

十六日(9月10日) 丑初放头排，仍少闭门，即放二排、三排。辰正，内帘交出三场题筒并请安折，附监临请安折，一并分捧交治中转递。两弹压出闱。寅刻清场。酌留委官接办翻译场务，余令随汉监临出闱。共收三场卷一万三千六百九十六本。

十七日(9月11日) 卯初[⑤]，弹压宗人入闱稽查，接谈。换卷大臣俱至，点进宗室士子七十四名，随即封号。宗人府章京同委员查印号戳毕，叫内龙门，领出题纸，按号分散。辰正放粥，未正放饭。酉刻

---

① "附"下增"查参折并"。

② "奏"改作"查参"。

③ "据受卷所"至"三场默写"移至"内帘交出"之上，"默写"下又增"内有补贴头场一本"八字。

④ "自"下增"行"字。

⑤ "卯初"下增"发出紫榜三场应贴卷十八本"。

放头排，少闭门，即放二排、三排。子正，弹压宗人出闱。丑正清场。宗室卷向由受卷官收齐，移交弥封所，即在堂上弥封，封完即交内帘。将宗室入场人数知照顺天府。

十八日（9月12日）　卯正，汉监临潘伯寅遵例出闱，掣出之监试御史及新号监试二人亦出闱。照章将三场安静折[①]及宗室场安静折并两监临请安折交汉监临带去，于十九日呈递。顺天府知照宗室中额，奉旨取中七名，即移会内帘。接内帘文移：廿二日宗室揭晓。即移会汉监临。本日，头场卷进齐[②]。自是日起，每日进内帘单供给一次。受卷所官八员，应将头二三场卷数分晰开单呈堂，并委员均出闱。

十九日（9月13日）　辰刻接回折，均奉旨："知道了。"本日进二场卷。

廿一日（9月15日）　申正，内帘交出宗室中卷箱并奏折、请安折，附满监临单衔清字请安折，与府丞分捧交治中接递。

廿二日（9月16日）　接回内外折件，均奉旨："知道了。"并发回试卷七本。汉监临带顺天府印入闱，在至公堂会同监试御史公同拆封填榜，钤用顺天府印。监临标判毕，开中式名单，并内帘折件，一并递交主考接收。随将宗室落卷六十七本交出，与中卷分包封固。即将拆封填榜折、中式名单并两监临请安折捧交治中接递。汉监临随出，并宗室榜文盛匣，用彩亭舁出。宗室落卷一封，交宗人府官暨顺天府官员送至宗人府，宗室中卷一封，送交礼部。

廿三日（9月17日）　巳初，接回折，均奉旨："知道了。"弥封所官吏均出闱，并呈递三场卷数清单。监试寿祐之病，送代奏请出闱折，附满监临请安折，交顺天府官接递。[③]

---

① "折"字圈去。

② "进齐"下增"据收掌开单共进一万三千七百二十六本"。

③ 第一历史档案馆藏有光绪十五年八月二十四日内阁学士文治《奏为内监试御史寿庆患病可否准其出闱请旨事》（档号：03－5252－079）。

廿四(9月18日) 巳正,皆回折,奉旨:“准其出闱。”寿监试出闱。二场卷进齐,共一万三千六百九十六本。是日大雨。天坛祈年殿雷火灾[①]。

廿五日(9月19日) 仍阴。是日进三场卷。

廿六日(9月20日) 晴。午后又雨。阅邸抄,始知廿四日大雨时祈年殿[②]被雷火灾。

廿七日(9月21日) 准内帘文称同考官卢俊章病势沉重,恳请出闱,写妥代奏折[③],附满监临请安折,捧交顺天府官接递。

廿八日(9月22日) 巳正,接回折,奉旨:“准其出闱。”申正,卢同考出闱。准内帘文,定于十三日揭晓,催[④]行文各处。

廿九日(9月23日) 誊录完竣,共进三场卷一万三千六百九十六本。申正,所官委官及书手九百余人均出闱。准内帘文,开贝卷莫字四十四一本,誊写模糊,交外帘另誊,即饬交外收掌查明,另行誊录。

三十日(9月24日) 对读所官及书手出闱。

九月初一日(9月25日) 将另誊卷送入内帘。

初二日(9月26日) 雨。申初,具奏三场实进卷数,附满监临请安折。是日补贴三场卷五本。

初三日(9月27日) 辰初,接回折,奉旨:“知道了。”

初四日(9月28日) 提调房办年老诸生稿,外收掌将试卷连三套齐按号入箱,存至公堂。

初五日(9月29日) 本房呈看进呈试录,官衔、题目、名次均写

---

① “天坛”至“火灾”删去。

② “祈年殿”上增“天坛”。

③ 第一历史档案馆藏有光绪十五年八月二十八日内阁学士文治《奏为代同考官卢俊章呈请因病准出闱事》(档号:03-5252-093)。

④ “催”下增“提调房”。

妥，共二本。进呈本用黄绫皮面，副本送礼部，用蓝绫皮面。

初七日(10月1日) 申正，内帘交出前十本试卷，盛箱，并奏折、安折捧至至公堂，附满监临请安折，一并捧交治中接递。

初八日(10月2日) 辰正，接回折，奉旨："知道了。"试卷十本发回，即交内帘。是日发出要车马条子，令十二日亥刻来接。

初九日(10月3日) 内帘文称中皿寒廿一一卷，三场默二场起讲不符，交外收掌查明。系与月五十红号错误，眼同外监试提调更正，即送内帘。

十一日(10月5日) 内帘文开出红号错误应得处分，即令行知吏部。监试点进各行，预备揭晓，搭盖席棚，修砌炉灶。各夫役送入内帘，事毕出。申初，汉监临入闱。

十二日(10月6日) 寅初上堂，将卷箱及应办各件查齐。叫内龙门，同汉监临、外帘监试御史、外收掌带写榜吏等同入内帘。照磨请顺天府印，委员请监临关防，均设于主考座右案上。封内龙门，主考正坐，同考两旁坐，两监临坐主考之右，弹压副都统未到，内外帘监试御史迎面两边坐，内外收掌均依东墙坐，堂中设榜案。随即拆卷，正主考写姓名，副主考写名次，同考写录条，监临用朱笔标判毕，书吏依次唱名，一面写榜，一面写试录。申正拆完，酉初二刻写全，分席吃饭。是日无暇早餐，只吃点心。晚饭在徐荫轩房内同吃。戌初，写五魁。戌正，写副榜，监临标判。进呈试录已核对讫，装订平压，盛箱毕。子正开内龙门，到至公堂发中卷箱、落卷箱，榜文盛匣、试录盛箱，即开外龙门发榜。汉监临出闱，年老诸生折及联衔覆命请安折均交折官领去，监临关防交委官送回礼部。东堂少坐，车马已齐，子正二刻出闱。

十三日(10月7日) 传知内阁十四日呈递膳牌。

十四日(10月8日) 进内覆命，请安折均奉旨："知道了。"年老诸生折奉旨："依议。"同汉监临至午门带领年老诸生谢恩。随到顺天府赴鹿鸣宴,四主考陆续到,同考未到,士子一[①]二人先向西[②]行三跪九叩礼,后受士子四拜,入宴毕,复行九叩礼,退。

廿一日(10月15日) 辰正入闱,接办翻译乡试,至至公堂。午刻,委官将关防请到。未刻,翻译正考官工部侍郎清吉甫[③],副考官通政使司通政使岳啸琴[④]同年先后到。卷箱随提调同来,共试卷一百零二本,内外帘御史四员入号,巡查御史四员、弹压副都统暨内外帘所官六员陆续到齐,在堂上掣签,分所任事。又礼部派出缮题笔政二员亦到。将回避条例移内帘。惟顺天府应用书籍未到。戌刻,封内外龙门,提调房于各号粘贴告示,分为仄、辰、宿、列、张、寒、来、暑、往、秋字等十号。令散卷吏于卷面钤盖关防,随令所官戳印坐号,用毕,仍存提调处。事毕下堂,仍往东堂。本日进熟供给。

廿二日(10月16日) 寅正。贡院外叫门,府尹高抟九万鹏送钦命题匣到,跪接如仪。随叫内龙门将题匣送交主考接收,书籍亦到,亦交内帘。内外帘均无回避,即移会点名御史开门,先点进号军廿名。是科宗室应试二人,弹压宗人入闱,住敬事堂。共点进士子九十九名,不到者三名。监试御史散卷,封外龙门,封号、印号戳,照例系入号巡察御史带委员办理。子初,至内龙门,内帘交出题纸三百张,令委员按号分散,余存提调房。

廿三日(10月17日) 辰正放粥,未正放饭。子初下堂,丑初复至外巡视一次。

廿四(10月18日) 辰刻上堂,赶办士子安静及实进卷数、并声明宗室与旗卷一律弥封暨揭晓日期一折。进内帘供给。午后,内帘交出题筒一个,随折一匣,暂存至公堂。内帘移会,定于廿八日揭晓,

---

① “一”改作“到者”。

② “西”下增“南”。

③ 即清安,满洲镶黄旗人。

④ 即岳琪,宗室,同治四年乙丑科进士。

即日行知礼部。酉正，放头排，少闭门，即放二排，又少顷，放三排，以后陆续放出。接礼部来文，奉旨取中十名①。亥初，因交卷不多，进卷数尚不能定，只将题筒、安折附满监临请安折捧交治中接递，弹压宗人、副都统均出闱。寅正，清场，放出号军，封外龙门。试卷九十七本，扣除不完卷二本，照例②弥封，送③入内帘，夜雨。

廿五日（10月19日） 巳初，接回内外帘折件，均奉旨："知道了。"内帘折即交主考接收。申初，将士子安静折并安折捧交折官接递。

廿六日（10月20日） 巳初，接回折，奉旨："知道了。"本日发出要车马条子。夜雨，大风。

廿七日（10月21日） 未刻，内帘交出中卷十本，盛箱。折一件，并请安折随监临请安折一并捧交折官接递。

廿八日（10月22日） 辰初，接回内外帘折件并试卷一封，均奉旨："知道了。"暂存至公堂。汉监临带印入闱，叫内龙门，委员请监临关防并顺天府印入内帘，设于主考座右案上，同监试均入内帘。拆封、写录条、唱名、填榜、写试录均与文闱同。监临标判清字榜，并代汉监临标判汉字榜，钤用顺天府印。试录装订盛箱，榜文盛匣。中卷、落卷查齐，分包、封固、用印。开内龙门，到至公堂将诸务交清。叫外龙门，发榜。委员将关防送回礼部。巳正，出闱，传知内阁明日递膳牌。其覆命请安折均系联衔，由顺天府呈递。

廿九日（10月23日） 进内，覆命折、安折均奉旨："知道了。"是日皇上中和殿阅视祝版，驾回时，随两主考在中左门内井亭北边道右请安。主考仍至午门前带领士子谢恩。

一，带跟役三名、厨子一名。

---

① "十名"下增"即移会内帘"。

② "照例"下增"在堂上"。

③ "送"上增"即"字。

一,满监临请安折须自办。

一,应用衣服:单夹棉袍褂;夹棉便衣;补褂;朝珠;暖帽;汗褂衣袜鞋靴;花衣青褂不用。

一,零用物件:蚊帐;铺盖;脸盆;刷牙;小刀;笔墨;图章印色;书;手纸火纸;水烟取灯;米面须酌带,供给恐不佳也;茶具;茶叶;饭碗;点心;坐褥。

光绪二十三年丁酉(1897)北闱监临日记

光绪二十三年丁酉科顺天乡试。

六月廿九日(1897年7月28日) 礼部奏派监临，奉旨："派出文治、胡燏棻。钦此。"向不谢恩。

七月廿六日(8月23日) 会同汉监临查场。巡行各处、淘井、备号板等，是场前应办事宜胡公，余甲子同年。

八月初二日(8月29日) 汉监临查场一次，诸事始齐。是科至初四夜间始知投卷至一万四千四百卅本，算卷六十一本。各号除留号底数间，实铺号板一万三千七百七十间，尚属不敷。饬两县赶搭棚号，匀出誊录号二百余间，中隔以墙。

初六日(9月2日) 辰初，补褂入场，拜五魁祠。汉监临随到，派定各处委官。正主考孙燮臣家鼐、副主考徐颂阁郙、裕寿田德、溥玉岑良陆续入闱。由委官赴礼部请到监临关防，存敬事堂，即余住宿之处。同考官、内外帘、监试、弹压及各所官到齐，掣签，分所任事。提调李小川鸿逵，亦余乙丑同年，已于初一日升任奉天学政兼府丞，奉旨："俟办场完竣再行赴任。"是日由提调点进誊录书手千余名，除分派受卷、弥封、对读外，余充誊录。顺天府治中进三场卷箱，存堂上。余于场前已预令早请关防，以便是日早行钤用，而场差皆各处派来之人，提调房书役虽熟手，向来罢玩，直至戌刻后始用头场卷面关防，至次日辰刻始毕。余下堂歇息，散卷吏①掣签，留卅二名，凡卷面

① "散卷吏"上增"向由各衙门送来书吏若干名充"。

关防及坐号戳皆所经管。是日供给官送杯盘金花。

初七日(9月3日) 卯初,上堂。关防用完后,查点坐号戳、搅匀,已至午刻。坐号向由[①]所官亲印,余[②]至堂闻皆系受卷所官[③],因问胡云湄是谁主意,据云提调记得如此,时已[④]成事不说,受卷官虽不愿意,亦未能有辞,遂含胡了事。至寅刻始完。又提调点进号军太多,余数十名。会提调房办文书送出。向来题筒由顺天府请领送入贡院,是科兼尹、府尹俱入场,是日[⑤],由军机处传旨贡院,令府尹胡燏棻寅刻至乾清门领题,并令以后遇兼尹、府尹俱入闱,照此办理。云湄丑刻去,寅正回,余以不须出接,云湄即送入内帘。

初八日(9月4日) 卯刻,外龙门叫门,监试按四门放卷,实点进士子一万四千二百七十三名。戌刻,封外龙门,令士子归号,封号门,加锁。弹压查旗号,监试分查民号,用号戳。亥正,内帘发出题纸一万四千八百张,暂存堂上,俟号戳打完,交各管号委官散题纸。

初九日(9月5日) 常服,不挂珠。卯刻,散卷吏用二场卷面关防,关防用完,随收拾号戳。所官因头场只用受卷一所,余三所不愿来,屡向各所往请,始得了事。戌[⑥]初始完,余因在堂守夜,至寅刻少歇。是日巳刻放粥,申刻放饭。

初十日(9月6日) 巳初,放头牌,随用抗牌传知各号,遵上谕:不准给烛。交卷初颇踊跃,二牌、三牌随放,至子刻尚有数十人,直至寅正始能清场。向来顺天乡试场务最为难办,余本庸懦无能,而提调李小川同年向称暴躁,视余太老实,用言侵侮,而其真是真非,彼固不

---

① "由"下增"四"字。

② "余"下增"饭后"。

③ "皆系受卷所官"改作"系受卷官"。

④ "时已"圈去。

⑤ "是日"改作"未刻"。

⑥ "戌"圈改作"亥"。

能辨也。余思监临但总大纲而已，岂必躬亲细务乃为尽职？况各有专司，不当越俎而代，惟当督视各官，期于了事。又近年法太密①，场规亦然，有不得不从权者，既不能事事恪遵功令，则苟非有关弊窦，可从宽②。且汉监临胡云湄亦属能事，即李小川奋其振厉，亦可警动群情，于事亦不为无益。又有监试各官，不乏干事之方，如此则群策群力，监临坐享其成，未为不美。惟人情太劳则必争③，躁急之人性不能耐，又恃己之敏速，忽④人之钝拙，加以齿牙尖利、口角无情，视余木讷，将益肆其丑詈⑤。夫君子以仁存心，以礼存心，相爱相敬，然后在下者不敢轻侮。且⑥士夫之间有⑦卓识者盖鲜，随声附和者常多，久且群起环攻，任情狂妄。至委官以下，以至仆役十数百千人⑧，终日环伺，余又在第一席，人所具瞻，此以眉视，彼亦目语，隐约谈笑，使之闻之而不能问，如此则堂上已不可坐。若归住舍，则屋后门前时闻笑骂，真可谓羞愧难堪，毫无面目，罪由自取，无可怨尤。此时飞走路穷，无地可入，不羞死则易致心疾者，历科多矣。然此乃心思钝实者往往如此，又⑨否则不堪其侮，彼此肆骂，胜负相当，不成体统者有之⑩，相参揭⑪是非，总而言之，一场笑柄而已。回思己丑场差，与潘文勤同事，亦躁急人也。入场以后，视余庸庸，渐来相逼，亦是至初十

---

① “密”下增“而反疏”。

② “苟非有关弊窦可从宽”改作“苟非有心作弊似可从宽”。

③ “惟人情太劳则必争”改作“惟人情积劳太甚易至忽争”。

④ “忽”改作“愤”。

⑤ “丑詈”后增“是不留余地以处人也”。

⑥ “且”改作“即”。

⑦ “有”改作“能具”。

⑧ “以至仆役十数百千人”改作“以至仆役立堂上者常数百千人”。

⑨ “又”字圈去。

⑩ “者有之”改作“又或互”。

⑪ “参揭”下增“各有”。

日头场交卷时,势不可耐。然文勤高明过人,余以理开陈,彼则即时豁然,遂得终场无事。今事势又非其比。修夜沉思,疲极而不能睡,乃于次日称病不上堂。此处仍当少忍,但称病睡一日,则精神复而心思清,可无恼矣。

十一日(9月7日) 卯初,呼委官,告以故[①],遣其至汉监临处求其办理一切。云湄旋来相劝,情甚殷殷。然彼不能知我难处之情形也。午后云湄又同[②]小川同来,再三相劝,于是直告以我意:现拟具折请旨出场。二人再三阻劝,余暂含胡应之。旋遣人至家送信并折底,托兵部代写[③],十三日送来。是日贴出者百余名。点进二场一万四千零卅六名,其封号、打戳及内帘出题纸并散放题纸,俱云湄偏劳云。

十二日(9月8日) 仍不上堂。云湄又来相劝,但我意已定,倘能出场,私计甚得。旋思倘旨不准,则太觉无谓。是晚遂出。然究轻举妄动,为众所知,深可悔吝矣。自念此身处处是病,毫无学识者[④]也。是日用三场坐号戳,戌初毕。丑初睡。

十三日(9月9日) 放牌。内帘交二场题筒并安折。

十四日(9月10日) 三场点进士子一万三千九百九十五名,封号、打戳。亥正,内帘出题纸分散。寅正睡。

十五日(9月11日) 放粥、放饭。宗室卷用关防。监试用坐号。是晚本不欲出,宋芝洞[⑤]、黄伯香[⑥]来[⑦]逼令出,所对语甚不是,亦心肆之故也。子初放牌。

---

①③ 此处行间注“错在此”。

② “同”圈改作“与”。

④ “者”改作“真可叹”。

⑤ 宋芝洞,即宋伯鲁,时任山东道监察御史。

⑥ 黄伯香,即黄桂鋆,时任福建道监察御史。

⑦ “来”字圈去。

十六日(9月12日) 终夜不睡。内帘交三场题筒。两弹压出闱。子正清场。

十七日(9月13日) 弹压宗人入闱。点进宗室四十九名。封号、印戳。叫内帘领题放散。放粥饭。酉正放牌。丑正清场。堂上弥封试卷。

十八日(9月14日) 汉监临及监试出闱。疲极矣。

十九日(9月15日) 辰正,接回折。受卷官均出闱。第一二房各少卷一本。据呈移顺天府。

廿日(9月16日) 弥封官出闱。顺天府知照宗室中额五名。头场卷进齐,进二场卷。

廿一日[①]**(9月17日)** 内帘交出宗室中卷箱并奏折,附满监临清字安折送出。

廿二日(9月18日) 巳初,汉监临入闱。巳正,接回折。宗室卷五本在至公堂拆封、填榜、钤用顺天府印。开名单,并回折交内帘,即将拆封填榜、中式名单、两监临联衔折交汉监临带出,榜文盛匣并出。

廿三日(9月19日) 忌辰。辰正,折回。庸懦性成,又复掉以轻心,见侮于人,乃其自取。虽□□别有所在,岂粗心人所能知?第见其委琐龌龊,将肆其侵凌轻侮而已。优游坐论或有一日之长,兵刑钱谷有所不知,岂胜烦剧之任?君子不可小知而可大受,体之有容,坐[②]收群策群力之用,坐享成功,此平日所□也[③],虽不成,然意在于此[④]。所叹者,德成而上,艺成而下,皆无所就,是无可恃者也,乃遂至此,使德望有以孚之,亦自无此辱矣。

---

① “廿一日”下增“午刻”。

② “坐”字圈去。

③ “此平日所□也”改作“所□”。

④ “然意在于此”改作“意则在此耳”。

廿四日(9月20日) 行有不得者，皆反求诸己，咎实自取，方惭恧之不暇，其谁敢怨？凡事掉以轻心，此不敬之大者，尤悔丛集，实由于此。自念行谊多亏①，天理②所不容，俾发露耳。

胡云湄性行通和，才堪集事浙江人寄籍徽省。李小川③性气稍粗，精力绝人。冯星槎名锡仁湖南人聪明有识，有用④之才。杨晨号定敷浙江，宋伯鲁号芝洞陕西人，黄桂鋆号伯香贵州人，松龄号颐园，如格号菊庵，赓飏号辅廷，富通阿号文修，此外帘八监试也。内帘则桂年号月浦，庞鸣书号仲劬。□□号则麟趾伯仁、阎锡龄。

大智若愚，大巧若拙，冯星槎能言之。君子粥粥若无能，本不与众人争一日之长。然德望足以孚之，故人不敢加以轻侮。仆自十余年来，存心惟有混之一字。

朝廷不知其非才，尚复进以名位，此心不可对于君上，此语不可闻于朝廷。窃位素餐，不能自退，焉得不为天所恶，使发其隐而辱其身乎？

本存苟且了事之心，又不能做面子与人看，则群小之指摘丛矣。有暐识者所以可贵也。

廿五日(9月21日) 热。二场卷进完，共一万三千九百八十七本。

廿八日(9月24日) 连日晴热。廿七不开门。侯意园送扇二。

九月初一日(9月26日) 誊录、对读两所人均出场，三场卷进完，共一万三千八百四十本。是日早微雨。

初二日(9月27日) 申正，送进卷实数折、满请安折。

初三日(9月28日) 阴，午初大雨。折回。

---

① “多亏”改作“未孚”。

② “理”字圈去。

③ “李小川”旁注“江右”。

④ “有用”圈改作“干事”。

初四日(9 月 29 日)　外收掌卷套齐存堂。

初六日(10 月 1 日)　内帘进呈前十本,并内外折,及监试富文修请出闱折,一并交出。

初七日(10 月 2 日)　折回,文修出闱。

光绪二十五年己亥(1899)至二十八年壬寅(1902)浙粤视学日记

光绪二十五年正月二十四日(1899 年 3 月 5 日) 奉旨:“浙江学政著文治去。钦此。”二十五日具折谢恩,仪鸾殿叩头。二月廿一日请训,召见。

三月初二日己酉(4 月 11 日) 巳正启程。七十里,酉初二刻至良乡住,是日晴,午后有风。

初三日庚戌(4 月 12 日) 大车未到,待至巳初始行。廿五里,窦店尖。四十五里,涿州北关住。早大风,午后稍息。酉初到,共七十里。

初四日辛亥(4 月 13 日) 卯初行,六十里,新城县早尖。又七十里,雄县住。县令胡恪三,名宾周,癸未进士,出城十五里王克庄相迎。戌刻到,是日南风。

初五日壬子(4 月 14 日) 胡令来送,并求书。壬正始行,卅里,茂州自尖。又四十里,任邱县宿,王令名蕙兰号仲芳出迎。申正到,是日仍南风。由新城南即沿堤行,十里,渡河。又廿五里,至白沟,已至南堤,故不复渡。至雄县南界,名大清河,至赵北口,又入堤内。十二连桥在两堤中央,桥尽南行,去河渐远。

初六日癸丑(4 月 15 日) 卯正行,王令送行。五十里,至廿里铺自尖。又廿里,河间府城内住,未正到。是日仍南风甚大。

初七日甲寅(4 月 16 日) 夜雨。卯正行,六十里,献县尖。又四十里,富庄驿住,申正二刻到。

催花二十四番风，日日征尘扑面红。一雨郊原足清景，青葱极望麦苗同。

夜雨初过景色新，春云低野不生尘。田园麦陇青葱里，满树梨花晓露匀。

东风吹水绿参差，浅碧拖烟拂柳丝。雨后有人耕绿野，土膏含润气潜滋。

初八日乙卯(4月17日) 卯正行，四十里，阜城县尖。午初二刻又行六十里，申初二刻，至景州，住庙内，知州王兆骐号检予，甲子举人，来见。是日晴。

初九日丙辰(4月18日) 卯正行，四十里，南留智庙尖。又廿里，渡河，城守尉和连、参将[①]迎于河东。又五里，德州城外住，粮道[②]尚其亨来见。是日早阴，有风，午晴热。未初二刻到。

初十日丁巳(4月19日) 卯正二刻行，尚会臣送于路。五十里，曲路店尖，又卅里，平原县，入北门，知县吴明昭号子新出迎，住景颜书院励志堂，未正二刻到。是日早微阴。

梨花霏雪杏流霞，三月春阴正养花。云影郊原明复暗，绿杨深处见人家。

染翰书成颜鲁国，买丝绣作平原君。

十一日戊午[③](4月20日) 辰初二刻行，七十里，禹城桥尖去禹城县三四里。又四十五里，宴城住，戌初到。申酉间大风雷雨，俄顷即晴，早沉阴旋开。禹城令向植迎送。

十二日己未(4月21日) 卯正二刻行，廿五里，齐河县。城内茶尖，换夫马渡黄河。又廿五里此路长，巳初过河[④]。午初二刻，到杜

---

① “参将”下增“赵得华道库大使裕廉”。

② “粮道”下增“先出迎”。

③ 此日天头注“谷雨”。

④ “过河”增作“又过鱼腹河”。

家庙尖。又卅五里，崮山店换马、茶尖。又十五里，张夏住，酉正二刻到。是日晴热。渡黄河后沿堤东南又渡一水，舟人名为鱼腹河，过此河由小路行，可近十里，车路更远。杜家庙尖后十余里入山，杜家庙属长清县。

春晚韶光丽，征途更午晴。断崖经雨裂，古柏向岩生。野店茅团屋，山村石作城。艰难惟力穑，硗确有人耕。

长清驿路乱山中，晴日征舆趁曙风。流水断桥泉咽处，四围山色夕阳红。

十三日庚申(4月22日) 卯正二刻行，山中[①]南行，水自北流。五十里，垫台尖仍长清。又五十里，泰安府姚钊号松云、泰安县朱钟琪号养田、泰安营参将亨山号岳亭出迎，至馆来见，住南关，酉初到。晴热。

岱岳雄尊气象深，我来三次未登临。宫中美富无由见，徒负门墙仰望心。

由垫台尖后即近此山，行五十里，方窥正面，至此回望，高插云表，知前此两次经过所云皆揣测之谈也。缘初次至此已昏黑不可辨，二次又冬日多阴气，今则天气清明，到时又早，较前所见为真切矣。问本[②]府县，云出北门即入山口，此山南正面也。

十四日辛酉(4月23日) 卯正二刻行，府县等出送。四十里，崔家庄尖。先渡汶河，水微无船，可以徒涉。又五十五里，羊流店住属新泰。是日[③]尖后过一岭，即白石岭。过岭后，平冈回互，中有清流，盖山泉也。未至羊流十余里，又过一岭，过岭少平，又过一坡，坡尽又渡河，亦微水无船。至平旷无山处，一村齐整新修，即羊流也，西门内有晋太傅羊公祠。是日晴暖，路多东南，酉初到。

---

① “山中”下增“人自”。

② “问本”二字圈去。

③ “是日”后增“由府东南行四十里平坦”。

泰山东去路苍茫，又复经过汶水阳。笑我风尘苦奔走，五年重到鬓成霜。

十五日壬戌(4 月 24 日)　卯正二刻行，六十里，新泰县尖，县令田宝蓉迎送，来未见。又廿里，鳌阳茶尖。又四十里，蒙阴住。县令陈出迎，酉正到。过山坡两处，未至十余里，□住□□□。晚雷雨。

十六日癸亥(4 月 25 日)　卯正二刻行，县令来送。六十里，垛庄尖。又四十五里，青驼寺住。酉正二刻到。

我行经过齐与鲁，蒙阴山径经夜雨。道旁怪石如卧虎，松柏丸丸根据土。感怀俯仰更怀古[①]，驰驱感念想无补。长途饥渴日当午，天岂不知行旅苦。

村边绿树如云屯，垛庄深藏不为门。白沙成滩堤曲折，夏日流水应环村。左右数里皆山路，路傍巨石如牛蹲[②]。沿流东南数十里，青驼未到天黄昏。

十七日甲子(4 月 26 日)　卯正一刻行，五十里，伴城尖，仍山行[③]。又五十里，渡沂水，沂州府兰山县住。入北门，出南门，南关住。府县[④]出城迎，到馆未见。北门外有王羲之故里碑、武侯故里碑、王祥故里碑。自出京，麦苗青葱，直境雨雪霑足，山东由新泰以上俱葱美，惟沂州府望雨。

十八日乙丑(4 月 27 日)　卯正一刻行，五十里，渡沂水，有船。至李家庄尖。又六十里，郯城十里铺住，县令余则远号立之来见。是日早微阴，午晴，南风。酉初到。

十九日丙寅(4 月 28 日)　卯正一刻行。六十里，红花埠尖。又六十里，峒峿住。是日晴。县令城南送，戌刻到。峒峿店狭，不如红

---

① “感怀俯仰更怀古”改作“人生俯仰成今古”。

② “路傍巨石如牛蹲”一句下增“松柏丛生亦奇古，势穿不罅横情根”。

③ “伴城尖仍山行”改作“仍山行伴城尖”。

④ “府县”下增“杨建烈陈公亮”。

花埠,仰花集亦狭陋,不如顺河集。是日路旁多树棘为篱,根株皆绿[①],昔人所谓橘遇淮南为枳,岂非此物耶?

廿日丁卯(4月29日) 卯正行,六十里,顺河集尖,宿迁令陈守晟迎于路[②]。去县城六里,在河南,所过河皆运河也。又五十里,仰花集宿,酉初到。郯城舆夫劣甚,上下站皆佳。

廿一日戊辰(4月30日) 卯正行,六十里,重兴集尖桃源。四十里,金沟住清河,酉正到。是日阴,微凉。重众兴集去桃源县四里,亦属宿站。此数日尖站俱应为宿站,便宽展多矣。

清河令陈崇煌号鹭民,湖南平江人,差帖来。漕督[③]差帖。

绿杨三月喜郊行,时作阴晴,时作阴晴,丛树阴[④]中众鸟鸣。野花向客开如笑,韶景清明,韶景清明,盈野风来麦陇平。桃源多有种罂粟者。

济众由来病博施,轻离乡井悯灾黎。细旃广厦穷奢欲,谁识艰难泣路隅。灾荒闻邳州为最,此日路旁逃荒者颇多。

廿二日己巳(5月1日) 卯正行,东南行卅五里,王家营过河[⑤]。又十里,县令陈崇煌道旁备茶尖,少坐,俟漕督、浙江文武、巡捕来迎,在清江已候数日。少顷,报松峻峰已至。又行至柳河湾,漕督在此请圣安,总兵潘万才、淮扬道谢元福同坐,少谈。又里许,至岸登舟。凡舟六,漕督、镇、道、里河同知、县令均来拜。苏抚已派小轮到此相候数日[⑥]。申正开船,过淮关,监督金声差帖。行卅里,至淮安府山阳县住,知府罗章、县程鑫仙舫、通判屠作伦来见[⑦]。

---

① “皆绿”下增“着小白花交秋结实为枇杷”。

② “路”下增“到馆未见”。

③ 松椿,字峻峰,马佳氏,满洲镶蓝旗人,时任漕运总督。

④ “丛树阴”改作“深树丛”。

⑤ “王家营过河”改作“过河王家营”。

⑥ 此处天头注“轮船拖带实属无用,可不必”。

⑦ 此处天头注“清江浦至山阳卅里”。

廿三日庚午(5月2日)[①] 卯正行，四十里，平桥。四十里，宝应县，午正到，迟至申正二刻始开船。又四十里，范水。戌初三刻到。

廿四日辛未(5月3日)[②] 卯正行，廿里，界头。水浅，轮船不能拖。又廿里，六安闸，作食。又廿里，清水潭，复用轮。高邮州汤华衮来见。又廿里，高邮州住。未至城二里许，有风神庙，左右石堤水稍浅，次[③]舟不能行，许久始能出浅，至时将子正矣。

廿五日壬申(5月4日)[④] 因昨日第二船落后，知有私货太多，势不能不一查办，遂将眷口分住各船，逐第二船不用[⑤]。以有州官同行，当易为力，然亦大费周折矣。巳正[⑥]始得开船。廿里，车逻作食。十五里，露筋祠，州牧汤送至此始回。又卅里，邵伯，有厘卡委员、候补县徐承业差帖。过邵伯后，江湖开阔，春水平铺，令人心意开豁。

我生名胜喜重游，山外青山楼外楼。正是江南好风景，烟花三月下扬州。

又四十里，扬州南关住，知府沈璧香锡晋、江都县朱江[⑦]来见，至时戌正一刻。子初睡[⑧]，夜雨。

廿六日癸酉(5月5日) 辰初行，阴凉。平湖春水势渊涵，微雨连宵草木酣。鼓棹今朝瓜步去，落花时节到江南。四十里，瓜洲口作食，武巡许世[⑨]继云：镇江口无水，不能入，丹徒口去此五十里，恐天

---

① 此日天头注“宝应”。

② 此日天头注“高邮”。

③ “次”改为“第二”。

④ 此日天头注“扬州”。

⑤ “不用”下增“将船户交州惩办”。

⑥ “巳正”下增“二”。

⑦ “朱江”下增“少轩”。

⑧ “睡”下增“是日阴凉”。

⑨ “世”改作“兆”。

晚江行不稳,须明早乃行。轮船告煤罄,遂辞之令回。泊江边,半日空驻无事。

连樯中日泊江干,春水长空极远观。遥指金焦天欲晚,恨无明月夜投竿。

廿七日甲戌(5月6日) 立夏。卯初行,辰初至镇江口,候至辰正,京口副都统吉升号敬轩、常镇道长恒号久山请圣安毕来见。丹徒令王伯芳名芝兰见,系任邱令蕙兰之胞兄,据云同日同时生,今四十九岁。又郑孝先来。

又行至丹徒口,轮船归去。入口,至丹徒镇早饭,船人候潮不肯行。申正行,酉正二刻,廿五里至新丰住。

大江东去浪迢迢,对峙金焦,为看金焦,起著衣冠坐半宵。春水船如天上坐,云路扶摇,一过平桥,浅港仍须待晚潮。

江面东行,去金山不数里,再东,经北固山下,奇峰叠翠,又东过焦山下,山在江心,苍颜耸峭,石根淘刷,万古不去,皆昔年所未见也。甲午乘轮归,以夜深不见。

廿八日乙亥(5月17日) 乘潮夜行,四十里,丹阳,由城西至南关早饭。巳刻又行,廿里,酉正至陵口,后船未至,待至丑正始来。

廿九日丙子(5月8日) 寅正开船,廿里,吕城早饭,未正[1]。申初又行,廿里,奔牛。又十五里,连江桥[2]。又数里,时已丑初,泊于野。

三十日丁丑[3](5月9日) 寅正开船,过新闸,午正到常州府早饭。杏花开处首征途,绿暗红稀又夏初。三月正当三十日,计程今日到阳湖。知府王毓芊号露峰,乙酉拔贡,鲁香[4]之弟;武进令郭重光号

---

① "未正"移至"吕城"上。

② "连江桥"增作"戌正连江桥晚饭"。

③ 此日天头注"常州"。

④ "鲁香"上增"黔抚"。按,王毓藻,号鲁香,贵州巡抚。

子华，乙酉举人；阳湖令高承惠号竟畴来见。未正行，丹阳令刘炳青迎见于路。戌初二刻[①]，东关外晚饭。又行廿里，漆氏堰住，子初到。

四月初一日戊寅(5月10日)[②] 寅正开船，行十余里，地名红庙。船人卸盐，停一时之久，午正早饭。行过高桥，轮船复来接。此日共七十里，酉初至无锡县泊。无锡令孙赞元来见，未会。

初二日己卯(5月11日) 寅正开船，五十里，望亭早饭。此两日岸平水阔，多见桑田。南岸远望，连山高下，稍遣旅怀。又廿里，墅浒关。又廿里，枫桥。戊戌门生王仪通刑部、湖南即用县赵延泰在此迎候见。又十里[③]，苏州城西胥门外泊舟，门生江苏即用于铭训[④]、刘麟翔[⑤]，拔贡试用李瑞年来见[⑥]，李钟岳[⑦]、苏耀泉[⑧]、苏州督粮同知王士暄、长洲令汪懋琨、元和施沛霖、吴县赖丰熙来见。江苏巡抚德静山[⑨]、织造海云舫[⑩]、藩司聂仲芳[⑪]、臬司朱之臻、道[⑫]朱福清在此请申正二刻圣安毕，少坐，回舟。静山、云舫来拜，浙江书差来见。定十二日接印。叶在泗[⑬]，大遒[⑭]之侄也，来未见。钱人龙拔贡，以教职用，

---

① “二刻”后增“行十余里”。

② 此日天头注“无锡”。

③ “十里”下增“申初二刻到”。

④ “于铭训”旁注“山东”。

⑤ “刘麟翔”旁注“山西”。下又增“宋殿元浙江”。

⑥ “来见”圈去。

⑦ “李钟岳”旁注“戊戌即用山东”。

⑧ “苏耀泉”旁注“戊戌甘肃”。

⑨ 即德寿，字静山，耿氏，汉军镶黄旗人，时任江苏巡抚。

⑩ 即海丰，号云舫，时任苏州织造。

⑪ 即聂缉椝，字仲芳，湖南衡山人，时任江苏布政使。

⑫ “道”上增“海关”。

⑬ “叶在泗”旁注“大挑”。

⑭ 叶大遒(1845—1907)，字敷恭，号铎人，福建闽县人，光绪六年(1880)进士。

来见求馆。汪柳门来谈许久,因询此处医家为家眷看病,请到陆世庆号方石,开单取药。戌正晚饭,亥正睡。是日晴热。

初三日(5月12日)[①] 晴,庚辰。寅正行,十余里,宝带桥,桥不甚高,凡五十余洞。又廿余里,有桥,上题“瓜泾桥”,凡五洞。四十里,吴江县,县令刘润珩、震泽令方道济同来见。又四十里,八尺宿,南风颇紧。

初四日辛巳(5月13日)[②] 晴。寅正行,廿里,平望,过此湖河相通,舟偏东。吴江以上水渐清。五十里,汪家泾,午正到,入浙[③]。未至泾数里,截取同知乍浦厘局卓凌霄号亨仲来见,刑部主事卓孝复之弟。据云乍浦海口去嘉兴九十里,向厘收三万余,今增至五万,得此差一年,以有赢余,留一年。又卅里,嘉兴府城西南住,戌初到。未至数里,知府宗子材培、嘉兴令萧治辉、秀水令陈其昌同迎见。到后副将、都司、教官、同知来见。是日有风而热。

初五日壬午(5月14日) 寅正行,四十里,午正至双桥早饭。午后有风。又五十里,酉正至石门县住,县令南金[④]迎于路。天台县张绍恺迎见。

初六日癸未(5月15日) 卯初行。夜雨,终日阴雨。五十里,早饭过,塘西同知[⑤]葆谦号益园、候补县书麟号仲元来见。又行十余里,仁和县陈希贤号吉士迎见。去省十里,大关桥住。李瑞年、苏耀泉、李钟岳来见。

初七日甲申(5月16日) 林迪臣来见。辰初行,十里,至省。

---

① 此日天头注“吴江震泽”。

② 此日天头注“王江泾”。

③ “五十里汪家泾午正到入浙”改作“又卅里午正到王江泾入浙界”。

④ “南金”上增“叶”。

⑤ 似应作“西塘同知”。

将军济均普[①]、巡抚刘景韩[②]、藩台恽松云[③]、臬司世振之[④]、运司陈允颐、杭湖道万福康、织造诚书元[⑤]、乍都统于铁香[⑥]、杭都统常荷卿[⑦]请圣安。少坐行，十里，至署。来见者接踵。家眷申正至。

初八日(5月17日) 拜客见客。何黼章才气纵横。

初九日(5月18日) 雨。

初十日(5月19日) 雨。见客，幕友陆续至。初十日发百十二号信、家信、于次棠□信交邮局。

十一日(5月20日) 拜客见客。喻兆蕃议论笃实庶三。

廿二(5月31日)、廿三(6月1日) 连晴两日，廿三辞行。

廿四日辛丑(6月2日) 巳初启程，出凤山门，四五里至江干。将军、巡抚等出送，少坐行，登舟，各官上船送，饭后开船。至六和塔，仁、钱两县送，酉初去闻家堰数里泊舟。不及四十里。

廿五日壬寅(6月3日) 卯初开船，六十里，里山。富阳县令汪文炳号半樵来迎。知夏震武即里山住家，其坟墓在西湖，弟一，子考[⑧]。典史、教官亦来。申初一刻，至富阳县，共九十里。泊舟南数里。

水送山迎入富春，和衷痌瘝见贤人。西湖山水绝佳处，他日当须卜结邻。

廿六日癸卯(6月4日) 江水陡涨数尺，船人不行，空住一日。

廿七日甲辰(6月5日) 辰初开船，七十里，酉正至窄溪停舟，

---

① 即济禄，字俊甫，又作均普、均甫，满洲正白旗人，时任杭州将军。

② 即刘树棠，字景韩，云南保山人，时任浙江巡抚。

③ 即恽祖翼，字叔谋，一字菘耘，又作松云，江苏阳湖人，时任浙江布政使。

④ 即世杰，满洲镶黄旗人，时任浙江按察使。

⑤ 即诚全，时任杭州织造。

⑥ 即于珊，汉军镶红旗人，时任乍浦副都统。

⑦ 即常恩，时任杭州都统。

⑧ “子考”增作“子入考”，又将三字圈去。

桐庐令陈海仁号静甫来见。

廿八日乙巳(6月6日) 寅正开船,卅里,巳初至桐庐,县训导言宝书来见,因向县借《严州府志》廿八本,归时还。

采药桐君不可寻,蓊然苍翠万山深。簿书期会劳形甚,孤负平生寂静心。

尘埃不到处,千古是严滩。未有轮船路,曾无电线竿。

汉朝思处士,唐代重方干[①]。清绝溪流水,求之他处难。

酉正至芦茨原,亦名鹭丝原,地[②]白鹭群飞,方干之故里也。共六十里。

廿九日丙午(6月7日) 卯初开船,经钓台至此,两山稍近,俗云"进泷",名七里泷也。山皆巨石,高处大石耸立若台然,左右二台,山半有严先生祠。至乌石滩为出泷。酉正至严州府建德县东馆。府王琛号雪庐,壬戌翰林;县徐懋简号小筑来见。又行数里,桐埠住。

五月初一日丁未(6月8日) 寅正开船,午后门生汪[③]瀫来见。兰溪令苏运卿迎见。文、武、巡来接。厘卡委员蒋邦龢来见。金华令[④]来见。门生王且扬来见。子正睡。七十里[⑤]至兰溪。

初二日戊申(6月9日) 寅正开船,申初至金华府,入贡院。

十五日(6月22日) 夏至,辛酉。十三寄署中信。

十六日壬戌(6月23日) 月食,戌刻大风雷,未雨。

廿七日(7月4日) 寄署中信。晚大风雨。

廿八日甲戌(7月5日) 巳初,由金华起马乘小船。五十里,酉初,至兰溪换船,县令苏锦霞来迎,人甚精明有才。衢州厘局张彬龙、

---

① "汉朝思处士唐代重方干"改作"高人重严子诗家思方干"。

② "地"改作"对岸林木丛茂"。

③ "汪"字下增"衢州人张"。

④ "令"字下增"黄秉均"。

⑤ "七十里"下增"子初"。

游厘局张[①]申来，未见。

廿九日乙亥(7月6日) 辰初开船。申刻雨。酉正，住杨家埠。五十里。[②]

卅日丙子[③](7月7日) 寅正开船，申初，四十里，至龙游县。又卅里，至莲花港，戌正[④]泊船。龙游以上，江面宽阔，见水碓，种竹亦多。

六月初一日丁丑(7月8日) 寅初开船，戌正到[⑤]贡院，镇、道、府、县均出迎。自初三考起，至十九日考毕。

廿日丙申(7月27日) 辰初行，出西门，沿城北行至马头登舟。镇、府、县出送，少顷开船。廿三到严州，七月初八日考毕。

七月初九日甲寅(8月14日) 辰刻行。协县送。舒大章[⑥]号端甫来谈。申正，至桐庐县，志书已还，桐县令陈静甫海仁来见。

初十日乙卯(8月15日) 寅正开船，是日至闻家堰。

短艇乘流一叶轻，微波立鸟晓风清。沿堤绿树蝉声里，仰卧看山自在行。

十一日(8月16日) 到省。

十九日(8月24日)[⑦] 京中来信，并得仲字百十二号信。

八月十七日(9月21日)[⑧] 以来百十二号信，体元来信。

十八日(9月22日) 写寄川百十五号信，体元浙字三号信。

九月初二日丁未(10月6日) 巳正行，出凤山门渡江。萧山令

---

① “张”改作“黄在”。

② 此日地脚注“次棠来信清炳南来”。

③ 此日天头注“小暑”。

④ “戌正”改作“亥初”。

⑤ “到”下增“衢州”。

⑥ “舒大章”旁注“厘局”。

⑦ 此日天头注“七月十四日寄四川百十三号信京中湖北信”。

⑧ 此日天头注“七月廿二寄百十四号又京信”。

来接，岸上行五里，至西兴驿上船，船极小。行十里，过万山县，入水门，出水东门。又行五里泊舟，地名阮坝河，戌初矣是日行卅里。

初三日戊申(10月7日) 夜行过钱清，辰正起①。副将万礼彬、山阴令宁本珍来接。过此，河面稍宽，石桥甚长②。南山平远，恰见湖山秀色。又卅里，柯桥。绍兴府熊起磻、会稽令黄元福来接。又卅里，绍兴西③门，厘局数官未见。又十里，五市门，府县在此送。又十里，尧门山，二石耸立，下有东湖书院。又十里，高埠泊船。酉正二刻。过五市门后廿余里，南山石断，高埠一带溪水宽平，若遇夜月当佳。是日行百廿余里，其实当是八折扣，算不过百里耳。

初四日己酉(10月8日) 卯初行，四十里，东关。又廿里，曹娥江，上虞令来接。乘舆将半里，渡江。江不宽，过江④换船，会稽令送⑤。梁湖镇，上虞数官来见。又四十里，经上虞城，过城少东，即折而北行。过梁湖后，两山俱近，一水中通。闻今年灾以此为重。又廿里，下坝。酉正二刻泊船。是日行百卅里，亦当不及。

初五日庚戌(10月9日) 卯初开船，四十里，至余姚县，王阳明故里也。由城南行，县令汤佶昭、两教官来见。少住即行。过城后折而西，乃复南东。两岸蒹葭秋色，闻海潮直至下坝。余姚以下乃无纤送。慈溪县左宜之未来，知丞徐宝青来见。又四十里，申初至丈亭。舟子云潮来，须暂停。酉正又行，四十里，戌正到大西坝泊舟。属鄞县。是日共百廿里。

初六日辛亥(10月10日) 辰正起，上坝。宁波府庄坚白人宝、鄞县令李稺白炳堃来见。南行折而东。午刻至城西门马头，臬台李

---

① “过钱清辰正起”增作“卅余里过钱清镇辰正起不见也”。

② “甚长”下增“即板桥又名宝带桥”。

③ “西”下增“郭”字。

④ “过江”下增“舆行又三四里至梁湖坝”。

⑤ “送”下增“五里至”。

健斋[1]、道李幼梅接见。少谈，入考院，诸人来拜。自此接办考事，至廿日完场。

廿一日(10月25日) 巳刻起程。出西门，臬台等出送。未初[2]至大西坝，申初过坝，戌初至丈亭泊船。七十里。

廿二日丁卯(10月26日) 卯刻行，巳初至余姚县，县令出，未见，汤佶昭也。少驻行。酉初至中坝泊船。一百里。

廿三日戊辰(10月27日) 卯刻行，午刻至梁湖渡曹娥江。会稽令来迎，换船。南山一带山色甚佳。五市以东、东关以西，此数十里风景颇好。酉初，陶家堰泊船。九十里。

廿四日己巳(10月28日) 卯正行，至高埠，副万礼彬来迎。至东湖即垚印山，熊府、黄令来接，俱未见。午初至，入东门数里，入试院。

十月十一日(11月13日) 试毕发落。

十二日丙戌(11月14日) 起程。巳初，出试院[3]，至[4]西郭，府县候送。登舟，卅里，至柯桥。又卅里，钱清镇泊船，山阴令送至此。申正二刻到萧山，令李棻香畲来见。

山阴道上兴弥长，十月田家刈获忙。短棹中流撑不上，满船吹送稻风香。是日西北风颇急，晚晴见月。

十三日丁亥(11月15日) 夜间开船，辰正，四十里，萧山县，午刻至省。

廿一日乙未(11月23日) 巳初启程，出武林门登舟，府县送。酉正至武林头泊船。行五十里，德清令黄鞠友大华来见，去县城卅里。是日有北风，舟中颇凉。

---

① 即李光久，字恒亭，号健斋，湖南湘乡人，时任浙江按察使。

② “初”圈改作“正”。

③ “起程巳初出试院”改作“巳初起程”。

④ “至”圈改作“出”。

廿二日丙申(11月24日) 卯刻开船。德清境内平旷,水道纷歧,以蚕桑之利为大宗,沿堤皆桑树也。五十里,至钱家潭,归安令谭汝玉及县丞来见。戊戌徽门生工部宁鹏南来见,其父在湖南卅年候补县,归安令则其业师也,均同来。申正至菱湖镇泊船,乌程令李光益来见。共六十里。

廿三日丁酉(11月25日) 卯刻开船,湖州府志秋宸来见。未初至城,入南门,数里至马头登舆。坊巷颇狭,至贡院,府县教官来见。陆树蕃送志书。

冬月初四日(12月6日) 考完。

冬月初五日己酉(12月7日) 大雪。启程[①],府县送。是日泊船祐村。四十。

初六日庚戌(12月8日) 巳正至南浔,出浙界入江苏境,乌程令李集甫送至此,晤谈。通判、巡检来见。南浔镇属乌程,为湖州精华所萃,富家甚多。酉正,至平望泊船。吴江七十里。

清溪苕霅入城流,溪上人家尽画楼。玉槛珠帘明月夜,水晶宫阙是湖州湖州号水晶宫。

初七日辛亥(12月9日) 由平望卅里至浙之王江泾,又卅里至嘉兴府城,申正到。府县迎于城北之杉青关。十八朱少云来见。

二十日甲子(12月22日) 冬至。巳初行,出东门,由城北折而南。是日阴。西行八十里,酉正泊舟于石门湾,石门令林伯颖名孝恂来见。去县城廿里。

廿一日乙丑(12月23日) 辰初开船,西北风甚凉。巳正至石门,少住行。是日西行,九十里,酉正泊舟塘西镇。

廿二日丙寅,夜雨(12月24日) 辰初开船,仍阴雨。申正至省。

廿四(12月26日) 发浙字四号信。接考杭州。

---

① “启程”上增“巳初”。

廿九日(12月31日)　大雪。

十二月初二、初三(1900年1月2日、3日)　复大雪,至数寸。

十二月廿一(1月21日)　寄川中百十六号。

廿六年庚子正月十四日(2月13日)　浙字第五号。

十六日(2月15日)　游灵隐寺,观飞来峰。

廿二日(2月21日)　晴。游孤山。两月以来,雨雪连绵,仅晴数日。

二月初四日丙子(3月4日)　巳初启行。午刻,渡钱塘江,上岸数里,至西兴驿登舟。过萧山县城,由水门穿城过。酉正,泊船,共行五十里,午后晴。

初五日丁丑(3月5日)　午刻至绍兴府,入水门,出东水门。未刻,过东湖书院。申刻,高埠。酉正,过樊江,至陶家堰泊船。是日早微阴,午后晴,共行百廿里,实百里。

又向山阴道上行,清溪短棹喜新晴。愧无佳句酬风景,无限溪山剧有情①。

为看山色启船窗,风送春寒意未降。秧水平畴千顷碧,斜②阳好景是樊江。

初六日戊寅(3月6日)　巳正至蒿坝换船,溯曹娥江西南行。是日晴,东北风。娥江平阔,顺风逆流,声如风③雨。酉初,至三界,嵊令陈常铧来接,云三界系上虞、会稽、嵊县交界也。又行十里,马湾泊船,酉正二刻,共行百廿里。

扁舟终日溯④曹娥,三界南行叠嶂多。向晚蓬窗风浪静⑤,一钩

---

① “无限溪山剧有情”改作“孤负溪山无限情”。

② “斜”改作“夕”。

③ “风”改作“急”。

④ “溯”改作“泝”。

⑤ “静”圈改作“息”。

新月在淡波。

初七日己卯(3月7日) 夜有雨,阴。未初,至嵊县,入城住剡溪书院。是日五十里。终夜喧湫,不能成寐。

初八日庚辰(3月8日) 晴。由嵊登陆,坐竹兜。十里,阮庄。路旁碑云相传是刘阮故里。廿里,入新昌境,为黄泥坝。嵊令送至此,新昌令在此接,四十里,新昌县城内早尖,在县署大堂。又四十里,斑竹住。是日辰初启行,申初到,共八十里。缘山麓行,循涧,涧中水即剡溪上源,出天台山中。是日入新昌界后见名儒理学牌坊,又有石[①]鼓山书院牌坊。侯令琫森云,系宋儒石氏,作《中庸》者,与朱子同时,想即石子重[②]也[③]。斑竹行馆左右两山。

初九日辛巳(3月9日) 晴。辰初行,十里,会墅岭。岭上行廿里,至关山岭,入天台界。天台令来迎,新昌令辞归。岭上廿里间,人家田园不少,皆有泉。过关岭后乃下[④],曲折下山[⑤],坡长而陡,十里乃至涧底,名乌漏。过此,山势渐开,田畴平远。又十五里,石板早尖。尖后又卅五里,至天台县住。会墅以北,水东北流,为曹江上源,关岭山水东南流,汇为大溪。天台县北有清溪镇。天台胜处如赤城、华顶、天姥、石梁等处,大抵皆在深处,去官路尚远。此日会墅以上亦有名天姥岭者,想为[⑥]附会耳。缒幽凿险,谢灵运之好奇,其实游山必须问人,又须耐得苦,况更要健步乃能为之。然所乐亦不敌所苦矣。

初十日壬午(3月10日) 早微阴,午后晴。辰初行,十里,岩仙

---

① "石"字圈去。

② 石𡼖(1128—1182),字子重,宋代学者,有《中庸集解》。

③ 此句旁注"有中庸集解"。

④ "下"字圈去。

⑤ "曲折下山"改作"曲折而下"。

⑥ "为"字圈去。

岭[1]。又十里,苦竹岭。又十里,百步岭,临海县令来迎。又十里,中渡早尖,尖后渡河,十里,赤庙。又十五里,八叠岭。又五里,留贤。又十里,松山。府、县、镇等出迎。又十里,台州府。绕山北折而南,入东门。是日九十里,酉正到。到后各官来见。

十一日(3月11日) 忌辰。

十二日(3月12日) 开考。《临海县志》,康熙间邑人洪若皋修,较胜他处志书。

廿四日(3月24日) 考毕。

廿五日(3月25日) 辰正启行,出南门,十里,三洞桥,知府、副将送行。又五里,长石岭。过山又五里,汛桥中火。又十里,拗岭。又七里,钓鱼岭[2]。又三里,水家洋。又十里,黄土岭,属黄岩县,令韩铨来迎。又十里,入黄岩城。是日五[3]十里,酉正始到。下半日阴雨,山路行迟。住校士馆。

廿六日(3月26日) 辰初行,卅里,百拗中伙。又五里,县令送至此,登秀岭。又五里,岩桥。又十里,登盘山岭,乐清界,下坡甚陡。是日阴雨,山上皆云气,人从天际下,云向袖边行。又十里,黄泥桥。又五里,陈家岭,此山稍易行,下处亦陡。县令盛鸿焘[4]、副将来迎。又十五里,大荆营,住都司署内。是日八十里,酉初到。盛令约明日游雁荡山,许之。

廿七日(3月27日) 辰初行。晴。十里,石梁洞,下舆一看,无甚佳处,遂上谢公岭。五里,至观音洞,两山中裂,寺嵌其中,凡登三百七十七级至其巅,有香烟蜡烛等,峰所谓灵峰者也。山石则奇矣,但自外观之为佳,登其上则外边好处皆不可见。又五里,至净名寺打

---

① “岩仙岭”,似当作“仙岩岭”。

② “钓鱼岭”下增“知县送”。

③ “五”改作“六”。

④ “焘”下增“同”。

尖。山石亦奇，为书“净名道院”四字。又四里，至龙鼻水，所谓灵岩也。雁荡以二灵为最胜，灵岩似又胜灵峰。巨石耸峭，有天柱、锦屏等峰俱佳，余亦不足奇也。又陟其最高处，此处较观音洞为难行，而高处所称龙鼻者，亦无甚好处，明人题字颇多。半山有“天开图画”四字，相传为朱子书，大字绝佳。旁有“龙渠”二小字，然亦未知其为朱子书否也。遂上马鞍山，过岭为大龙湫①，所谓瀑布者，亦未之见。又至能仁寺少歇。由灵岩至此十二里。又过四十九盘岭，至大芙蓉行馆住，约廿里，是日五十五六里，酉初到。凡行路游山，殊非易事，况奉差驰驿尤恐骚扰地方。余凡行旅经过，俱不敢言游观事，惟此路颇为顺便，是以历任往往取道经临，较大路既不为远②，但较崎岖耳。是日乐清令既愿陪游，又值③晴明，机会甚好。又乐清协镇郭公来大荆阅兵④欲归，亦同此行。其实古今所称名胜，大抵不无敷衍，谚云“观景不如听景”，信哉！余性庸懦，近廿年来意懒心灰，无论何事，行止一听之自然，无作意欲如何处。亦知天下事一涉勉强，便甚觉无谓耳。即如此游，亦一端也。

廿八日(3月28日) 辰初行。晴。陟岭后约卅里，至虹桥早尖，市镇颇热闹。尖后又卅里，至乐清县城内考棚住，申初二刻到。

廿九日(3月29日) 辰初行。沿溪廿里，过沙岙岭。又十里，下印塘。又十里，马山坡塘。又十里长，至馆头早尖⑤。待潮至，申正始登舟。有小轮拖带，许久不行，既行，亦不速。戌初始至温州北门，镇、道出迎。入城三里余至馆，子正睡。

卅日(3月30日) 行香，镇、道等官来见。

---

① “过岭为大龙湫”改作“下岭甚陡至大龙湫”。

② “较大路既不为远”改作“视正路不为迂远”。

③ “又值”下增“天气”。

④ “阅兵”下增“事毕”。

⑤ “早尖”下增“府县迎”。

三月初一日(3月31日) 开考。

十三日(4月12日) 发榜。与仲华信。

十四日(4月13日) 午初启行，出北门，至江心孤屿候潮。申初开船，顺风乘潮一百里，子正至沙埠泊船。海潮至此不复上。

十五日(4月14日) 辰刻，温州府永(加)[嘉]县送，青田县迎。雨。开船廿里，青田少住。又四十里，船寮泊舟，酉正二刻到。

十六日(4月15日) 卯刻行，三十里，午刻到石门洞。停船一看，两峰夹峙，中有数顷平处，山石奇古，瀑长数十丈。又四十里，拉口泊船，戌初到。夜有风雨。

十七日(4月16日) 卯刻行，廿里，石帆，丽水境，县陈廷勋来迎。早晴，又廿里，处州府，知府赵亮熙寅臣出迎，遂昌、景宁二县令出迎，办考，入城至贡院。申正二刻到，各官来见。后大雨一阵。

十八日(4月17日) 以后，事惨不忍书。①

廿一日(4月20日) 发浙字六号。

四月初一日(4月29日) 由处州辰初二刻行，出城十里，府县送②。遂入山，曲折山腰行③，涧中水声如风雨，谷中④紫笋粗如巨椀⑤。山深处涧底皆石，水声益壮，山花如铮，可以悦人耳目，涤人胸襟，然悲怀不能忘也。又卅里早尖，是为都会馆，已逾岭三三重。饭后⑥县辞归。又廿里，桃花岭，缙云县来迎。又十里，茶尖。又廿里，

---

① 按光绪二十六年五月二十七日浙江学政文治《奏为胞兄驻藏大臣文海殁于途次吁恳赏假一月事》(一史馆档号:03-5390-048)云:“奴才胞兄驻藏大臣文海本年二月间四川就医殁于途次，奴才于三月十八日接得川中电信，哀痛迫切，不可胜言。”

② “府县送”下增“又十里”。

③ “山腰行”改作“行山腰”。

④ “谷中”改作“沿途”。

⑤ “椀”改作“人臂”。

⑥ “饭后”下增“丽水”。

缙云县住。凡一百里,酉正到。处州府属各县俱无城。

初二日(4月30日) 晴,有微风。辰初行,卅里,黄碧塘早尖。又十里,永康界,缙云令辞归,永康令来迎。又四十里,永康县住。申正二刻到,凡八十里。灯下写浙字七号及心斋信。

初三日(5月1日) 雨。辰初二刻行。卅余里早尖,永康令归。又十余里,武义令杜作航迎送,下交道茶尖。又廿余里,金华令来迎。又数里,岭下朱住,酉初到,共九十里。入武义境后,山林葱蒨,草树蒙密,路上亦间过山坡。

初四日(5月2日) 辰初行,卅里至金华府,是日晴。发浙字七。

廿日(5月18日) 早雨,午刻起程,五十里,至兰溪住,换船,酉正到。

试毕金华后,兰溪又几经。遥山松叠翠,沿①峰柳垂青。溪市千声哄,江风一味腥。愁怀夜不寐②,两鬓已星星。

两岸松苍苍,人间清昼长。舟迟云影静,潮急浪声狂。江水群流入,溪风一味凉。愁人览风景,惆怅独悲伤。

挂席西南去,舟行遇好风。一帆悬饱③处,千里笑谈中。山色来④虚幔,波纹映远空。西行上三峡,悲怆意何穷。

廿一日(5月19日) 卯刻开船,九十里,亥刻至龙游县泊船。县令杨古韫来迎,出卅里。此路已行四次,遇半日顺风才行九十里,便为速矣。

廿二日(5月20日) 晴,仍有顺风。杨令送,时巳刻,辞归。此必廿余里,地名檀树湾者也。又数里,西安令吴筱村德潇来迎。是日行七十里,酉初至樟树潭泊舟,洪朗斋、张彬来迎。

---

① “沿”改作“近”。

② “愁怀夜不寐”改作“感怀愁不寐”。

③ “饱”改作“挂”。

④ “来”圈改作“侵”。

廿三日(5月21日) 卯正开船，十五里，巳刻至衢州，府、镇、道出迎。

五月初六日(6月2日) 阴。辰刻行，各官送登舟。去龙游廿余里，杨古韫来迎，送其所著《苏盦集》并字四条。又十里，泊舟。

往来几次此孤蓬，千里之江曲折通。柳暗花明饶静气，水猥山曲自清风。时看怪石苍波上，每望[1]遥山绿[2]松中。沙上回翔[3]双白鹭，背人飞去绿溪东。

初七日(6月3日) 寅正开船，十余里，至龙游县，少住复行。百余里，至兰溪县住，酉正到。是日有东风，凡行百余里，下水较速也。

风和日暖破愁颜，放棹微波容与间。斜日满川风力缓，片帆忽已下横山。山在县南。

初八日(6月4日) 夜风雨。寅正开船，仍阴，时有微雨。行十余里，张介禄来送。过兰溪北二三十里，两岸苍山对峙。是日九十里，酉正到严。

夜雨初过后，云山景更佳。峰峦清似画，万松静于楷。处处清泉下，飞飞白鸟偕。开船[4]延爽气，同心[5]解愁怀。

十一日(6月7日) 写浙字八。

十八日(6月14日) 阴。辰刻起程，各官送至东关。未正，至桐庐，沈令出迎。酉刻至窄溪泊船，共行百卅里。

又向严滩放棹归，浮生事事与心违。怪他白鹭闲无事，也向江边不住飞。

---

① “望”圈改作“见”。

② “绿”改作“碧”。

③ “回翔”改作“偶然”。

④ “船”圈改作“窗”。

⑤ “同心”改作“难得”。

此间风景特清新，水送山迎入富春。隔岸幽丛闻鸟语[①]，一川细浪皱[②]鱼鳞。层层幽谷时闻鸟，簇簇深林不见人。千古钓台留胜迹，清风不染世间尘。

此路经行第几回，午晴岸顶白云开。扁舟一叶中流稳，绝妙清风江上来。

绿树阴浓清昼长，人家俱在树中藏。我未试访高贤宅，山路清风拂面凉。

十九日(6月15日) 卯刻行。午初至富阳县，县令汪文炳来迎，令备舆往访夏伯定[③]。未刻，至里山，入山近十里，两山夹峙，中有稻田竹木，人家多水碓。晤夏，谈许久，归舟，伯定来谈。酉刻复开船，数里，停泊，夜有风。

廿日(6月16日) 卯刻开船，东风甚紧，不得行。

满眼风涛不得行，早潮才落午潮生。舟人但识钱江险，不管悲[④]愁旅客情。

终日泊兰舟，愁怀阻石尤。斜风兼细雨，五月似深秋。

牧童牛背驱牛归，黄昏溪上行人稀。黑云高向山头拥，白鹭低从水面飞。阳江渔火久[⑤]明灭，别浦来帆疑是非。阴风夜潮自相乱，愁怀独坐无天机。

扁舟咫尺是钱江，终日阴风势未降。旅客愁怀独不寐，夜深凉[⑥]

---

① “隔岸幽丛闻鸟语”改作“两岸微风迎鹢首”。

② “皱”改作“蹙”。

③ 即夏震武(1854—1930)，字伯定，浙江富阳人，同治十三年(1874)进士，清末理学家。第一历史档案馆藏有光绪二十六年一月四日浙江学政文治《奏为保荐在籍进士工部学习主事夏震武学术纯正品行端方请量为擢用事》(档号：03-7203-054)之奏折。

④ “悲”改作“羁”。

⑤ “久”旁注“乍”。

⑥ “凉”改作“寒”。

气入船窗。

屈指钱塘路岂[①]遥，小舟枯坐自终朝。人生境遇知何限，昨日乘流今顶潮。

去国三千里，何时返故乡。明朝风浪息，能[②]否到钱塘。

里山才过是鱼山，舟泊风涛浩淼间。三峡风涛更何似，忠骸[③]万里几时还。

五月廿一日(6月17日) 至省，廿七日(6月23日)发折，报科考完竣，并请假一月持服[④]。是后闻北方不靖，至八月初一日(8月25日)，闻北京失陷，痛哭悲愤，无以为生。十六日(9月9日)发折，廿七日(9月20日)再发折，均留中。九月初九日(10月31日)奉旨留任，十四日(11月5日)具折谢恩，并保举数人。廿五日(11月16日)移任广东，即赴新任，毋庸前来行在请训，又具折谢恩。冬月廿五日(1901年1月15日)交印，具折陈明俟兄灵柩来杭寄厝后，再赴新任[⑤]，并附片一。

十二月廿七日(2月15日) 移入两广会馆借住。

辛丑年正月一日(2月19日) 写京信辛字第一号。

二月初一日(3月20日) 仲兄灵柩并家眷由川来杭，寄厝杭州清波门外八旗会馆义庄。先是，冬月杪交卸浙篆，即奏明俟兄柩来杭寄厝停妥，然后赴粤。正月廿四日折回，奉旨："知道了。"惟已迟延两

---

① "岂"改作"未"。

② "能"改作"知"。

③ "骸"改作"魂"。

④ 第一历史档案馆藏有光绪二十六年五月二十七日浙江学政文治《奏报通省科试完竣并考试情形事》(档号:03-7203-080)《奏为衢州府署西安县教谕周光煦等尽心职守请旨分别奖叙事》(档号:03-7210-078)《奏为胞兄驻藏大臣文海殁于途次吁恳赏假一月事》(档号:03-5390-048)三折。

⑤ 第一历史档案馆藏有光绪二十六年十一月二十七日浙江学政文治《奏为交卸浙江学政日期并起程稍缓事》(档号:03-5396-052)。

月,不容再缓,遂定二月初八日启程。

初八日甲辰(3月27日) 阴。午刻行,出凤山门,将军等出送,江干别,登舟,舟凡九,其行李仍由海道运往。是日泊舟六和塔。

初九日乙巳(3月28日) 微阴。卯初开船,巳刻忠若虚满来送。

《舟过里山有怀夏伯定》:云树苍茫何处寻,幽居江畔入山深。吾言不用迟归去,耿耿犹怀恋阙心[①]。时伯定赴行在未归。

未刻,富阳县张颂元光第来迎。申刻,至富阳县,写信与交伯定,托张令寄去。酉正二刻,至汤家埠泊船。是日水程一百四十里,夜大风。

初十日丙午(3月29日) 阴,有风。巳初至桐庐,县令沈宗畴、教官言宝书出迎。午正行,申初,四十里,至钓台。

又向钓台过,尘劳意若何。云山千古在,空自叹蹉跎。

《泊舟富春江夜大风》:江风怒号潮夜上,扁舟竟夕洪涛响。旅枕愁怀独不眠,拥衾危坐襟怀朗。

酉正,至胥口住船,是日一百六十里。

十一日丁未(3月30日) 晴。辰正至严州东关,知府刘海臣宗标、同知骆懋勋、县令吴跃金、厘局[②]、黄教官等出迎。写与喻庶三信,托府代寄。申正,大洋滩泊船。是日行四十里,夜大风。

《宿建德江夜大风》:旅枕愁多梦乍回,波涛澎湃忽惊颸。江边潮向船头打,夜半风从海上来。鼙鼓雄军声动地,江湖急雨势奔雷。天心一怒腥膻扫,斯世谁为将帅才。

十二日戊申(3月31日) 晴。卯刻开船。

世乱分南北,江乡春意赊。晴光烘柳色,娇艳簇桃花。此地谁移俗,轻舟便作家。时危增感叹,可怕是繁华。

---

① “耿耿犹怀恋阙心”圈改作“知是难忘恋阙心”。

② “厘局”下增“书霖及”三字。

申正，兰溪住船，六十里。

十三日己酉(4月1日) 晴。卯刻行，七十里，住白甸圩，月色甚佳。[①]

十四日庚戌(4月2日) 阴。卯初行，龙游令葛思萱锡爵来迎。巳刻大风。未正到龙游，是日行廿里。

《昔宋钱氏诬欧阳公有小词[②]，或欧公有此词，或钱氏伪作，未可知也。今用其韵》：江南柳，新绿渐成阴。青眼窥人春有意，桑腰攀栏力难禁，芳情如许深。　十四五，头角正森森[③]。以礼防情因物付，廿年前已无是心，何况到如今。

《舟[④]行阻风》：咫尺是龙游，江边阻石尤。浮生皆有定，不用费人谋。

春风怒号天地满，江涛冲激雷声悍，客意速行帆到缓，天不管，到头人事谁长短。　云影长空飞不断，水滨梅柳含轻暖，别舸是谁言笑款，人意懒，愁怀独自增忧懑。

申正，二太太病故船上。

十五日辛亥(4月3日) 阴霾有风。寅初行。写辛字二号信，并与心亭信、与陆培之信。申初，至浮石潭，西安县龚廷玉嘉生来迎，又二里，衢州府，赵惟嵛俞山来迎。酉初，至衢州府，总兵敖天印、道郭谷斋式昌来见。勇营管带来见。周楠文易来见。派人赶买棺衾。是日九十里。

十六日壬子(4月4日) 晴。巳刻，棺衾来，草草装殓，殊形简率，然实无可如何，以此地僻陋，诸物无有故也。镇、道、府、县来祭，派人将灵柩送回杭州寄厝义庄，因入城各署一谢。申正开船，行数里住。

---

① 此日后增“周光煦遇于途”。

② “小词”下增“云云”。

③ “森森”改为“清森”。

④ “舟”圈改作“江”。

十七日癸丑(4月5日) 晴。上游多浅滩,卯初行,卅里,申正住,微雨。

江南月,皓彩映澄波,对面江花娇欲语,无边风景发清歌,江南春意多。 十五六,圆满镜新磨,天上人间饶韵事,飞仙应不羡姮娥,深情奈尔何。

江南月,春水渌生波,此际茫茫无限意,怆怀时事对山河,愁人感慨多。 花月夜,好景客中过,九十春光经太半,美人迟暮意如何,空自叹蹉跎。

十八日甲寅(4月6日) 阴。行卅里,不能上[1],因令人到县要轿。大风。

十九日乙卯(4月7日) 风,晴。常山令强绍嵩来,凌炳南、黄用光来见。午后轿始来,沿途散乱,甚费力。酉正到,此日烦扰不静。此日及廿一、廿三数日事极艰苦,心绪恶极。

廿日丙辰(4月8日) 阴。辰正行,四十里,草坪,有巡检来迎,强令送。尖毕行,又四十里,玉山县令■■来见,入城,凌炳南、黄用光、聂日培叔□来见。聂登翘[2]、登第兄弟皆岁科取进者。■■■盐局候补府郭之桢、凌、黄、聂等来送,县送。

廿一日丁巳(4月9日) 阴雨。巳刻行,卅里,沙溪[3]尖。眷口多未至,待至申正始齐。又行廿里,已昏黑,沙溪上灯。又行五十里,至广信府上饶县,天已明矣。知府查恩绥、县令周邦翰出迎,住贡院。此日极苦,为向来行路所无。

廿二日戊午(4月10日) 晴。府县来,定明日上船。

廿三日己未(4月11日) 阴。辰初上船,船极小。府、县送,凌、黄来送。乘风顺流八十里至河口,属铅山县,县令陈元焯、厘局、

① “不能上”上增“□园”。

② 有朱卷。

③ “沙溪”改作“早”。

候补知府[redacted]、同知、县丞来见。换船，亦不大。此地去铅山三十里，去弋阳六十里，申正到。

廿四日庚申（4月12日）　雨。卯正行，六十里，未正到弋阳县，县令吴庆扬号云卿，山西人，候补县厘局李光表，湖南人，并县丞、典史、教谕来见。申正，又行数里住。

廿五日辛酉（4月13日）　阴。卯初行，六十里，午正二刻至贵溪县，令张簪叔言来见，江苏人。教官二人见。未正二刻，又行卅里住。

廿六日壬戌（4月14日）　夜大雷雨。卯初行，卅里，午初二刻至安仁县，县令吴忠谦号子益，嘉兴人，来见。教官、典史[①]、千总迎。据吴令云，此下经余干[②]，不由东乡。未初二刻又行，申正大雨，遂住。

廿七日癸亥（4月15日）　晴。卯初行，巳初二刻至余干，县令徐嘉霖不出办差，两时不至，未正始行。由安仁至余干，西北折，水边去县城十余里，由余干复回转西南，既而又西北。行六十里，酉正住。

廿八日甲子（4月16日）[③]　晴。卯初行，酉初住。午后阴，晚雨。

廿九日乙丑（4月17日）　阴，有风。卯初行，申初到。南昌巡抚李兴锐[④]、粮道丁乃扬、候补道涂椿年、代理南昌府林祖炘、南昌县江召棠、新建县孔昭珍、候补县厘局恽学基厚臣来见。藩台差人办差，家人梁斌能乃赶换船，船凡五两，颇大。

卅日丙寅（4月18日）　阴。定未刻行，藩台张筱传[⑤]、盐道张

---

① “典史”下增“见”。

② “余干”下增“九十里”。

③ 此日天头注云“过余干数十里，过鄱阳湖，湖水不大，过湖上水至省，章汉下游也”。

④ “李兴锐”下增“勉斋代理”。

⑤ “张筱传”旁注“绍华代理”。按张绍华，字絅甫，号筱传，安徽桐城人，时任江西布政使。

瑄[1]、统领江军记名总兵谭文秀、赵椿年[2]、麟光[3]、涂椿年[4]、候补府区谓良、蒋松龄[5]等来见。未正欲行，风雨骤至，遂止。此二日多雨，泊舟西门滕王阁下，不克登临，其水则章江也，去大江尚远。

三月壬辰初一日丁卯(4月19日) 卯初行，溯章江南行，乘风破浪，波涛汹涌，黄流有声。自玉山以来，土石皆赤，知"烟光凝而暮山紫"及"飞阁流丹"等语固非无谓。申初二刻行，百廿里，至丰城，代理县令周景祁号萼友，绍兴人，壬戌、辛酉大挑，迎见。事机不顺，处处艰阻，千回百折，迭起环生，真令人心力交瘁，深可危惧。

初二日戊辰(4月20日) 阴雨。卯正行，六十里，申初二刻至张宿[6]，属临江府清江县。知府斌鉴、县令石守谦差贴来。去府城卅里。

初三日己巳(4月21日) 阴雨。卯初行，七十里，新淦，令周宗洛号晓峰[7]迎见，酉初到。三日顺风，只行二百五十里。

初四日庚午(4月22日) 阴。卯初行，六十里，住峡江，县令管绳垣号声甫，常熟人，来接见，去县七八里。

初五日辛未(4月23日) 阴。卯初行，卯正到峡江。午刻，风有力，渐晴。过峡江，路稍东南，又南[8]行。戌正到吉水，是日乙百十里，知县刘荣拔，金华人，来见。

初六日壬申(4月24日) 晴。辰正行，至酉初，不及廿里。忽得北风，酉正二刻至吉安府庐陵县，共四十里。

---

① "张瑄"旁注"厚斋"。

② "赵椿年"旁注"剑秋"。

③ "麟光"旁注"石甫"。

④ "涂椿年"旁注"仲舫"。

⑤ "蒋松龄"上增"道"字。

⑥ "张宿"改作"樟树镇"。

⑦ 旁注"湖州人"。

⑧ "又南"上增"既"。

逆风上水太无能，终日牵舟力不胜。一阵北风吹莫雨，片帆吹[1]送到庐陵。

知府何师吕，(汗)[汉]军人，号端臣，县令冯兰森未来。总兵、管带威武军申道发[2]及各[3]武官来见。鄢绍□来见。晚大雷雨。此日极有天幸。

初七日癸酉(4 月 25 日)　阴。辰初行，十里，神冈，有厘卡。向晚北风有力。

章江烟雨水云昏，雨后洪涛势如奔[4]。风急片帆东转处，红山碧树自成村。

章江两岸土刷入河，是故鄱阳湖年久淤浅也。酉正，去泰和十余里住。江西境内土山多赤。是日约七十里。

初八日甲戌(4 月 26 日)　阴。卯初行，午初，泰和令郭曾准迎见，号少莱，己卯福建，壬辰进士，散馆选缺，谷斋[5]子，兄弟七。午正二刻到泰和，未初二复行。卅里，戌初住，约五十里。

初九日乙亥(4 月 27 日)　阴。卯初行，戌初住，约七十里。

人无论贵贱，无论男女，欲观其贤不肖[6]，只于勤惰奢俭上便分。其勤俭者，必贤且能成立；其惰侈者必不肖且至颓败。此一定不易者也。盖勤惰奢俭即此心敬肆所由形也，敬则万事俱立，肆则万事俱败。

人间苦恼万班[7]事，江上愁心千叠山。耳目渐昏鬓发白，劳人何日得偷闲。

---

① “吹”改作“相”。

② “申道发”旁注“节斋”。

③ “各”下增“文”。

④ “洪涛势如奔”改作“长滩浪尽浑”。

⑤ 即郭式昌。

⑥ “不肖”下增“及将来成败”。

⑦ “班”改作“般”。

初十日丙子(4月28日) 卯初行,未初二刻至万安,县令刘步元号仁斋,徽人,迎见。申初又行,十余里住,约卅里。

十一日丁丑(4月29日) 阴。卯初行,午后晴,酉初住,约五十里。

十二日戊寅(4月30日) 阴,南风。卯初行,酉初住,约廿里。

十三日己卯(5月1日) 阴,南风。申正得北风。四十里,至良口,厘局候补县张曾昭号俊卿,嘉应州人,来见。据云此地去万安百廿里,至赣州百四十里。戌初住,约五十里。

十四日庚辰(5月2日) 阴。廿里,金沙角。午初,大雷雨。

风吹暑气满船凉,雨后山花亦送香。石磴泉声随处泻,刷沙冲土尽成黄。

自万安后,路偏东南,此下半日复折东北。戌初住,约五十里。

十五日辛巳(5月3日) 晴热。卯初行,七十里,戌正到赣州府,赣县彭继昆,湖南人,迎见。道贺元彬、府任贵震、补用总兵管带水师唐怡全、武官关鹏皋来见。总兵何明亮来见。换小船,船凡五,又二。

十六日(5月4日) 阴。卯初行,酉正住,七十里。

十七日癸未(5月5日) 阴。卯初行,卅里,塘江,有厘卡。戌初住,七十里。

十八日甲申(5月6日) 阴雨。卯初行,酉正住,四十里。

此人纯禀乖戾之气而生,加以强悍暴躁[①],真下愚不移之质。数十年如一日,虽经惩创摧折,终无所变。

十九日乙酉(5月7日) 阴雨。行廿里,船漏,换船。午初至南康县,县令朱绍文号惕斋,徽人,来见。未初复行,过南康以上,水渐清,又卅里住。

廿日丙戌(5月8日) 阴。卯初行,酉正住,七十里。

---

① “强悍暴躁”改作“强悍昏暴”。

一溪春水碧生风，溪上人家绿树中。终日稻田秧水足，桔槔不用费人工。此处水车较浙中用人力[①]踏者更省力。

廿一日丁亥(5月9日) 晴。卯行酉住，七十里。晚雷雨。

廿二日戊子(5月10日) 阴。两山夹峙，一水中通，深幽曲折，时闻幽鸟。

此行殊未得人和，时事艰危险阻多。绿树阴中闻异鸟，叫行不得也哥哥。

卯行，午到南安府大庾县，县令彭厚基号弼青迎见。知府何小雅刚德及参将奎旺、文武官等见于官厅。下船，入馆住。

廿三日己丑(5月11日) 夜雨。辰正行，府县送。廿里，过大庾岭。又卅里，午刻尖。又卅余里，南雄州，黄儒荃号古腴接见。又卅里，副将刘志仁号子良及都司、学正、训导等迎见。酉正，至贡院住。是日名为百廿里，实不过八[②]十里耳。过大庾张公[③]祠，有茶尖。岭上多梅，高处石径为佳。

廿四庚寅(5月12日) 晴。巳初行，上船[④]，船凡五。有东风，下水西南百[⑤]里，酉正，至始兴县，县令倪思铎号孟侯来见，去城廿里。

廿五日辛卯(5月13日) 晴。寅正行，百四十里[⑥]至韶州府。未至廿里，曲江县令李滋然[⑦]号命三迎见。又十里，府郅馨[⑧]号伯香

① “力”字圈去。

② “八”下增“九”。

③ “公”改作“曲江”。

④ “上船”上增“出城”。

⑤ “百”下增“廿”字。

⑥ “里”下增“未初”。

⑦ “李滋然”旁注“四川进士”。

⑧ “郅馨”旁注“汗军”。

迎见。总兵梁鸿盛、南韶连道张端本，杭州人，来见。文武各官来见[①]。申初又行，四十里，白土住。

廿六日壬辰(5月14日) 阴。寅正行，水边山石耸峙，壁立千仞，斑驳奇古，令人叫绝。此处山势多特起，与岭北不同矣。又曲江水多纡折，此日直南行。

曲江之水纡且急，江边山势如壁立。卓哉文献独千古，斯人风度谁能及。自来治乱在[②]用人，怆怀天宝为掩泣。

是日二百廿里，申正至英德县，县令昌克琦号叔眉迎上卅余里见，典史、守备、训导见。

廿七日癸巳(5月15日) 阴。寅正行，二百里，申正至清远县，县令董元度号仲容来见，文武官见。

廿八日甲午(5月16日) 阴。寅正行，午刻，乙百四十里，至芦苞，厘局同知邹元赞号仲宾来见，江苏人。又六十里，三水县，县令吕道象[③]迎见，记名提督王光耀、训导何茹芬、门生黄玉培、林翰高、林雄增来见。书差来接。

廿九日乙未(5月17日) 寅正行，乙百七十里，酉正至花地住，首府施子谦典章来见，南海县裴景福亥刻来见。

四月初一日丙申(5月18日) 行数里至省[④]。候至辰正，督抚等各官出迎，至官厅见，遂入城至署，署中各处行礼甚苦。午后不能见客。

初二日丁酉(5月19日)[⑤] 午刻接印，拜客。

十五日庚戌(6月1日) 起马考肇庆。巳刻行，出南门登舟，午

---

① “文武”上增“卸任县董萼辉及”。

② “在”改作“视”。

③ “吕道象”旁注“号陆荪江西人”。

④ “至省”下增“番禺县令及各官来见”。

⑤ 此日天头注“十一辛字三号”。

初开船，行五十里，瓜步住。

十六日辛亥(6月2日) 晴。寅初行，九十里，戌初至旧黄鼎住。

十七日壬子(6月3日) 晴。寅初行，巳正，廿里，至三水县，令吕道象来见。王光耀、何茹芬、林翰高、厘局吴尚恭来见。午正又行，六十里，横槎住。

十八日癸卯(6月4日) 晴。寅正行。六十里，肇庆府，高要令傅汝梅号羹唐迎见。知府文康来见。道周炳勋、镇吉瑞均候见官厅。午刻至考棚，各官来见。十三日考完，入城答拜。

五月十四日戊寅(6月29日) 晴。辰刻行，道周晓丹、协吉芝轩、府文达斋、县傅耕堂及教官等出送。顺风，未后大雨一阵。是日九十里，禄步墟住船。

十五日己卯(6月30日)[①] 晴热。写信与季超心亭。辛字四号。拟奏底。是日五十里，申正至悦[②]，舟人以水大不行，遂住。

十六日庚辰(7月1日) 晴热。写信与陆培之、葆益园交伯定，是日极热，炎风烈日，火气灼人，疑欲枯焦。约行卅里，辣头住。

人生处处皆是危险之境，昧者方纵肆情欲而不之知也。阅历既久[③]，闻见益多，随时随事[④]留心，自然畏惧[⑤]，固有出于自然[⑥]者，虽欲放逸而[⑦]不可得矣。

十七日辛巳(7月2日) 晴热。未刻雨，一阵凉爽。是日四十里，戌初至罗定江口住船。

---

① 此日天头注“辛㐅号”。

② “悦”下增“城”。

③ “阅历既久”上增“知学者”。

④ “随事”下增“能”。

⑤ “自然畏惧”改作“体察思索则忧勤惕厉之隐”。

⑥ “自然”下增“而不能已”。

⑦ “而”字圈去。

十八日壬午(7月3日) 阴。入罗江后,境渐清幽,终日雨。百卅里[①],连滩住。

《洪范》六极,其一为弱,古称庸懦之君曰暗弱、曰懦弱,此正大病,所以罗罗山谓暴主庸主皆足以乱天下也。

愚者为智者役,事理之常也。此番大失,只"不当战而战""当战而不战"二语足以尽之。缘起所以如此,事理不明而已,事理不明,不谓之愚,得乎?朝廷见不到,惑于群言之淆乱,而所用皆庸臣,举朝无一智者,贤智之士屏逐而不能用。观夏伯定所上各疏,真不可少之文字,徒令后世叹息而已。昔曹操伐张绣,贾诩谓绣不可战,绣不听,战果败,既败,诩复教以再战,战果胜。所谓智谋之士,无他,明于机势而已。第势虽可战,亦须有所以战者。夏疏中有所以筹为战之本之具云云,亦要言也。使仍用前日[②]为战者,仍[③]取败耳。噫!世运如[④]此,中国[⑤]乃为仇人役,岂不哀哉!

十九日癸未(7月4日) 阴雨。八十里,戌初至大湾墟泊船。

设使刘禅为君,而以冯道佐之,岂复知人间有羞耻事?

廿日甲申(7月5日) 晴。午后炎气重蒸,酷热如火。申正二刻,至罗定州,兼理知州东安县朱琨、罗定协副将罗三元及教官等来见。六月初七日簪花。

六月初八日壬寅(7月23日) 大暑,初伏二日,晴。辰刻行,朱丁忧,副将、教官出送。是日热,行六十里住。

初九日癸卯(7月24日) 晴热。行七十里住。

初十日甲辰(7月25日) 晴热极。行一百卅里,西崦住。酷暑。

---

① "百卅里"下增"酉初"。

② "前日"下增"所以"。

③ "仍"改作"只"。

④ "如"改作"至"。

⑤ "中国"上增"举"。

十一日乙巳(7月26日) 晴旋阴，有凉风。二百廿里，羚山住，在肇庆停一时余。

夏伯定谓董福祥功罪可以相抵，吾不谓然。既为将帅，无兵败尚可偷生之理，况肆行劫掠，则平日纪律不严可知。此番战败，固缘事前毫无措置，然既已京城失陷，乘舆播迁，则凡主张此事之人均应治以应得之罪。赏罚者，朝廷之大柄，赏罚一紊，便不能用人，便无一事可为。是以用外人要挟而罪之则不可，谓诸臣无罪亦非也。国事一败至此，不闻降一人处分，刑政纵弛极矣。乃逼于强敌之威，使天下议刑罚之失当，直以丧忠臣之胆，寒义士之心，则主持国是者岂非私心偏见乎？噫！时局至此，中国已矣！六月初十日罗江舟中。

江流若沸暑生风，奔走炎天烈日中。逐热相从皆热客，不知迂拙汗颜红。

学政三年之中两巡各府，地方供应殊形烦费，相沿既久，供之者视为当然，索之者逐渐增益，此则人之常情。虽从严约束，究竟一人耳目难周，岂免扰累？每出省，相从数十百人，所挥霍者皆民脂民膏也。目睹仆隶衣罗绮，舆皂厌粱肉，仆甚恧焉，自惭居处原未睹斯民康。呜呼！居人之上者可一日宴然已乎？

十二日丙午(7月27日) 阴，有风，凉爽。乙百八十里，沙腰住。

十三日丁未(7月28日) 晴，有风。九十里，至省。

九月廿七日(11月7日)①

十月初二日甲午(11月12日) 辰刻行，出南门，登伏波轮船，未正开船，过虎门，卅里住。

初三日(11月13日) 卯刻行，廿里，洋关，出香港后，海波摇荡不能起。

---

① 此日旁增“自六月十三日至九月底，在省先考文童，接办录遗，又接考武童，至此始竣，出考潮州”。又此日天头注“辛丄”。

初四日(11月14日) 申初至汕头,入行台住,连日晴。

初五日(11月15日) 午刻行,上小船,行四十里住。

初六日(11月16日) 卯刻行,五十里,戌初至潮州府,入东上水门。

廿二日(12月3日) 考毕。

廿三日乙卯(12月3日) 辰刻行,出东门上小船,行卅里,至松水,酉刻住。

廿四日丙辰(12月4日) 大风,不行,泊舟终日。

廿五日丁巳(12月5日) 卯刻行,卅里,留隍司,有巡检。是日行五十余里,酉刻住。

廿六日戊午(12月6日) 卯刻行,五十余里住。

廿七日己未(12月7日) 卯刻行,六十里,三河口住。大埔令陈维伦来。

廿八日庚申(12月8日) 卯行,四十里,申初至蓬辣滩,入嘉应界。又行十余里住。连日俱晴,是日甚暖。大雪。

廿九日辛酉(12月9日) 卯行,五十里住。

卅日壬戌(12月10日) 卯行,五十里住。

冬月初一日癸亥(12月11日) 卯行,十余里,至嘉应州,入东[①]门。

十六日戊寅(12月26日) 巳初,出南门上小船,未初行,廿余里住。阴[②]凉。

十七日己卯(12月27日) 卯刻行,五十余里,畲坑住。连日看薛福成《庸盦集》,洵可称有用之才,仅出使西洋数年而卒,似未得竟

---

① "东"改作"南"。

② "阴"下增"甚"。

其用。使[1]设甲申后当权要之任，得究其施，如孙之任[2]，似不至有甲午以后之事矣。噫！人才之关系岂浅鲜哉。

十八日庚辰(12月28日) 卯行。兴宁令冯如衡[3]来见。去县城五十里。是日行四十余里住。

十九日辛巳(12月29日) 行卅余里，连日阴寒，腹泻。

廿日壬午(12月30日) 行廿里，小船前后几廿日，备尝恶况。

廿一日癸未(12月31日) 晴。行廿里，长乐令[4]钟璜号渭英，广西人，来见。是日住青溪，不下船，申刻到。

廿二甲申(1902年1月1日) 行廿里。

廿三日乙酉(1月2日) 卯刻上岸，十五里，岐岭。又十里，蓝关，有韩[5]公祠，下舆瞻拜。过此为惠州府龙川县界。又十里，通衢司打尖，有巡检[6]迎送。又十五里，秦岭。又廿里，老隆司下船，亦有巡检[7]。龙川县王会中[8]迎送，去城廿里，老隆颇繁盛。县令云龙川团练颇得力。是日共六十余里，申刻到，晴。

廿四日丙戌(1月3日) 辰刻行，廿里，龙川县城，县令送。又卅里住，晴。

廿五日丁亥(1月4日) 晴。卯刻行，河源县令李汉青号卓万，瓯宁人，迎见。蓝口巡检招保熙来见。是日共行百里，白马住。

廿六日戊子(1月5日) 晴。卯刻行，八十里，河源县住。

廿七日己丑(1月6日) 阴。卯刻行，七十里，有宽仁司巡检唐

① “使”字圈去。

② “之任”改作“所处”。

③ “冯如衡”旁注“似斋江苏”。

④ “令”下增“姚”字。

⑤ “韩”下增“文”字。

⑥ “巡检”旁注“朱匡奎”。

⑦ “巡检”旁注“刘训”。

⑧ “王会中”旁注“补园”。

彭年来未见。属永安县,俗名苦竹。酉初至观音阁住,属归善,巡捕来迎。是日共一百廿里。

廿八日庚寅(1月7日) 微阴旋晴。行百卅里,水口住。

廿九日辛卯(1月8日) 晴。卯刻行,卅里,午正至惠州府,府、县出迎,提督武员等出接。知府沈传义号次端,大兴人,归善县左学易号赞义,湖南人,谳局委员、丁酉拔贡、门生于祖谦来见。

十二月十四日(1月23日) 辰刻行,出东门,各官送。申刻至博罗,又行数里住。

《月夜泊舟博罗县西》:不识罗浮面,连山一望中。水烟涵月碧,山火隔江红。地暖春光早,天低海气通。时危兼老病,感慨意何穷。

十五日(1月24日) 晴。卯刻行,五十里,缺冈。又五十里,菉兰。又卅里,石龙住。戌初到博罗县,安荫甲在此,来见。有游击来见。此水南属东莞,北属博罗,罗浮山即在此北岸。

十六日(1月25日) 晴。行数十里,至新塘,有游击某派小轮拖带。申正二刻至省。

二十八年壬寅正月十八日(2月25日) 启程赴琼州,巳刻登伏波轮船,百余里,停口内。

十九日(2月26日) 晴。卯刻开行,至次日申刻至琼州海口。

廿日(2月27日) 夜间船甚簸荡。据由雷珠至七洲洋凡四百廿九里,为大洋,难行。午刻,入雷琼口。申刻,至琼州海口,候小船来接。

廿一日(2月28日) 巳刻,小船来,十余里至岸,府、县等来迎。至天后宫、将军庙行香。入客栈打尖,府、县见。未初行,五里,至五里亭,镇潘瀛、道信勤候接。又五里,至城北,转而东,入东门到署,均来见。

二月廿日辛亥(3月29日) 启程,出北门,各官送。至海口,乘广玉兵轮。酉刻,至徐闻海口,住会馆。徐闻县去此廿里,县令来。

廿一日(3月30日) 卯刻行,陆路一百十里,至英利住。徐闻令许南英迎送，海康令祥林迎至英利。

廿二日(3月31日)　卯正行，九十里，至雷州府。酉初到城南十里渡南渡河。雷州府陈武纯、游击迎至河北。三月十二完。

三月十三日(4月20日)　卯刻行，出城不十里，上轮船，船为广金、广玉二支。巳刻开船，府、县送，未正至硇洲住。

十四日(4月21日)　卯正二刻开船，至十五日辰刻，至北海停一时余复行。船甚簸荡，日夜卧睡。申正至龙门口[①]换小船，亥正行。

十六日(4月23日)　午正至钦州，入城。

海天澄碧月当头，夜泊龙门景色幽。短艇乘潮连夜发，顺风直上到钦州。

城外天涯亭。

四月初一日(5月8日)　启程，城东渡河，是日雨。四十五里，平银渡尖。又六十五里，那丽住，共百十里。钦州牧卢蔚猷送至丹竹江，尽钦境乃还。在钦得见冯子材、刘永福等。

初二日(5月9日)　卯刻行，三十里，丹竹江尖，合浦令迎。又卅里，乌家住，午刻到。钦至廉，二日可至，今分三日行。

初三日(5月10日)　卯刻行，卅里，上阳尖。渡河，又卅里，廉州府，再渡河。知府郭之全迎，午刻到。

今年以役到天涯，看遍山间处处花。只是空山春色驻，恨□[②]移植到人家。

仙翁连夜上瑶章，只借春阴护海棠。不识此花曾见否，自然为得住春光。

一双佳丽识花神，绝世仙姿迥出尘。管领春风多岁月，天涯梦里见天人。

---

① “龙门口”下增“州牧卢蔚猷来迎”。

② “恨□”改作“何能”。

由钦州数百里间,山花颇艳,遍满山谷,花似海棠而繁艳过之。以其多也,似人[①]不甚重之,未知[②]何名也。

崎岖山径里,欲雨欲晴天。野水光能鉴,山花色欲然。幽蹊穿草树,高岭蹑云烟。行役天涯外,驰驱又半年。

十七日丁未(5月24日) 晴。卯刻行,知府郭之全送。四十里,泉塘尖。又卅里,闸口住。由廉至高均旱路。

十八日戊申(5月25日) 阴。寅正行,四十里均东行,北山一带稻田风景甚佳。公馆墟尖。又卅里,白沙住。未初到,午刻大雨一阵。

十九日(5月26日) 阴。寅刻行,洗米河,合浦县张卿云送至此。过此,入石城界。又廿里,高桥尖。又廿五里,清平住。午正到,石城令迎,王锡祺[③]迎送出境。

廿日(5月27日) 阴。寅正行,六十里,石岭尖。又四十五里,石城住。

廿一日(5月28日) 阴。寅刻行,五十里,新安尖,化州知州凌骥迎送出境。又六十里,化州住。连日路上有雨。

廿二日(5月29日) 寅刻行,四十里,南盛尖[④]。又五十五里,高州城,申初到,知府王嘉禾出迎。廿三行香,五月十六日簪花。中间一次京信。

五月十七日丙子(6月22日) 夏至。卯刻行,卅里,双花塘茶尖。又卅里,分界住。

十八日(6月23日) 晴,有风。寅初行,五十里,林头尖,茂名陈令送至此。又四十里,苦藤住,午正到。电白令乌尔兴额号小亭迎。

---

① "似人"改作"人似"。

② "未知"上增"亦"。

③ 王锡祺,石城知县。

④ "尖"下增"茂名县刘永桂迎"。

十九日(6 月 24 日) 卅五里,架炮尖。又卅里,五蓝住。寅初行,午初到,晴。

廿日(6 月 25 日) 晴。寅刻行,五里,入阳江界。又卅里,尖。又卅五里,太平司住,午初到。

廿一日(6 月 26 日) 晴。寅初行,卅里,大墟尖。又五十里,那旦上船,午刻①。未正开船,卅里住。阳江厅同知李连璋来迎。

廿二日(6 月 27 日) 阴。子正开船,卯正到,四十里。阳江城西上岸,入南门。

六月初七日乙未(7 月 11 日) 雨。卯正出西门上船,厅、教等官送,酉正行,七十里,至古良口,阳春令潜梦熊来迎。自廿二到阳江,湿气甚重,病甚,至此稍佥。服药十许剂。

初八日(7 月 12 日) 雨。卯初行,六十里,酉刻,阳春县住,张昭芹来见。

初九日(7 月 13 日) 卯刻行,阴。六十里,酉刻住。

风雨连朝夕,溯流穷水源。阳春多巨②石,奇古蟠云根。舟子腰间帷,妇人头上盆。何如钦廉间,犹得古风存。

初十日(7 月 14 日) 寅刻行,辰刻到黄泥湾,阳春令送。辰正下船,陆路行廿里,入新兴界。阳春石山,平地特起,巨石苍黝。将入新兴,曲折山径,既出,仍四围皆山,但势甚开敞。又廿里,天堂。又十里,河头,顺德县令王崧来此,清乡及新兴令刘盛芳来迎,遂下船,二令来见。时方未初,以行李未到,不成行。

十一日(7 月 15 日) 卯刻行,百里,申初至新兴县。县城去河二里,教官二人来,未见。又行四十里,戌初至官渡住,刘盛芳来谈。阴雨凉爽。

十二日(7 月 16 日) 卯初行,九十里,戌正,未至江口二里,住

---

① “那旦上船午刻”改作“午刻至那旦上船”。

② “多巨”改作“苍山”。

新兴江口内。

十三日(7月17日) 卯初行,江口,高要县傅汝梅、新兴县刘胜芳来见。九十里,三水县,县令吕(象道)[道象]来见,河口厘局邹元赞来见,又数十里住。

浩淼浑无际,江天似海天。除山都是水,无地可为田。屋露檐头瓦,人来树杪船。茫茫三十里,水国绝人烟。新兴口内。

夜久人才寂,蓬窗独不眠。月沉云外树,星在水中天。宿鸟声相合,吟虫静里传。却愁昨日热,银汉皓无边。

十四日(7月18日) 夜行,辰刻到省,府、县出迎。

是年六月回省,七月初因时疫病月余,遂请开缺。廿四日(8月27日)发折,八月中旬奉旨:开去广东学政差使。十月初五日(11月4日),新任到粤,具折交卸。因奏明往浙迎取仲兄灵柩,计冬月不便行走,仍请开缺。十八日(11月17日)即发轮船,廿三日(11月22日)到上海,廿九日(11月28日)到浙江,住八旗会馆。冬月杪接回批折,赏假三个月,毋庸开缺。又具折谢恩。至次年二月底假满,因次子之妾俞氏生子,不能上路,延至三月廿七日(4月24日)始克成行。

附　录

文治《庚子纪闻》

庚子纪闻　上册

自咸丰庚申之变，夷人入我内地，朝廷办理交涉事件往往秘而不宣，是以虽居京师，自非得之传闻，有不能知其详者。余己亥到浙，次年庚子按试各府，五月回省，始闻北方不靖，津沽猝开战衅。时方遭兄丧，衰服不出，六月始渐有所闻，爰略志之。

先是山东有义和拳会名目树旗起事，以“扶清灭洋”为名。盖山东数年以来夷人暴横无理，百姓迫而为此，遂至云集响应，所在蜂起。朝廷调东抚毓贤于晋省，而命袁世凯为巡抚，以镇慑之。然其势已盛，无由解散。至次年遂蔓延畿南一带，而津沽亦应之。至五月初间，所在拆毁铁路电线，焚杀洋堂教民。官兵虽加剿捕，无如民心蓄怒已久，不约而同，闻灭鬼子杀教民，人人踊跃思奋。京城之内，数日间遍设坛场，处处布满。盖此时朝廷亦无可如何矣。

时提督董福祥所部勇营方驻南苑，有日本书记生杉山彬与勇丁忿争于途，恃强无礼。及见董，董慰谕之，仍强董以必杀此勇然后快。董怒，遂诛之。各国夷人目义和为拳匪，本谓朝廷剿办不力，各调兵至津，欲入京助剿。先以保护夷馆为名，各以兵数十入城，朝廷许之。各国共约四百余人。既入，并不专护使馆，时登城放枪，或游行街市，往往伤人。于是兵民交愤，欲与为难。朝廷恐难于保护，或生他故，令各夷使他往以避之。方商议间，有德国夷使欲往总署，总署未允，而夷使遽出，遂毙于路。而此时夷兵之至津者肆其强横，欲强占我炮台，限某日时让出。我兵守炮台者提督罗荣光不许，彼遂开炮相攻。闻系日本先开炮。我用炮还击其船，相持竟日，炮台遂为所据。此五月■日事也。二十■日再战，我兵大胜，义和团会助剿杀毙夷人甚多。闻有自上海来者云：某日之夜三鼓洋船自北方至，雇三百人抬其尸，约有数千。云廿五日初二日到廷寄各省督抚有降旨嘉奖团会之语，谓此等义民到处皆有，令各疆臣妥筹办法云云。

当是时，朝廷之上议论不合，事权不一。主其事者端郡王载漪、军机大臣刚毅为之首，而庄亲王载勋、怡亲王溥静，贝勒载濂、载滢，辅国公载澜及军机大臣启秀、赵舒翘、大学士徐桐、尚书崇绮等附和之。军机大臣中礼亲王世铎、大学士荣禄、王文韶观望，为自全之计，且惎诸人之夺其权也。更阴掣其肘，电致各督抚谓“主战非我辈意，同志者惟仁和”云云。且谓五月廿二以后上谕皆属伪造，不可奉行。是以虽有开战之旨，且有谓为假托者。诸王公等率皆庸鄙，无济事之才，而又一国之中自分两党，盖不待事败而知其祸之不旋踵矣。

义和团之在京也，纷扰如麻，以红巾为号，出入城门及行街市无御之者。到处胁人入会，率取十余岁男子谓之有缘，焚香于坛，令之狂舞，云有神附其体，即令出游，自能识教民寻而杀之。其为首者谓之师兄，云有神术可避枪炮，放火时以刀指划为界，则其旁不致延烧。凡所云率荒诞可笑，而愚民多信之，以仇教之说得人心故也。二十日将烧正阳门外大栅栏之药房，先期告知邻近铺户不得相救。及火起有倾之以水者，于是蔓延，千余家同归一烬。其地向为京师繁盛之区，精华所萃，遂成一片焦土，人亦有死者。并接烧城楼及城内各户，直至礼部乃止。二十五日及洋人战于东交民巷，枪炮之声彻于禁内。而乱军乱民俱乘机而起，或借报夙仇，或抢劫财物，东交民巷迤北一带如大学士徐桐、孙家鼐等家，均为武卫军、董军等劫掠一空，妇女逃走。城内处处火起，喊杀之声昼夜不绝。于是朝廷以庄亲王为义和团总统，令约束之，并命为步军统领；英年、载澜为总兵，兼派大臣巡察街巷，禁止烧杀。又城门各派副都统一人稽察，而城上亦派各大臣分守，势乃少定。团民之攻夷馆者，神机、虎神、武卫、董军亦助之。又有谓庆亲王奕劻率神机营兵保护使馆者。亦可见游移两可，人各一心。所以两月余之久，各夷馆虽不无残毁，而其人均归一处，兼有教民数千助守，诸军竟不能攻破。则其事之同于儿戏，亦真有可笑可恨者矣。

时城内外居民纷纷扰避，南人之在北者无不逃归。天津开战，海道不通，近畿一带皆团民，出京无不被劫，兼有死者，惟只身无行李，尚得苟全性命耳。天津之战虽获小胜，夷兵本属无多，直隶总督奏报遽有“兵气甚扬，民心甚固”等语。朝廷诏各省遣兵入援，疆吏已得大臣微指，虽各遣三五营，率皆疲羸无用，又无统率，沿途滋扰而已。湖广总督张之洞同两江总督刘坤一，已纠合东南数省，与洋人定约保护教堂教民，祈洋人毋以兵相犯。至二十五日，廷寄各省谕旨本属无谓，无可筹办，各省亦不奉行。惟浙江巡抚刘树堂行下各府，几至生变，后遂有温、衢等案。次日乃得张之洞之约，又将所下文檄撤回，然无及矣。江苏巡抚鹿传霖亲率兵北行，沿途观望，勇丁亦多溃散，后至七月中旬始至近畿。闻其先行归家，以二十万之饷尽入私橐。至去京不远，都城已陷，乃折向山西迎銮，遂得入居政府。至湖南藩司锡良、陕西臬司升允亦皆率兵入卫者，皆不闻行至何处。惟前四川总督李秉衡先奉旨巡阅长江，于是朝廷急促之北归。

李秉衡者，数年前为山东巡抚，洋人深恶之，胁朝廷加罪，遂得降调处分。至是朝廷将倚以为重，其实李虽忠义，并未尝握重兵也。袁世凯练军万人，在天津已数年，此时乃置之山东。袁遂与南省联为一气，保护教民，极力弹压团会。此军平日本以拟敌，有事竟不调往，真不可解。又闻董军只守都门，其在前敌者只有直隶练军及宋庆、马玉崑之兵，亦可见诸人之谋画矣。先是大学士荣禄创立武卫军，令江西臬司陈泽霖、武官张春发募兵江淮间，至此李遂帅之赴敌。洋人虽挫，尚据海口，我军并未能夺回炮台，仍时时开战。直隶提督聂士成遂于六月间阵亡。

南中时时胜败互传，谣诼纷歧，无确实消息。既而敌人由本国各调重兵，七月初至津。而南省赴援之兵已两月余尚未闻有至者。七月十二日，直隶总督裕禄北塘兵败自杀。十四日杨村战败。十七日李秉衡自尽于通州之张家湾。闻是时宋庆急入朝报信，朝中大乱，即议巡幸，又以游移而止。而吏部侍郎许景澄、太常寺卿袁昶、户部尚书立山、兵部尚书徐用仪、内阁学士联元等数人，均于此数日内骈诛，亦不知其罪状若何也。

二十日，敌兵至城下，各国共约二三万人，分道攻城，有由东便门入扑崇文门者，有直攻朝阳门、东直门者，是晚城遂破。居人盈衢塞巷，父呼其子，妻号其夫，阖城痛哭，惨不忍闻。逃者半，死者半，并守城之兵，死者山积。夜间犹召见军机议行计，犹未定。此时只王文韶、刚毅、赵舒翘。

二十一日早，贼已破东华门。时英年、载澜在内值班，径入宫以告。皇上即起行，太后亦随之出。太后尚未栉发，身衣蓝夏布衫。皇上衣黑纱衫出，无车无行李，即乘英年等车，并皇后、瑾妃、大阿哥及官员数人冒险出城。时城上及衢间洋兵并乱民皆满。至颐和园，少息即行。以不识路，是晚遂至昌平州，次日出居庸关。然使当时南行，则遇洋兵矣。军机大臣王文韶归取行李，步出城，二日始追及之。乘舆出，三日无所得食，偶向民间得小米粥以疗饥。皇上夜间和衣卧土床上，无衾枕。至贯石驿，始得驼轿三乘。二十三至怀来县，地方官始稍有供应。二十七日至阳高县，下诏罪己。于是由大同往山西。

八月初六至晋省，诏求直言。急召李鸿章并命庆亲王奕劻同为议和大臣。庆亲王电行各省，言“朝廷已派己为全权大臣，同李鸿章与洋人议和，各省务极力保护教民，不得再有疏失，致生枝节”云云。李鸿章，世久目为秦桧，又称伥子者也。是年调任两广总督。当初开衅时，有旨令北还，旋又止之，当以战小胜故。及六月中，朝廷又有欲和之旨，复召之，李鸿章实未动也。至是始于闰八月九月间由广驻沪，十月杪始入京，敌人侮弄之无所不至。庆王于八月入京时亦然。

敌初入京时，杀掠极惨。馆中夷使并教民既得出，乃思复仇，大肆烧杀。宫殿亦有焚毁，大内一切宝器及历朝法物掠取尽净；金银尤多，金二百万，银八千万。王公府第及诸大臣家尽行烧毁。淫掠之惨，亘古未闻。阖室自焚、投井、雉经，全家殉难者，不可胜计。其见奏报奉旨矜恤者如延茂、葆初、奕功，皆全家尽节。又如熙元、王懿荣、宝丰、崇寿、寿富等人，皆最著者。其他并妇女尤夥，别为记载。户部尚书崇绮家居有年矣，前一年冬诏立端王之子溥儁为皇子，继穆宗后，称大阿哥，令崇绮授读，仅数月耳。朝中稍有学识者只此一人，事变以来，不知其曾否建言。但时辈只称其附和诸王，以致偾事。乘舆之出也，朝官多不知。二十一日，崇绮同荣禄入朝始闻之，遂同荣禄出城，南行至保定，盖亦未知圣驾北行也。仍与董、宋议战，诸将谓事不可为，崇绮以克复无望，遂缢于保定城西莲池书院，八月初二夜也。荣禄奏闻，得赐恤焉。

自七月廿后至八月初半月间，人民涂炭，逃者死者室室皆空。凡一切衙署仓库及商贾店铺，概行搜括无余。各国乃分段据守：东四牌楼迤北为日本界，迤南为英、俄、德、法界；西四牌楼南北为某国；西单牌楼东至前门以西为美国界。时惟美国兵帅为稍有纪律，日本次之，英次之，而德、法、俄极残虐。诸大臣在京者皆受辱。各国又强令大臣偕之入宫，由前入，由后出，遍行穿阅。礼部尚书启秀至，为敌所拘絷，屈辱不堪言状。德国人名华尔者后至，各国推为统帅者也，竟入居西苑仪鸾殿中。部院各署皆为屯兵之所。官员邸第全行占据。昔子胥入楚，君居其君之宫，臣居其臣之室，未至若此之暴虐无理，且为日太久者也。

乘舆在晋，地势本狭，又遇荒歉，供给为难，乃移幸陕西，■月初至秦。而秦亦奇荒，各省乃馈饷并运米数十万石以济之。事既仓猝，太后、皇上只居巡抚署中。从官前后至者不过数十人。王公则端王、庄王、载澜、载泽、溥伦等。军机则王文韶、赵舒翘、鹿传霖等。刚毅赴秦时，死于路。荣禄于九月间亦由保定前往。大臣惟英年、溥兴，余更寥寥，司员则二三十人而已。既诏求贤才，各省不闻有举者。余保荐数人，主事洪嘉与夏震武二人得引见。二人皆敢言，然当路不愿闻之，屡加申饬焉。

李鸿章既入京，强与诸酋乞和。各国虽漫应之，依旧遣兵四出滋扰，直隶通省无所不到。十月间至保定，藩司廷雍先得李鸿章密信，令将饷械移往他处，以牛酒犒师善为接待，各国必不扰动。廷雍以为然。及兵入数日，竟将廷雍拘辱，遂杀之，兼及城守尉奎恒。李鸿章亦不敢过问也。其他各府州县情形，南中不闻其详，惟闻永平府重焕被敌拘至天津，打马鞭二百而囚之。其肆横大抵皆类此。时和议久无成，德、法、俄等国尤横。而德人于口外某处为我兵马玉崑所败，兼毙其酋，于是诸国始渐露和意。惟要挟无礼，先开出款目大纲十二条，子目至二百余条尚未发，意欲将诸王大臣俱加重罪。冬月及十二月杪，两次谕旨降诸臣罪，敌人意不已。至辛丑正月三日，乃杀庄亲王、毓贤、英年、赵舒翘、启秀、徐承煜以谢之，刚毅、徐桐等已死，端王、载澜定为斩监候，各国始允和，仍迫皇上回銮。

当京津事急时，俄人在东三省开衅，黑龙江将军寿山与战，后自杀。而俄人极残酷，通省死者无数。吉林、奉天均不得其详，大抵已为鲸吞之计矣。南省则浙江、湖南、广东、湖北、安徽处处盗贼蜂起，而以浙省衢州之乱为剧，别有记。

迂史氏曰：祸至此可谓极矣。世俗多归咎于诸王大臣之卤莽偾事，余独以为不然。自甲申以来，颠倒错乱，几黑白混淆矣。于是乃有甲午之乱，继以戊戌益不可为，而宰相仍不能得人。至此事之起，已有措手不及之势，于诸王大臣之庸鄙何责哉。惟君与相不当言命，假使人事尽一分必有一分之益，理数相推，本无一定，虽造物者，恐亦不能知异时之究竟若何也。若夫自事后言之，乃适见为世运之适。然观夫团民之逼京城，仅南人有只身得脱者耳。京师之大，天下精华所聚，一若力为守护保其全势，而尽以奉之敌人，凡夫子女玉帛尽假手于犬豖之辈，以肆其毒，百万生灵全遭涂炭。设使直隶并各省大吏，及朝中诸王大臣苟易一人，局势必变。又使圣驾早出一日，亦当不至窘迫至此。其他措置之乖，事机之舛，有不可屈指数者。稍有迁移，又不至受祸若斯之惨也。呜呼悲哉！

国朝圣治，迈于前古，深仁厚泽，培植二百余年，是以金瓯巩固，不能动摇。发捻各匪蔓延几遍天下，卒就削平，亦可观矣。同治初年，大乱既息，上下嬉游，渐为荒肆。甲申以后，朝政错乱，益不可言，至酿成甲午之变。然祸难迭起迭消，大局尚能撑柱，则又误于天心之可恃，而人事遂无转移之机。庚子之乱，几亡国矣。然直隶及东三省蹂躏不堪，其余故无恙也。观于两湖、广东、徽、浙各省之事，又以见天心之不忍遽乱，少缓须臾，而终不可久恃也。初戊戌之夏，当国者荐广东人康有为于朝。康小有才，实荒谬妄诞人也。与其徒梁启超喜言变法，将举中国而夷之。上误信其说，以为可以自强。康等阴谋，实同鬼蜮，惧太后之不从也，将劫以兵。上闻大惊，白太后诛其党数人，而康梁逃之海外，诳惑夷人。庚子之夏乘机肆祸，将为复仇之举。东南各省入其党者不可胜计，欲先取湖北，据长江上游。为人告发，大吏觉，捕其党诛之。旋又勾结会匪，起于广东、徽省，均为官兵扑灭，其焰乃熄。湖南则戕夷人，烧教堂，未得其详。而浙江衢州之案为剧。

先是浙江巡抚得五月二十五日令各省纠合义民之旨，行下各府。旋又附入张之洞为各国保护教民之约，撤回所下文檄。然各府多已宣露，民间皆知之矣。于是温州聚众，几酿事端；绍兴之诸暨亦有焚教堂等事，皆未致大变。惟衢州则戕官戮夷，为外人所要挟，案至今未结也。先五、六月间，土匪起于闽浙交界山中，扰及江山之清湖镇。郡中遣兵往，遇贼即逃归，贼遂连破江山、常山二县。郡人惶惧，议守城事。首县吴德潚向与绅民有隙，及是乡团指县中厨役通贼，捕杀之，群入县署。是时吴方在道署，众索之不得，遂聚道署前。金衢严道鲍祖龄者，纨绔子无才识，又值众焚毁教堂，有夷人十余亦来署求保护。众势汹汹，无由解散。于是绅民入署，将吴拽出，乱砍之而毙，兼及夷人，县署中无辜死者尤多。既而贼至城下，众出御之，贼退城得完。省中派兵往，贼乃平，而戕官戮夷之案久不决。夷人势方横，要挟无所不至，巡抚遂撤任，而道府等官，外人必欲杀之，今未决也。呜呼！当北方大乱时，南中盗贼蜂起，各省防营积弊极深，毫无足恃。使乘势燎原，不可响迩，诚意中事。然卒皆削灭，岂人力所能哉。惟是大局至此，中国亦无以自立。虽数月间得无事，彼苟图目前者，或且自鸣得意，而以迂拙之言为不足信。然默观时变，正恐祸至之无日，而不能不恨浅人之见未可凭也。呜呼，悲哉！

辛丑正月二十三日记

庚子纪闻　下册

庚子八月，京城失守，乘舆播迁。余时在浙，试事已毕，即请奔赴行在。旨不许。此数月间，枯坐署中，毫无生趣。偶有一二朋友乱谈外，惟信笔书其所见，遂成此册存之。

辛丑五月十九罗江舟次记

为政在乎用人，举错赏罚者，朝廷之大柄也。举错不当，赏罚不公，朝廷无可为之事矣。都城失守，宗社沦陷，凡在臣工，人人有罪。执政者覆悚贻羞，掌兵者败军失律，平日之欺罔可知，事后之刑诛岂容幸免。是故武卫军也、虎神营也、神机营也，饷非不厚也，练非不勤也，临敌不得一人之用，贵近如此，董、宋、袁、马何责焉？各省大吏何责焉？使事败之日，各予以应得之罪，其将奚辞？即天下人亦何得不服？若待外人要挟而罚不当罪，则失之远矣。至于驭将之道，有功必赏，而不可不防其骄，有过必罚，而不当隐忍，以致纪律不严，兵或不戢。且练兵以拟敌也，训练精至，惟敌是求。况大敌当前，而置兵于无用之地，运筹帷幄者何人哉？袁则处之齐地，使代敌人击本国之民，以保护教堂；董则置之门户，使乘乱抢劫，而攻一使馆不下，京城举动可笑，至于如此。疆吏轻视朝廷，遗亲后君，潜通敌国，借寇兵赍盗粮，无所不至，其罪不可胜诛。更有甚于此者，而亦无人敢声其罪而劾之也。至于师丧国辱，威挫力穷，生灵之涂炭不堪，君上之艰难已极。侂胄、延广之辈，既已智尽能索，俯首受罪，而不能复措一辞。而为秦桧者乃得大伸其气，鸣其得意，以为我见之必不差也。敌国既大数朝廷之罪，而不肯少容；奸臣亦挟外人之威，直讦君臣之失，而迫加重谴，事势所迫，只有忍辱乞怜，低颜下心，惟命是从，而犹不得免也。呜呼！事之败也，岂伊朝夕前后？五六十年，著著尽错，败于中国之无人，将气数然乎？夫义和之起，由于各国平日强横纵恣，肆行无理，朝廷强为压制，不得其平。民心积愤日久，一旦暴发，势不可遏。非若景延广、韩侂胄之有意寻衅，横挑强虏也。善乎汤子蛰仙之言曰："偾事诸公，谓之不晓事则可，不谓之公愤则不可。"余亦谓谓之无谋则可，谓之奸邪则不可也。子行三军则谁与？子曰："暴虎冯河，死而无悔者，吾不与也。必也临事而惧，好谋而成者也。"凡事成败只争敬肆之分，无震动恪恭之诚，未有不败事者。此次事后得京中来信，均以为同于儿戏，情景可想。诸公只有暴虎冯河之意，而并不能有死而无悔之心。又彼此面从心违，退有后言，此等风气为日久矣。外示不争，背后相谤，掣肘坐视，将以观其败而资为笑谈，平日已然。是以模棱两可，无为国家任事之人。一国之中，已分两党，亦缘在上无人主持，成此局面耳。故兢兢业业，敬也，上下一心，和也，能敬且和，是为制事之本，苟无其本，更无可言。使当肇衅之初，兢兢业业，上下一心，议既决矣，便当明降谕旨，布告中外，使天下之人皆晓然于强敌肆横无理，衅自彼开，我为应兵，出于必不得已，令天下督抚各修战备，同时并举。凡京城夷使及各省教士，一律令其退出，明告以不能再为保护。凡似此等应行之事尚多。六月间曾拟上言，俱当斟酌行之。董、宋、袁、马皆在前敌，武卫、虎神、神机酌留京城。余均防堵津通之间。亲王自出布衣疏食，甘苦与士卒同之。正以平日训练不精，临事必大费心力，须极意整顿也。夫胜负兵家之常，本难一定，在鼓励以壮其气，赏罚以坚其心，军无统帅，断难有成。亲王且劳苦如此，则众无观望之私，士有必死之志。然犹不敢谓必能有成也。必求贤纳士，虚心择善，军国之重，非一人智力所能周，日夜图谋，孜孜采访，常若不及。使冯、刘之将选募南兵各一二万，迅速北来，严加挑练，令广东、江浙、湖北供其饷械，不准有缺。山、陕、甘肃兵先到者，随时分布。亦当预定巡幸之计，盖兵凶战危，断无必胜之理，亦何至仓皇出狩，致乘舆危险，宗庙震惊，百官军民尽遭荼毒，万万资财聚而不散，尽以资敌人之用哉！

病热之人往往战汗，汗出可愈。余观戊戌八月以后，乃正气与邪气交争之会，如病人之战汗也。惟邪气太盛，正气甚微，争而不胜，大命恐难保矣。今朝廷无哀痛迫切之诚，中外臣僚无奋发激励之气，其在下者大势分新旧二党，新党操胜势将兴，旧党似忠义而人才不及。

小人情状各有不同，所以谓之小人者，亦其所见者小耳。为一身则私，为天下则公。是故愚民志在温饱而已，鄙夫志在富贵，俗士志在功名，贤人志在国家，圣人志在天下万世。人之所以为人，欲其有益于世而已。为益之大小不同，即人品之大小所由分。若鼓万物而不与圣人同忧，天地自然之化也。

奉天诏书，山东将士闻而流涕。今语意松缓，使忠义之士闻而解体。经此大变，朝廷无哀恸迫切之诚，中外无奋发激励之士，于此而欲上天悔祸难矣。诏求直言，但当使之言，不当复责其言之当否。今先恐其未怀忠悃，摭拾浮词，假公济私，巧为尝试，是预杜言者之口。人惟不言，言则必入于此矣。昔宋求言，先以六条榜示朝堂。某公云云，圣人罕言命，恐人委于气数，而不复尽人事之所当为。又言不知命无以为君子，恐人趋避利害，不顾义理，皆所以为教也。气数一定，真有不可移者。阴阳盛衰，盈虚消长，天地间自然之运也。天道人事常相因而至，自一身一家以至国与天下，莫不皆然。天道不可见，人事即可以卜之。勤俭务正业，身必治，门内整肃和睦，家必昌。故曰兄弟睦，家之肥，子孙贤，族将大，贤才登用，政事修明，国势必强，天下巩固。是故身健者常无疾病，即偶感寒暑，不足伤正气、敝精神。家事整理，国政修明，常无灾害，即偶有盗贼，不足动本根、致祸乱。及其相反，人事不修，虽起居饮食仍如平日，而纵欲伤生，元气已虚者，一旦猝染风寒，遽至不起。或上下嬉戏，共乐承平，而纪纲废弛，积弊太久者，一朝猝生变故，挽救无方，有识者观于人事，即天道未尝不可预知也。虽其间事势参差，气机推荡，参伍错综，天人感应，倚伏循环之数，万有不齐。然其大致固有不能易者。又岂同推测占验，反不能尽得其详哉！京城之变，惨不忍言，实前古所未有，真奇劫也。天下精华所在，一切人物货财，抢掠罄净，贤人君子，一网打尽，其情状真不堪涉想，正不必俟将来一一闻得其实，然后知其不堪也。天心难测，此等兵燹之灾，古亦有之，但无如此次之酷，且必假手于海外野夷犬彘之辈，以肆其毒，诚不解耳。

伊古以来无此局面，京城困辱数月，蹂躏残毁，耻辱不堪。曾无一兵一骑复敢过问，且事当初起，团民禁不准出，无得逃脱幸免者。完全不动，拱手送于强暴狠戾之丑类，任其肆行欺侮虐辱万分，是何天道？真无可解者矣。呜呼惨哉！

斧柯得借，则我见既明，私心无有，求贤佐理事，功必当可期，若不见信用，奉身而退，亦是无可奈何。吾何不足哉！譬之病者，庸医药饵杂投，寒热并用，其不要命几希矣。今秦桧、韩侂胄并见于一时，国事岂能堪此？

《太甲》曰："天作孽犹可违，自作孽不可逭。"孟子曰："祸福无不自己求之者。"又曰："夫人必自侮，然后人侮之；家必自毁而后人毁之；国必自伐而后人伐之。"孔子曰："清斯濯缨，浊斯濯足矣，自取之也。"《书》曰："兼弱攻昧，取乱侮亡。"弱昧乱亡，是与人以可兼可攻可取可侮之道矣，于人何尤哉！故天之生物，必因其材而笃焉。故栽者培之，倾之覆之，虽天之待物出于至公，亦不强强朽蠹之材而滋培以雨露。是故自天子以至于庶人，惟永言配命，自求多福而已。呜呼！

人可不思所以自立哉！五月底有嘉奖义和团会之旨矣，乃八月复有祸由拳匪，严行剿办之谕，毋乃自相矛盾已乎！若谓前后柄政大臣意见之不同，则谕旨固出于朝廷，非臣下所敢专。大臣以其私意妄作主张，而不顾王言之亵，朝廷亦迫于事势之不同，茫无定见，一听庸邪之辈为朝三暮四之令，而遂以失天下之人心。噫！非徒无益，而又害之。今日之政是也。

邪气日盛，正气日微，奸人得志，凶焰大张，我辈必无容身之地。天地之运至于此极，从古所未有也。此番祸变，贤人君子大半皆死，其稍有忠义之心者，亦皆得罪黜辱，不复敢仰首伸眉，论列是非，几于一网打尽矣。人之云亡，邦国殄瘁。呜呼悲哉！正人惜才智多不及，其但抱忠忱而庸昧无识者更众，是以奸邪得以笑其愚，而大伸彼之邪论耳。

甲午年已有人推测云：五年后应混沌。上年又闻人云：七月二十一日便混沌，余谓无此理，盖混沌之说，前人推测之术，与昼夜寒暑正同，但分久暂耳。譬如将昏亦须渐渐暗去，天道须有渐，无猝然混沌之理。今观此变，事隔一年，为日又同，其推演亦非无因矣。此虽非天地之混沌，亦天崩地陷、天翻地覆之势也。

今内外臣工庸碌者十之六七，奸邪者十居三四，缘起所以至此，盖亦有由然矣。条例日多，文法相循，有案可援，则众所不能驳，别出新议，则群以为多事。自其居下僚为司官时，无所用其出谋发虑，不过学习酬应，搪塞上官，其并此不能者，固不足论，然亦备位充数，非有摈斥。其聪明有天姿者，乃学成一浮滑模棱无用之材，于是事权乃尽操之胥吏之手，积弊丛杂，不可究诘。及出色之员，上膺保荐，内而卿贰，外而封疆，阅历益深，揣摩更熟，而庸碌乃更甚。古人云："爵禄者，先王所以厉世磨钝之具也。"今风俗若此，稍不合时，未知当差做官之窍，固无望其进居显位，然则非磨其钝，乃磨之使钝耳。夫贪慕爵禄，常人之情，今中人之质，既驱之使为鄙夫矣，而奸邪之辈乃更得风气之先，争用秦桧之术，以为固其爵禄之计，邪术既售，用计益工，而接踵而起者，遂实繁有徒矣。至于今日，此辈盖已十有三四矣。余则皆庸恶陋劣而已。然则朝廷欲得人而用之，岂不难哉！《书》曰：知人则哲，能官人。知人之道，古帝其难，欲知人善任，是非有道不可。其道何在？亦略其文法，察言观行而已。

夫人之识见，盖有所囿。以厮养而议朝政，令士大夫闻之，必有以为可笑者。而厮养之识，终亦不能增扩而有所知也。今之大僚，皆厮养之见耳，岂仅"肉食者鄙，未能远谋"足以尽其情耶？

躁忿失常，寝食俱废，苟且偷生，旦夕待尽，悲愤饮泣，神气不守，手足为之疲软耳。自渐愈昏花，百病交侵，一心难主。呜呼！国家祸乱无戡定之期，骨肉死亡有分离之惨，先人何托，神灵何依，子孙愚弱，后事谁付。傅燮之但悲身世，无处求生；袁君山每念王室，自然流涕。数百年文物一朝扫地，千百万生灵一朝涂炭。噫嘻悲哉！

刑赏不当，所纵弛者，善为自全之小人，所诛夷者，乃在进言之朝士。虽所言之当否，用心之公私，其人未必足取，然罪状不明，轻加诛戮，非圣朝待大臣之体也。忠智之士闻而裹足，伤其类也。孔子适晋，闻杀鸣犊舜华，临河而返，兔死狐悲，物伤其类，遭此世变，古今未有，天下大乱，指顾间耳。夷狄肆横，禽兽食人，礼义灭亡，伦常扫地，正人死绝，乱臣贼子接踵起矣。天崩地陷不常有，世人视若无重轻。腐儒要非不经事，奔走告语徒相惊。礼义灭亡人心死，夷狄祸乱何纵横。日沉海底宇内暗，再出扶桑万国明。

亲小人远贤臣，刑政不修，纪纲紊乱，言路闭塞，赏罚不明，忠言不至于耳，君日骄而臣日谄，未有不丧邦者也。所以骄恣于上者，又有由来，家庭之际本多难言之隐，有不能为外人道者。

朝廷无哀痛迫切之诚，中外无奋发激励之士，日惟汲汲求和，毫无措置。各省督抚，坐视君父之难而不顾，又无准备，苟幸敌之不来。其士大夫庶人，心存背叛，皆有乘时射利之心。

平天下之道，只言用人、理财二事而已。理财之道，在不专其利，贵能散而恶聚。是以孟子言上下交争利而国危，而蕴利生孽、多藏厚亡,散见于经传者不一而足。大凡物聚有必散之理,至于书籍且然,况财者民之所同欲,理贵流通,且金银珠玉,饥不可食,寒不可衣,积而不散,夫亦愚矣。至于用人,尤为至要,能用贤臣理财,自得其道。是以言理财而云不畜聚敛之臣,是二者又有相因之道。且夫亲君子远小人,先汉之所以兴隆也;亲小人远贤臣,后汉之所以倾颓也。诸葛公诚智者之言哉!夫家国天下,只是一理,故天德王道,亦是一贯。事自天子以至于庶人,岂有异哉!一身一家,亲近正人,求贤取友,量入为出,不贪分外,在自身讲明此理,谨守不忘而已。若不知讲明道理,则牵于私欲,惑于俗谈,正人则畏而远之,甚且鄙之厌之。则君子日疏而小人日亲,所谓与谄谗面谀之人居也。识见既日卑,凡衣食宫室,一切奉养之具常若不足。于是贪财重贿之念亦因以日甚,虽祸患实由此而生,殊不悟也。悲哉!

呜呼!人情颠倒,至今日极矣!视君父如仇雠,以仇雠为君父,乖舛缪戾,至于如此,欲不乱亡得乎?今夷狄之祸,微论彼族专行强暴,不识义理,即我曲彼直,国家受祸至此,在我中国臣子,宜无不痛心疾首,思食敌人之肉而甘心焉。此则天理民彝之常也。况肇衅之初,其曲在彼,只以我中国措置乖方,遂乃一蹶不振,彼得肆其暴虐,益复无情理之可言。而今议者乃专归咎于中国之自取,视彼肆横无理之所为,若实以为当然而心悦诚服焉。盖其言曰:今日之事,平心而论,实由中国庸人自扰。噫!斯言也,苟非丧心病狂,何以出此?乃观于在位诸人,如是者殆实繁有徒,且必居权要者也。死者长已矣,其愤恨怨恫,不能起九京而问之,其在下位以及士庶,固有天理民彝不容泯灭者,而亦徒抱其幽忧愤郁而莫能伸也。呜呼!天下之生久矣,一治一乱,治乱之环生,犹阴阳之迭运,圣人于泰否二卦发挥尽矣。今则内阴而外阳,内柔而外刚,内小人而外君子,小人道长,君子道消之时也。否极泰来,未卜何日。呜呼悲哉!某为此论,未敢示人,然窃观今之有权势可以有为之人,其心中大抵皆有一庸人自扰之见,是以忍心坐视而以为无一事之可为。其于是非曲直之所在,既未尝洞悉其所以然，又怵于强弱之势，畏懦中于衷怀，而不敢少动。盖自有此祸，而中国人心益失，其正天理日即于微矣。昔南宋之世，秦桧当国，尚多与之争者，及其久而局势已定，邪说得伸，则在位者莫不以为当然。所以朱子有昔日人心尚正，今日不正之叹。况其后韩侂胄庸妄偾事，国势益衰，岂复能辨是非之所在？夫仁者不以存亡改节，义者不以盛衰易心。彼趋炎附势之流，徒见富贵赫奕而向之慕之，而遂谓行事之皆当，遇贫贱者遂不齿焉，亦何足论？况其为强暴肆虐，多行无礼，一朝得意，欺侮士大夫之市侩，而为之甘心服役，背主丧心，而不知耻者哉！

毓贤之在山东也，当义和初起，其时情形未知何如，恐不免有轻率之失。至于京师，仓猝之间，势盖已无可奈何。端庄卤莽，诚有之矣。凡平日所谓正人素怀忠义之气者，其间岂遂无一二有志之士，而一概目为随声附和，昏庸不晓事，岂非专以成败论人乎？且人数既众，已非一二私见可比，况所执果属悖谬，朝廷又岂有一听其所为而不加驳斥者？余所恨者，主张此事之人，才识太卑少，一味粗疏，便以团民为可以御敌，一切用兵之道，毫无布置，且用人行政，赏罚举错，事事颠倒，其败宜矣。至于余人，当其时苟有所见，当以死力争，岂有侥幸成功之理？但恐亦不能作主耳。呜呼！贤人君子惨遭祸变，自拚一死，其成仁取义，心已泰然，毫无所累，遂足千古，亦复何恨？独是国家从此不复可以自立，而圣人之道将至于灭亡而莫之救。夷狄侵陵，奸雄肆志，邪说诐行，充塞宇宙。观此气象，正值纯阴之月，严寒冱冻，朔风大雪，其势甚猛，而未有已也。何时卜来复之期乎？

文治庚子三折
（光绪二十六年闰八月二十七）

奏为应诏就图治用人细陈管见事[①]

奏为应诏陈言敬效一得之愚仰祈圣鉴事。窃奴才伏读光绪二十六年七月二十八日奉上谕：自来图治之原必以明目达聪为要，此次内讧外侮仓猝交来，频年所全力经营者毁于一旦，是知祸患之伏于隐微，为朕所不及觉察者多矣。惩前毖后，能不寒心？自今以往，凡有奏事之责者，于朕躬之过误、政事之阙失、民生之休戚，务当随时献替，直言毋隐。当此创巨痛深之后，如犹恶闻谠论，喜近谗谀，朕虽薄德，自问尚不知此。设平日未怀忠悃，临时漫摭浮词，甚或假公济私、巧为尝试，则尔诸臣之负朕实深，苟具天良，不应有此。所冀内外臣工各矢忠忱，共支危局，庶几集思广益，用以救弊扶衰，朕实惓惓有厚望焉。将此通谕之。钦此。仰见圣怀冲挹，恐惧修省之至意。伏思祸难之故，必有自来，近年内外臣工因循泄沓，总缘无学识卓越之才，复值时事艰难之会，此变生仓猝，似关气运，其实人事久已相随而至矣。是知祸变之生，罪在臣下，而非圣躬过误致然也。若夫政事之得失系乎宰执之贤能，民生之休戚在乎疆吏之贤否，而枢臣贤抚务得其人，则仍视乎朝廷而已。复人君之职在乎用人，是以《中庸》孔子对鲁哀公曰："为政在人，取人以身，修身以道，修道以仁。"此数言者，千古不易之道也。我皇上临御以来，孝慈恭俭，毫无失德，此天下臣民所共知者，惟用人之道不可不加意讲求，古称知人则哲，惟帝其难，是以取人必在修身，而修身以道、修道以仁，复推言亲亲尊贤、亲亲尊亲，复推言明善诚身，然则讲明学术以进圣德，乃今日最要者也。夫天下

---

① 中国第一历史档案馆藏，档号：03－7434－011。

事莫不有本，致力于本，虽若迂阔而实易为力，致力于末者，虽若切近而实难为功。我皇上诚于孔子之言反复推求，知求治之要必不能外此而他求，则本身以取人，贤者在位，能者在职，明其政刑，大国必畏。孔子所谓能治其国家，谁敢侮之者，实可深信而毫无疑义者也。至于今日急务惟在练兵，而练兵亦非得人不可，盖得人则实事求是，事事可成；不得人则尽属虚文，因循依旧。又言路之通塞，治乱所关，古今莫不皆然，稽之史册，历历不爽。而求言之道，惟当容纳虚受，不当复责其所言之当否、用心之公私。昔唐陆贽告德宗所云：谏者所言之非，益足昭我之是；谏者用心之私，足见我之公，其言甚为详明剀切。诚以人心贤否不齐，岂能必其尽出于忠诚爱国？沽名求利皆所难免。既以求谏为名，则此等固当容之，不必深求，乃所以开忠谏之路，而不至预杜贤智之口也。自古贤君孜孜求治，而所用非人，不能讲明致治之术，卒以致乱者多矣。伏望于亲亲尊贤、用人求治之道深留意，则天下幸甚。奴才迂昧之见，是否有当，伏乞皇太后、皇上圣鉴。谨奏。

奏为陈明用贤修政选将练兵剔除积弊事①

再。八月二十三日接陕西来电，奉上谕：于西安省城酌备驻跸之所等因，钦此。奴才伏读之下，钦佩莫名，实深庆忭。仰见圣明洞烛事几，深握治安之要。诚以京城迫近敌氛，和局终非善策，其后患有不堪设想者。且忧勤惕厉，必不肯苟安于目前，然后发奋振兴，乃能大有为于后日。中国之所以不振，以法积久而弊生，尽属空文，毫无实济。剔除整顿，表率端在堂廉，必君上有卧薪尝胆之诚，臣下乃有赴火蹈汤之勇；朝廷又履薄临深之志，军士乃有枕戈待旦之心。自今以往，用贤修政，选将练兵，扫除繁文，专求本计。殷忧所以启圣，端在此时。事穷必贵变通，业同创始，庶改弦易辙，不拘于浮文。兴复之功可计日而待矣，奴才区区愚见，谨附片具陈，伏乞圣鉴。谨奏。

---

① 中国第一历史档案馆藏，档号：03－7434－012。

奏为议和已成卧薪尝胆修明政事事[1]

再。窃闻和议已有成说，我皇太后、皇上回跸京城亦有迫不容已之势，此固出于无可如何。第此后大权尽归敌人掌握之中，动辄要胁威制，诚所谓入居虎口者矣。但既出此不得已之计，必思所以处之之道，冀或有转危为安之一时，则本原之地亦在乎一心而已。诚知此身处虎口之中，则必慄慄危惧，不敢有一事之偶忽、一时之少懈。以言节用，则必恶衣菲食，如卫文公大布之衣、大帛之冠，虽有华服珍羞，屏弃不御。古之盛王所以焚珠玉锦绣而不顾者，无他，盖欲示人以好恶之所在，且所以励卧薪尝胆之诚也。以言用人，则必破除常格，尽略仪文，求天下真可任用之才，与之时时讲论修明政事之道，使君臣上下毫无隔膜，然后可以洞悉人情物理、政治之所宜。大抵开创之君所以不受蒙蔽者，缘堂廉之间如家人父子，言无不尽，不事虚文故也。今案牍残毁，官吏逃散，事事皆同创始，若仍因循旧法，必欲寻求前日积弊而复之，恐决不能有为。然欲改弦更张，必须有公忠体国、学识卓越之才，兼能集思广益，虚心受善，拔茅连茹，群才萃合，乃能推行有渐，措施可观。倘学识未优，或稍存私意，则利未兴而弊已生，反致纷更，益形丛脞。故今日之势，圣心之战兢惕厉为万事之本原。求天下之真才，孜孜讲求致治之本，为第一要务也。我果能极力振作，事事不涉空言，则彼族非尽无知，亦当有慑服之意。是则于危困之中思转移之术。我朝厚泽深仁，民心甚固，数年之后或可望有自立之时，若仍袭常蹈故，拘文牵义，岂第无一事可为，恐祸机亦有不旋踵而至者。大局至此，真危急存亡之秋，故敢忘其愚昧，不避狂瞽之诛，干冒宸严，不胜悚惧之至。谨奏。

---

① 中国第一历史档案馆藏，档号：03－7434－013。

文治遗折

奏为自陈病危事[①]

前兵部侍郎文治跪奏为君恩未报臣病已危伏枕哀鸣洒陈依恋恭折仰祈圣鉴事。窃臣满洲世仆一介庸愚，由翰林屡任福建、甘肃主考，蒙恩补授内阁学士兼礼部侍郎衔，因亲故丁忧，奏请开缺。嗣授兵部右侍郎，旋蒙简放浙江学政，改调广东学政，因病奏请开缺，奉旨准其开缺，当即回京就医调治。到京跪请圣安，钦奉谕旨：仍在兵部侍郎上行走。惟力疾从公一年有余，委因精力已衰，实难支持，复请开缺，奉旨：著原品休致。仰见天恩高厚，有加无已，捐靡顶踵，图报难名，无如陈福薄灾重，病势缠绵，直至今春复增吐血之症，屡经医治，药饵无功，延至九月十四日，气奄一息，自顾无生理，从此长辞圣世，五内如焚，依恋天颜，愧无报效，惟有严训臣子陕西候补知府成朴留心时务，竭力从公，以冀仰答高厚于万一，所有臣病笃依恋感激下忱谨缮遗折叩谢天恩，伏乞皇上圣鉴。谨奏。

---

① 中国第一历史档案馆藏，档号：03－7445－044。

人名字号音序索引

致　谢

阅读和整理日记是一段怀抱好奇，尝试贴近和了解古人日常的旅程，我既愚且鲁，感谢张剑老师的信任和支持，使我能有机会以铅刀试一割。

在搜集文献过程中，得到张剑老师和中国社会科学院近代史研究所马忠文老师、茹静老师、刘灿老师的多方支持。整理粗毕，又幸有业师漆永祥老师帮我为稿件质量把关。各位老师提携后学之热心，实令学生感佩莫名！

辨认字迹是稿本整理的拦路虎，其间得到北京大学历史学系博士研究生岳子衡兄、中文系博士研究生张鸿鸣兄的帮助；责任编辑王晨韵女史付出了极大的心血，纠正了许多错误。谨此一并致谢！

本整理稿一切误漏，皆缘整理者学殖浅薄所致，理合一人承担，敬祈读者指正！